제주학연구센터 제주학총서26

평설
이방익표류기

제주학연구센터 제주학총서26

평설
이방익 표류기

권무일

평민사

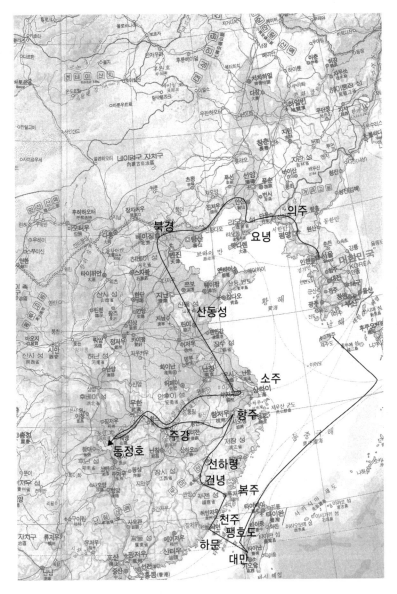

이방익의 도정(道程)

고정서원(자릉서원)
중국 무이산에 있다

적감루(적감성)
대남에 있는 네덜란드인(홍모)가 쌓은 유럽식 성

嚴子陵

廿心釣臺不臣世祖
立懦廉頑清風千古

엄광
후한 광무제(光武帝)
유수(劉秀)의 친구

탐라순력도(우도절마)
제주도 우도면에 있는 섬

(좌) 한산사7층탑 / (우) 한산습득도
(좌) 소주에 있는 유명한 절에 있는 7층탑
(우) 당나라 때의 한산과 습득을 그린 그림

자릉조대도
엄광이 낚시하던 낚시터를 그린 그림

마조묘(팽호도)
대만 팽호도에 있다.

악양루(동정호)
노숙이 평사십리에서 군사를 사열하던 3층 누각

무이산
중국 복건성에 있는 5대 명산 중의 하나

소상강반죽
두 왕비 아황, 여영의 전설이 있는 대나무

소상팔경도(안견)
국립중앙박물관 소장

青春第一號 一四四

넷글새맛

漂海歌

正祖朝人 李邦翼

耽羅居人李邦翼은 世代로武科로서
이몸에이르러서 武科出身또하엿다
聖恩이罔極하야 忠壯將職名띄고
受由어더覲親하니 丙辰九月念日이라
秋景을사랑하야 船遊하기期約하고
茫茫大海潮水頭에 一葉漁艇놉나타니
李有甫等일곱船人 차례로조찻고나
風帆을놉히달고 바람만조차가니
遠山에빗긴날이 물가운대빗최엿다
青紅錦緞千萬匹을 匹匹이헷떠린듯
하날인가물빗인가 水天이一色이라
陶然히醉한後에 船版치며즐기더니
西北間一陣狂風 忽然이이러나니
泰山갓흔놉흔물결 하날에다핫고나
舟中人이慌忙하야 措手할길잇슬소냐
나는새아니어니 엇지살기바라리오
밤은漸漸깁허가고 風浪은더욱甚타
萬頃滄波一葉船이 가이업시떠나가니
슬프다무삼罪로 하직업슨離別인고
一生一死는 自古로例事로대
魚腹속에永葬함은 이아니寃痛한가
父母妻子우는擧動 생각하면목이멘다
죽기는自分하나 飢渴은무삼일고
明天이感動하사 大雨를나리시매
돗대안고우러러서 落水를먹음으니
渴한것은鎭定하나 입에서셩에나네
발그면낫이런가 어두으면밤이런가
五六日지낸後에 遠遠히바라보니
東南間三大島가 隱隱히소사낫다
日本인가짐작하야 船具를補緝하니
무삼일로바람형세 또다시변하는고

그섬을버서나니 다시못보리로다
大洋에飄盪하야 물결에浮沈하니
하날을부르즈져 죽기만바라더니
船板을치는소래 귀가에들니거늘
물결인가疑心하야 蒼黃이나가보니
자넘는검은고기 舟中에뛰어든다
生으로토막잘나 八人이논하먹고
頃刻에끈을목숨 힘입어保全하니
皇天의주신겐가 海神의도음인가
이고기아니러면 우리엇지살엇스리
어느덧十月이라 初四日아츰날에
큰섬이압헤뵈나 人力으로엇지하리
自然이바람결에 섬아레다핫고나
八人의손을잡고 北岸에긔어올나
驚魂을鎭定하고 탓던배도라보니
片片히破碎하야 어대간줄어이알리
夕景은慘淡하고 精神은昏迷하니
世上인듯九天인듯 해음업는눈물이라
한食頃지낸後에 水伯이오는고나
네비록지져귀나 語音相通못하리라
나는비록짐작하나 저七人은모르고서
風浪에놀낸魂魄 오히려未定하야
저런人物또맛나니 우리死生모를배라
慰勞하야내이르되 丁未歲勅行時에
내그때武弁이라 侍衛에드럿더니
中國人의衣服制度 저러하메念慮마소
붓드너니샤으너니 護衛하야다려가니
五里밧瓦家大村 鷄犬牛馬繁盛하다
飢渴이滋甚하니 엇지하면通情하리
입버리고배뚜드려 주린形狀나타내니
米飮으로勸한後에 저진衣服말니우네
恩慈한저情誼은 我國인들더할손가
一夜를지낸後에 精神이頓生하니
죽을마음전혀적고 故國생각懇切하다

漂海歌 一四五

표해가(『청춘』 제1호)

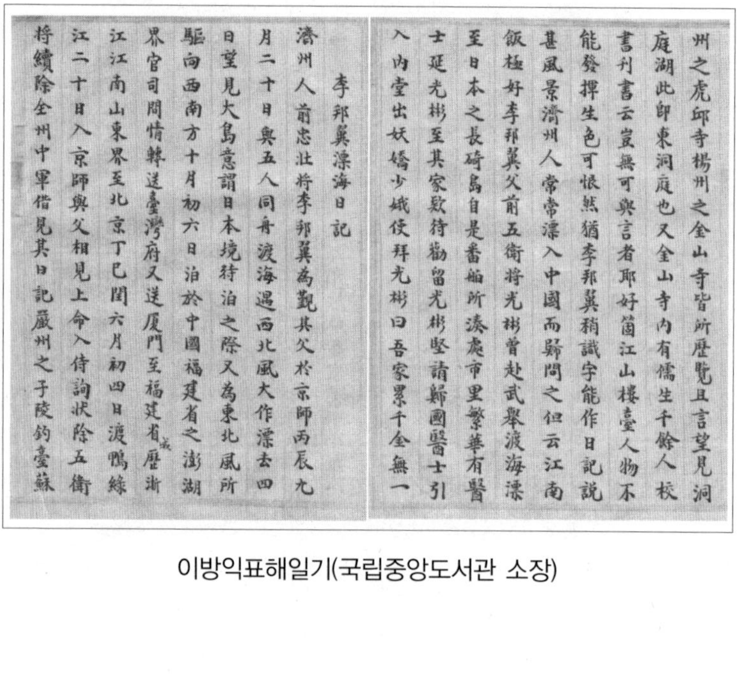

州之虎邱寺楊州之金山寺皆所歷覽且言望見洞
庭湖此卽東洞庭也又金山寺內有儒生千餘人校
書刊書云豈無可與言者耶好箇江山樓臺人物不
能發揮生色可恨然猶李邦翼稍識字能作日記說
甚風景濟州人常常漂入中國而歸問之但云江南
飯極好李邦翼父前五衛將光彬曾赴武擧渡海漂
至日本之長碕島自是番舶所湊處市里繁華有醫
士延光彬至其家款待勸留光彬堅請歸國醫士引
入內堂出妖嬌少娥使拜光彬曰吾家累千金無一

李邦翼漂海日記

濟州人前忠壯將李邦翼爲覲其父於京師丙辰九
月二十日與五人同舟渡海遇西北風大作漂去四
日望見大島意謂日本境待泊之際又爲東北風所
驅向西南方十月初六日泊於中國福建省之澎湖
界官司問情轉送臺灣府又送廈門至福建省歷浙
江江南山東界至北京丁巳閏六月初四日渡鴨綠
江二十日入京師與父相見上命入侍詢狀除五衛
將續除全州中軍借見其日記嚴州之子陵釣臺蘇

이방익표해일기(국립중앙도서관 소장)

亭나갈젹애 玉佩는 錚錚雲鞋은자각~ 五里亭當道하야

漢邊岩上에 酒案노코 憂然嘆息우름믈제 째려도아드득

더쌕~쌕며 녀던지고 잔담이 도부드득 쓴더 뭐여녀러지고 버들天

로루홀터 淸淡水에 되리고 無情薟月 若流波을 날노두고한

말인가 二八靑春이 너몸이 오날~리 리별하고 獨宿空房 웃지살가

44. 漂海歌

耽羅居人李邦翼은 世代로 武科로셔 이몸에 이르러 武科出

身任하엿다 聖恩이 周褁하여 水 忠批將職名싸고 愛田어러親

親하니 丙辰九月念日이라 秋景을 사랑하야 船遊하기 期約하고 갓~

大海潮水頭에 一葉漁艇을나타니 李有甫等이몸 船人차례로玉

찻고나 風帆을 놉히다로고 바람만 됴차가니 遠山의빗긴달이 물가

운데 빗최엿다 靑紅錦緞千万匹을 匹~이헛서펴린듯 하날인

표해가(아악부가집)

빗슨기ᄂᆞᆯ펴ᄃᆞᆫᄒᆞ니ᄇᆞ야ᄒᆞ로파ᄅᆞ인이

즐겨ᄒᆞ더니ᄒᆞᆯ연셔ᄇᆞ간으로셔일진

광ᄑᆞᆼ이이러나매ᄆᆡ산ᄀᆞᄃᆞᆷᄆᆞᆯ거ᄂᆞ이

ᄒᆞᄂᆞᆯ의다ᄒᆞ시ᄂᆞᆼᄃᆞ...ᄆᆞᆯ거ᄂᆞ이

여밋쳐손을놀ᄂᆞ니아모리용

ᄆᆞ이으ᄂᆞᆯ어ᄉᆞᄃᆞ살기을ᄇᆞ라리오졈졈

야심ᄒᆞ고ᄑᆞ낭ᄋᆞ글ᄉᆞ록ᄒᆞ심ᄋᆞ니

일여므어떱ᄋᆞᆼᄇᆞ람과ᄆᆞᆯ겨ᄅᆞᆯ조차ᄉᆞ

어ᄇᆞ시가ᄂᆞ슬픠다ᄎᆞ신이졈심의무

표해록원문(서강대 소장)

작가의 말

이 책은 18세기 말에 제주바다에서 표류하여 중국의 대만해협을 거쳐 중국 강남을 답파한 제주사람 이방익에 대한 것이다. 나는 이방익이라는 인물을 조명하고 그의 작품을 대중들에게 드러내게 된 데 자부심을 갖는다.

이방익은 조선시대를 통틀어 대만을 비롯한 양자강 이남의 중국을 처음 목격한 사람이었다. 이는 대단한 시대적 의미를 갖는다. 대부분의 지식인들이 중국 강남을 자신들의 이상향으로 삼아 시와 그림으로 남겼지만 그것들은 실제 눈으로 본 것이 아니라 중국인들의 글과 그림을 통해 알게 된 것들이었기 때문이다. 조선의 지식인들은 18세기 이래 중국의 정치변화에 따라 급격하게 변모하는 강남의 모습도 전혀 알지 못하고 있었다. 그래서 정조는 이방익의 경험담에 흥분을 감추지 못했고 이방익을 일개 무인으로 간주한 박지원도 그 의미를 높이 사기에 이른다.

나는 소설의 길에 들어선 이후 줄곧 제주도 사람들의 삶의 발자

취를 더듬어 글을 쓰고자 했었다. 나는 제주의 역사에서 만난 김만덕과 김만일에 대한 역사소설을 썼는데 이는 내가 제주에 푹 빠지게 된 계기가 되었고 더 나아가서 제주의 역사와 제주사람들이 살아온 이야기, 사는 이야기를 탐구하는 일에 여생을 바치겠다는 각오를 갖게 했다.

　제주를 탐구함에 있어서 격절된 섬에서 일어나는 삶과 문화, 전설과 역사에 매달리는 것에 의미를 두는 것도 매우 중요하지만 제주사람들이 바다를 건너 더 넓은 세계로 나아가는 기개와 포부를 더듬어 찾는 일도 그에 못지않게 중요하다고 생각했다.

　이 책을 씀에 하나의 계기가 있었다. 역사서적을 읽다 보면 의외로 곁가지가 눈에 띄곤 하는데 이태 전 김석익(金錫翼, 1885~1956)의 『탐라기년耽羅紀年』을 읽던 중 문득 어떤 대목이 뇌리에 꽂혔다. 4줄에 불과한 내용이었지만 제주사람 이방익이 표류하여 팽호도에 표착하고 대만·하문·절강·양자강 등지를 지나 북경에 이르고 거기서 고국으로 돌아왔다는 내용이었고, 연암 박지원이 정조의 명에 의하여 이를 기록해 두었다는 것이었다.

　장한철이나 최부의 표해사실에 비하여 이방익은 그다지 알려져 있지 않은 인물이었다. 나는 묻혀 있던 값진 유물을 발굴하는 심정으로 이방익의 행적에 대한 자료수집에 착수했다.

우선 이방익의 표류사실에 대한 박지원의 글을 읽고 관찬문서인 『조선왕조실록』, 『승정원일기』, 『일성록』에서 이방익에 대한 기록들을 찾아냈다. 1914년에 최남선이 발간한 잡지 『청춘』 창간호에 실린 이방익의 기행가사 「표해가」는 다시 한 번 나를 사로잡았다.

　　「표해가」는 조선 중기 이후 유행하던 가사歌詞로 쓴 문학작품인데 표해할 때 생사의 갈림길에서 겪은 고난과 기적 같은 일들이 심금을 울렸고 대만해협의 어느 섬에 표착하여 대만으로 호송되고 다시 중국 각지를 돌며 많은 풍물과 문화를 체험하고 여러 유적지를 편답하면서 그 감회를 적은 점이라든가, 중국 사람들과 접하면서 당당하게 조선인의 자존감을 뽐내고 극진한 대접을 이끌어낸 사실들이 나를 감동케 했다.

　　그런데 박지원은, 이방익이 여행 도중 양자강을 거슬러 동정호를 찾아 악양루를 보았다는 이야기를 믿지 않았다. 그 내용은 읽는 이에게 혼란을 주었다. 그러나 나는 이방익의 이야기가 진실임을 뒷받침할 만한 내용을 순 한글 「표해록」에서 발견하기에 이르렀다.

　　또한 나는 발품을 팔아 이방익에 관련된 자료들을 찾아나섰다. 우선 이방익의 고향인 제주도 조천읍 북촌리로 달려갔다. 내가 만난 80대 초반의 이갑도 님은 이방익의 직계자손은 아니지만 성주 이씨 족보 등 여러 자료를 내보였다. 그러나 몇 가지 안타까운 점이 있었다. 첫째는 4,5년 전만 해도 이방익의 신도비가 남아 있었고 자손들이 이를 아껴 4·3 때 총알이 난무해도 이 비석에는 탄흔이 없었다고 하는데 지금은 땅에 묻혔다는 것이고 둘째는 이방익의 유품이 자손 중 누군가의 손에 있는데 움켜쥐고 있을 뿐이라는 것이다. 비석을 찾아내고 유품이 공개되는 것은 시간 문제라고 생각되어 기회가 닿는다면 후기를 쓸 수 있기를 기대하면서 이 책을 시작했다. 그러나 이 책이 마무리되는 시점에서도 땅에 묻힌 비석은 그대로 있고 자료들도 역사의 그늘에서 빛을 보지 못하고 있다.

나는 이 책을 평설評說 형식으로 쓰기로 했다. 평론이나 비평문에 비해 비교적 자유로운 형식이라 생각한다. 이방익이 지나온 도정道程을 따라가면서 옛 지도와 옛 문헌을 뒤적거려 지형을 살피고 고사를 읽어 이방익의 행적과 생각과 지식을 공유하는 일은 어려운 일이었지만 흥미로웠다. 옛 한글의 어휘와 문법을 탐구할 기회를 갖게 된 것도 행운이었다.

이 책에서는 「표해가」 평설과 더불어 많은 비교검토의 대상이 된 이방익의 또 다른 기록 「표해록」의 원문과 주해를 부록으로 수록하였다. 또한 연암 박지원이 쓴 「서이방익사」의 원문과 역주도 수록하였는데 그간에 나온 번역에 다소 문제가 있다는 판단에서 욕심을 부려본 것이다.

중국문학을 공부한 내 아내 노인숙은 중국문헌을 찾고 한문으로 된 자료를 번역함에 동참했고 한문자를 워딩하고 원고를 교정하는 등 많은 도움이 되었다.

나의 졸저에 주관적인 해설이 있다면 양해를 구해 마땅할 것이다. 이방익의 의미를 더 숙고하고 재평가하는 일은 독자의 몫이며 아울러 후속 연구가 진행되기를 기대해본다.

이 책이 있기까지 (사)제주문화포럼의 권영옥 원장, 발문을 써주신 문학평론가 양영길 선생, 제주국제대 심규호 교수의 아낌없는 조언과 감수에 상당히 의존했음을 고백하지 않을 수 없다.

끝으로 이 책을 펴냄에 즈음하여 제주학총서의 범주로 간주하여 출판비의 일부를 지원한 제주연구원 제주학연구센터에 심심한 감사를 드린다.

2017년 7월
제주도 애월읍 구엄리 무극재無極齋에서

차 례

이방익 표류기

3부 · 이방익의 「표해가」 평설

부록

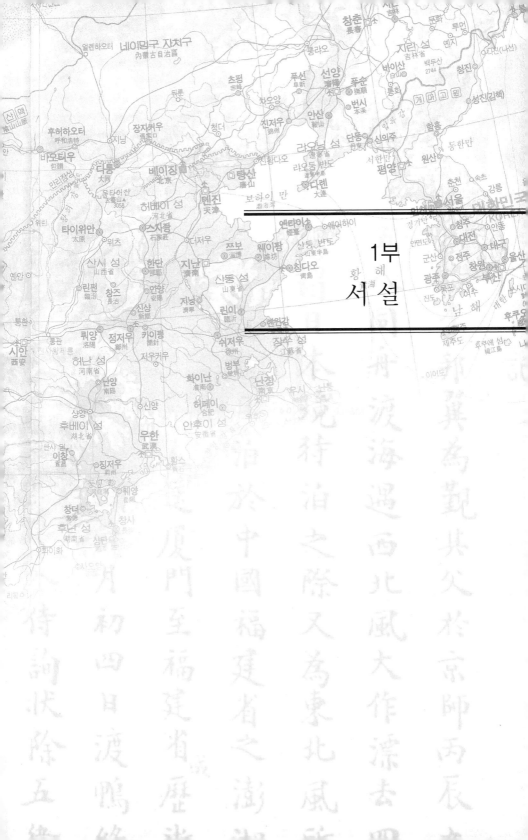

1부
서설

1.
정조 임금을 흥분시킨 제주인

가.

1797년(정조 21) 윤6월 10일, 임금은 의주부윤으로부터 장계를 받고 놀라움을 금치 못한다. 제주도 북촌 출신으로 충장위장의 현직에 있던 이방익李邦翼이 그 전 해 9월 제주바다에서 바람에 밀려 가뭇없이 사라진 지 8개월여 만에 압록강을 건너 의주에 나타났다는 것이다. 더욱이 그는 창망대해를 표류하다가 중국 남쪽바다의 작은 섬에 닿았고 중국 여러 곳을 편답遍踏한 후 북경을 거쳐 만주를 통과하여 압록강을 건넜다는 것이다.

〈의주 부윤 심진현은 표류인 제주사람 이방익 등이 대국을 거쳐 돌아온 내용을 보고합니다(義州府尹沈晉賢以濟州漂人李邦翼等從大國出來馳啟)〉라는 문장으로 시작하는 이 장계[1]에서 의주부윤 심진현沈晉賢은 이방익을 포함한 8인이 제주도 연해에서 표류하여 대만해협 팽호도澎湖島에 표착漂着하였고 대만으로 이송되어 심문을 받은 후 중국 남단 하문廈門으로 건너가 복건, 절강, 항주 심지어 양자강 상류의 동정호까지 다녀왔으며 산동과 북경을 거쳐 만주 벌판을 달려 무사히 귀국했다고 보고했다.

---

1) 이 장계는 『일성록』에 고스란히 실려 있다.

정조가 얼마나 놀랐는지는 이방익을 만나보기도 전에 먼저의 충장위장(정3품)에서 한 품계 올려 오위장(종2품)으로 임명하고 아울러 전주중군全州中軍[2]으로 발령한 사실에서 충분히 짐작할 수 있다.

정조는 한편 이 사실을 서울에 머물고 있던 이방익의 부친에게 알리는 동시에 비변사備邊司에 일러 이방익이 서울에 도착하면 지체 없이 대령시키도록 지시했다.

*

정조 20년 9월, 조정에서 임금의 측근에 있으면서 각종 행사에 군사를 거느리고 임금을 호위하던 충장위장 이방익은 잠깐 말미를 얻어 고향 제주를 찾는다. 우도에 있는 어머니 묘를 북촌의 선산으로 이장하기 위해서였다.

이방익은 고향 사람 등 7명과 함께 우도로 건너가서 성묘함과 아울러 이장절차를 마치고 돌아오는 길에 뱃놀이를 즐긴다. 작은 어선을 빌려 타고 인근 바다로 나간 터여서 준비한 것은 술과 안주뿐이었다. 배는 바람 따라 움직이는 작은 돛단배로 별도의 장비가 갖추어져 있지 않았다.

저녁나절 기우는 해가 바다에 비치니 청홍금단靑紅錦緞을 깔아놓은 듯 물빛이 아름답고 하늘색과 어우러져 갖은 조화를 연출하고 있었다. 이방익이 일행과 더불어 만취하여 선판을 두드리며 흥에 겨워 놀고 있을 때였다. 느닷없이 일진광풍이 일어나고 풍랑이 거칠어지자 배가 요동을 치기 시작했다. 순식간에 배 안에 있는 음식은 바람에 휩쓸려 날아가 버렸고 돛대와 삿대마저 부러져 버렸다.

---

2) 전주중군은 전라감영대장(문관인 관찰사가 겸임했음)에 버금가는 종2품 무관직으로 사실상 지역 군사업무를 총괄했다.

배는 의지할 것 없이 해안에서 멀어져 부침을 거듭하며 한없이 떠내려갔다.

표류한 지 오륙일 만에 큰 비를 만나 기갈을 면했고 다시 오륙일 만에 큰 물고기가 선판으로 뛰어오르는 기적을 만나 경각에 죽을 목숨이 살아나는 행운을 맞았다. 정처 없이 표류하던 배는 16일 만에 대만해협에 위치한 팽호도에 닿았다.

이방익 등은 팽호도에 표착하여 그 섬의 주민들로부터 정성스러운 보살핌을 받았을 뿐더러 마궁대인馬宮大人이라는 마조교媽祖敎 종교지도자로부터 극진한 대접을 받았다. 대만으로 이송되어서는 여러 대관大官들과 서슴없는 담화를 가진 후 바다 건너 중국 남단에 위치한 하문으로 들어갔다. 그들은 복건성을 지나 선하령 높은 고개를 넘어 절강성에 이르렀고 이 과정에서 빼어난 경관과 갖은 풍물과 역사가 서린 유적지를 볼 기회를 가졌다. 그들은 가는 곳마다 융숭한 대접을 받았고 특히 이방익은 분에 넘치도록 특별한 대접을 받았다.

양자강 하류 항주에 이른 이방익은 문득 생각이 미쳐 이왕 중국에 온 김에 역사가 서려있고 고사와 전설이 묻어있는 유적지와 옛날 중국을 뒤흔든 전적지를 답사할 좋은 기회를 놓칠 수 없다고 생각했다. 그는 양자강을 거슬러 올라가 동정호洞庭湖를 찾았고 악양루岳陽樓에 올랐다. 되짚어오는 길에 그는 옛날 초나라와 한나라가 각축을 벌이던 구강九江을 돌아봤고, 삼국시대 조조가 제갈량의 계략에 속아 참패를 당했던 적벽강에 들렀다. 소주에 이르러 유서 깊고 웅장한 사찰들을 두루 방문했고 기녀들과 뱃놀이를 하면서 한껏 흥취를 돋우기도 하였다.

이방익은 산동반도를 거쳐 북경에 도착했다. 거기서 그는 청나라 황제의 재가를 얻어 귀국길에 올랐다. 그는 고국을 향해 주마가편走馬加鞭하면서 만주 벌판을 달리고 또 달렸다. 그는 압록강을 건넜고 임진강을 건넜다. 임진강을 건너기 전 아버지 서신을 받고는 가슴이 먹먹할 정도로 울었고 서울에 이르러 아버지를 상면했을 때는 너무 반가와 울었다.

*

다음날인 1797년 윤6월 21일, 이른 아침 임금은 여러 승지들로부터 업무를 보고받는 자리에서 좌부승지 이조원李肇源에게 명하여 이방익을 불러올리게 한다. 『승정원일기』에는 자세한 내용이 기록되어 있는데, 요약하면 다음과 같다.

임금이 이방익에게 묻는다.

"그대는 몇 살이며 어느 해에 등과했으며 언제 가자加資되었고 무슨 일로 배를 탔으며 표류하여 어디까지 이르렀는지 일일이 아뢰라."

이에 이방익은 자신의 나이와 관등성명을 밝히고 표류하게 된 경위로부터 중국을 경유하면서 보고 느낀 일들을 설명하고 노정을 세세히 아뢴다.

정조의 호기심과 관심이 촉발되자 이방익은 감정이 고조되어 표류하면서 겪은 고통과 기갈, 그리고 비를 만나 갈증을 해소하고 물고기가 배에 뛰어들어 연명하게 된 기적적인 체험을 밝히고 팽호도에서 만난 마궁대인의 풍모와 대만의 발전상을 털어놓는다. 특히 자양서원紫陽書院을 찾아가 주자朱子의 제전祭奠에 참배한 일과 중국 백성들이 이방익 일행의 복식에 관심을 가진 일에 대하여 이야기한다. 또한 이방익이 소주蘇州에서 양자강을 따라 상류로 항해하여 악양루岳陽樓를 찾아간 사실도 밝힌다.

이방익의 이야기를 들은 정조는 충격을 넘어 경악을 금치 못한 듯하다. 병조판서 정민시鄭民始를 만난 자리에서 이방익을 크게 쓰겠다는 다짐을 하며 이야기를 꺼냈다.

> 이방익은 인물됨이 매우 똑똑한데 그의 말을 들어보니 참으로 장관이다. 한 배에 탄 여덟 사람이 아무 탈 없이 3만 리 길을 다녀왔으니 매우 다행한 일이고 더구나 자양서원, 자릉조대, 악양루, 금산사 등 다니지 않은 곳이 없었다. 이 어찌 기이한 일이 아닌가?[3]

나.

그렇다면 정조는 왜 이방익의 표류담에 그토록 과도한 반응을 보인 것일까.

한반도에서 제주를 오가는 많은 배들 그리고 제주도 연근해에서 고기잡이하던 사람들이 예기치 못한 광풍과 풍랑으로 표류하면 대부분 물귀신이 되고 말지만 요행히 순풍을 만나 혹은 일본에 혹은 유구에 혹은 중국에 표착하여 목숨을 건지는 경우가 더러 있기는 하다. 하지만 이방익 일행처럼 물도 식량도 없이 작은 배에 몸을 싣

---

3) 『일성록』 1797년 윤6월 22일.

고 16일 동안 표류하고 생사의 갈림길에서 8개월 만에 살아 돌아온 것은 특별한 일이었다.

하지만 이 사실만으로 정조가 그렇게까지 흥분하지는 않았을 것이다.

이방익이 다녀온 양자강 유역과 그 남쪽은 고려시대 이후 한반도 사람이 거의 다녀온 적도, 그 실상을 들은 적도 없는 미지의 땅이었기 때문이다.

중국의 정치문화는 문명 발상發祥 때부터 황하를 중심으로 발전해왔다. 그런 까닭에 송나라 이전까지는 양자강을 중심으로 한 강남의 문화는 별로 관심의 대상이 되지 못했다. 그러나 송나라가 금나라에 쫓겨 양자강 유역으로 밀려난 이후 강남의 문물은 꽃이 피기 시작했다. 송나라 이후 들어선 명나라는 강남을 거의 거들떠보지 않았고 무역이나 바다의 가치를 외면했지만 18세기, 청나라가 들어서면서 상황은 다시 달라졌다.

청나라의 건륭제는 60년의 재위기간 동안 서북방 이민족을 복속시키고 나라를 편안하게 하였으며, 문화예술을 진작시켰고 문호를 개방하여 서구문명을 받아들였다. 명나라 잔존세력을 진압하고 대만의 반란을 평정한 후로는 양자강 이남에서 농업생산의 증대와 상업의 진흥을 도모함으로써 나라를 잃은 한족漢族이 기를 펴고 생업에 충실하여 풍요를 누릴 수 있도록 했다.

특히 대만은 반란을 진압한 지 10여 년밖에 안되었기 때문에 군사조직이 막강했다. 관청마다 높고 웅장하며 채색이 화려하고 본관 좌우에는 익곽翼廓이 날개처럼 둘러 있었고, 관청으로 가는 길에는 난간이 10리나 뻗어 있는데 유리로 만든 휘장과 수정으로 엮은 주렴이 연결되어 있었다. 대만 상산 병부의 경우 천병만마가 옹위하고 의장대가 정렬한 3개의 문을 거치면 십여 층이나 되는 본부 건물이 솟아있었으니, 이방익은 그러한 중국의 모습을 보았던 것이다.

우리나라 역사상 대만이나 팽호도에 대하여 기록한 문헌은 거의 없었다.[4]

박지원은 청나라 임겸광이 쓴 『대만기략』을 인용하여 「서이방익사」에서 다음과 같이 팽호도의 변화된 모습을 기술하고 있다.

> 팽호는 애초에 벼를 심을 만한 논이 없어 다만 고기 잡는 것으로써 생계를 삼았으며 혹은 남새를 가꾸어 자급하는 형편이었는데 지금은 무역선이 폭주하여 점차 살기 좋은 곳으로 변하고 있습니다. _「서이방익사」

팽호도가 포함된 대만이 17세기 이후 네덜란드인에게 점령당했다는 사실이나 청나라에 저항하던 정성공이 대만으로 밀려나가 네덜란드인을 몰아내고 국가를 세웠다는 사실, 그 후 청나라가 진주하여 대만을 중국의 영토로 편입했고 그와 함께 서양문물이 물밀듯이 들어와 번영일로에 들어서게 된 일 등, 대만의 역사적 사실을 조선은 그때까지 모르고 있었다. 더욱이 해적이 들끓는 섬으로 여겨왔던 대만이 서구와의 무역으로 활기를 띠고 있다는 사실은 더더욱 알 길이 없었던 것이다.

---

4) 이방익 이전에도 대만에 표류한 제주인들이 드물게 있었는데 그들의 경험담 일부가 『탐라문견록』(정윤경 저, 1732)에 실려 있다. 박지원은 「서이방익사」를 쓰면서 이 글도 참고했는데 박지원은 "『탐라문견록』에는 적당히 추측하여 부연한 곳이 많은 듯싶네"라고 했다.

양자강 주변을 비롯한 중국 강남 지역에 대해서도 마찬가지였다. 중국의 남부해안에도 항구와 도시가 번성해서 관청은 화려하게 꾸며졌고 각종 인프라가 발달하였다. 백성들은 태평가를 부르며 호의호식하고 있었다. 한편으로는 국방에 신경을 써 지역마다 병부가 설치되어 삼엄한 경계를 늦추지 않았다.

하지만 조선에서는 이런 변화상은 말할 것도 없고 양자강 주변을 포함한 중국남부의 곳곳에 대하여는 겨우 서적으로나 접했을 뿐이었다.

역사적으로 볼 때 삼국시대에는 승려들이 중국을 수시로 드나들면서 중국의 불사를 찾아다녔고 신라인들이 중국 여러 지역에 신라촌을 만들어 살아왔기 때문에 중국 전역을 답사했다는 것은 짐작할 수 있다. 또한 고려가 남송과 활발한 무역을 전개할 즈음 몇몇의 풍류객이 양자강을 다녀왔을 개연성은 있다.

그러나 중국이 금·원·명·청나라를 거치는 동안 고려와 조선은 그 여러 왕조의 중국과 통교하면서 만주지방을 거쳐 오갔고, 본 것이라곤 북경 근처의 산천과 문물에 그쳤다.

중국의 강남은 한반도의 지식인들에게는 이상향이었다. 하지만 정작 양자강 유역의 사정은 중국 문인들의 글과 화공들의 그림을 통해서만 알고 있을 뿐이었고 조선 선비 중에 막상 강남지역을 실제로 밟아본 사람은 거의 없었던 것이다.

그런 마당에 이방익의 체험담은 매우 귀하고 생소한 것이었다. 이방익이 하문에서 복주福州, 건안建安을 경유하고 선하령을 넘어 항주로 그리고 산동을 거쳐 북경으로 가는 도정은 강남에 사는 사람들이 장사하러, 과거 보러 가는 길이고 군대가 이동하는 길이며 그 도정에는 잘 닦인 길이 있고 강이 있고 다리가 있고 험곡이 있었다.

이방익이 본 관청과 군부대, 고적과 유물, 사찰과 종교시설은 중국의 역사이며 문화다. 그가 엿본 풍물과 풍속은 중국의 살아있는 현재 모습이다. 이방익의 표류담은 중국 강남지역을 중심으로 한 당시의 국제적 상황, 중국 사회의 변화, 백성들의 생활상, 중국의 포용적 정치상황까지 폭넓게 담고 있었다.

정조는 아직 조선에 알려지지 않은 중국 강남지방의 풍물을 듣고 경악을 금치 못한 것이다. 나라를 반석 위에 올려놓고 백성이 잘 사는 사회를 만들고자 애쓰던 정조에게는 신선한 충격이었음에 틀림없다.

정조는 널리 알려진 바와 같이 개혁적인 임금이었다. 아버지 사도세자가 당파싸움의 희생물이 되었고 자신도 죽을 고비를 넘겼던 지긋지긋한 당쟁을 종식시키고 탕평책을 써서 여러 당파의 의견을 탕탕평평 조율하는데 힘썼다.

정조는 의리와 명분을 무엇보다 중시했다. 그는 해묵은 신분사회를 타파하려 했고 서얼을 따지지 않고 능력에 따라 인재를 등용하려 했다. 서얼 출신인 이덕무, 유득공, 박제가 등을 규장각 검서관으로 썼고 그들의 지위를 높여 중용한 것이 그 한 예다.

정조는 역대 어느 왕보다 암행어사를 많이 파견한 임금이다. 그는 재위 24년간 60회의 암행어사 파견을 했고 그들을 통하여 지방 사정과 백성들의 목소리를 들으려 했으며 가난하고 소외된 백성을 어루만지는 정책을 펴서 민생안정과 국리민복을 지향해 나가려 했다. 그는 상공업을 진작시켜 백성이면 누구나 자유로운 상업활동을 할 수 있게 했다. 기생 출신 김만덕이 제주에서 거상으로 우뚝 선 것도 정조의 정책에 기인한 것이며 그녀를 불러올려 손을 덥석 잡 아준 것도 정조의 개혁정치와 평등사상에 기인한 것이다.[5]

정조는 조선 선비들의 머리에 찰싹 붙어있는 중국에 대한 사대주 의 사상을 질타했고 조선이 만주 오랑캐에 불과했던 청나라보다 못 할 것이 무엇이냐며 조선과 조선 사람들의 우수함에 자긍심을 가졌 던 임금이다.

이방익을 만나 본 정조는 조선 지식인들의 좁은 안목과 무지함을 개탄했을 것이다. 북경을 다녀온 사신들은 강남지역의 사정을 보지 도 듣지도 못했으면서 그 지역 인민들이 걸핏하면 소요를 일으키고 남만과 묘족들은 아직도 반란을 일삼고 있어 강남이 불안과 암흑의 소용돌이에서 벗어나지 못한다는 이야기를 꺼내고 있는 현실을 아 쉬워했을 것이다.

당시 우리나라에는 수레조차 없어 임금과 대신들이 행차할 때 사 람이 메는 가마를 이용했고 특수한 경우 외에는 말조차 타고 다니 지 못했는데 이방익은 타국인이면서도 마차를 타거나 배를 타고 이 동했다. 대만, 하문 심지어 팽호도에서도 무역선이 항구를 메우며 관가, 군사기지, 서원, 사찰이 우리나라와는 비교도 안 될 정도로 여러 층으로 지어졌고 그 건물들의 웅장함 등에 대한 이야기를 들 으며 정조는 혀를 내둘렀을 것이다. 또한 산해진미와 접대예절, 귀

---

5) 김만덕(1739-1812)은 제주의 관기 출신으로 속량된 후 상업에 뛰어들어 큰 부자가 되었는데 정조 17년 제주에 큰 흉년이 들어 제주인들이 기아에 허덕 일 때 사재(쌀 500석)를 풀어 구휼하였다. 이 소식을 들은 정조는 그녀를 불 러올려 만났고 또 금강산 구경을 시켜 주었다. 권무일 저 『의녀 김만덕』 (2009) 참조.

족이 아닌 평민의 옷차림과 묘제墓制의 화려함을 들으며 먹고 살기도 힘든 우리네 현실을 개탄했을 것이다.

정조와 이방익의 만남은 그동안 중국에 대한 그릇된 인식을 바로잡고 세계질서에 편입되어가는 중국의 정책과 실상을 새로운 각도에서 바라보는 계기가 되었다. 정조가 이방익이 구술한 내용을 가감없이 『승정원일기』[6]와 『일성록』[7]에 남긴 것은 매우 의미 있는 경우이다. 이는 정조가 이방익의 중국 견문에 상당한 관심을 가진 연유에서 비롯된 것으로 그 시대상을 반영하고 있다.

정조의 명으로 「서이방익사」를 집필한 박지원 역시 이방익의 경험한 것에 큰 의미를 두고 이렇게 평가하였다.

이번에 이방익은 바다에 표류하여 민(복건성), 월(절강성)을 거쳐 왔지만 만릿길이 전혀 막히지 않았다. 그래서 중국이 안정되고 조용하다는 사실을 증명해 보였고 우리나라 사람들의 선입관을 통쾌하게 깨뜨렸으니 그 공이 보통의 사신보다 훨씬 낫다고 할 수 있다.[8]

---

6) 『승정원일기』는 인조 1년부터 작성하여 고종 31년(1910)까지 왕명의 기록과 지시전달 그리고 신하들의 출입과 대응, 행정과 사무를 승정원에서 매일 기록한 문서이다.
7) 『일성록』은 정조가 세손시절인 8세부터 쓰기 시작한 일기로 즉위 후에도 매일 쓰다가 나중에는 신하로 하여금 대필하게 했는데 그 후 고종에 이르기까지 역대 왕들도 신하를 시켜 『일성록』을 작성케 하였다.
8) 박지원 저, 정민, 박철상 역, 『연암선생서간첩』, 대동한문학, 2005, 382면.

다.

이방익의 표류담은 정조의 주도하에 신진개혁을 시도하던 당시의 시대상황에 조선의 현실을 반성적으로 인식하는 계기가 되고 조선의 지성들에게 심대한 영향을 끼칠 만한 사건이었다. 실학파의 대가 유득공은 이방익의 체험담을 글로 써서 「이방익표해일기」[9]를 남겼고 정조는 면천군수로 부임하는 연암燕巖 박지원朴趾源을 불러 이방익의 일을 기록하여 서책을 만들도록 지시했다.

당대의 중요한 기록들을 살펴보자.

중국에서 압록강을 건너온 이방익을 가장 먼저 만난 사람은 의주부윤 심진현이었다. 그는 이방익을 심문한 내용을 장계로 기록하였다. 『일성록』에 수록된 이 장계에는 이방익이 제주에서 표류하여 팽호도에 표착하고 대만에서 심문을 받은 후 하문으로 항해하여 복건·절강·강남·산동을 거쳐 온 노정과 북경에 도착하여 귀환하기까지의 노정, 그간 베푼 중국 사람들의 훈훈한 인정, 관청마다에서 각자에게 지급한 금전 그리고 일행이 소지한 물목이 적혀 있다.

특히 이방익이 배를 탄 사유와 동승한 사람들의 이름이 적혀 있는데 이는 여러 글에서 구구히 언급된 왜곡을 바로잡을 수 있는 단초가 될 뿐만 아니라 이방익이 한글 일기장 3권을 소지했다고 기록한 사실이 주목된다.

---

9) 유득공의 「이방익표해일기」가 수록된 『고운당필기古芸堂筆記』 권5는 미국 버클리대에 소장되어 있다.

그러나 이 글에서는 보고서의 성격 때문인지 이방익 등이 표류하면서 겪은 생사고락과 중국의 여러 지역을 경유하면서 느낀 감흥은 생략되어 있다.

한편 정조는 면천 군수로 발령받아 내려가기 전에 부임인사차 들른 박지원에게 이방익의 일들을 기록하도록 명하였다. 임금의 지엄한 명령이라 박지원은 모든 수단을 동원하여 명문장을 만들어내겠다고 각오를 다졌다. 그는 면천 군수로 가있는 동안 3년에 걸쳐 이방익의 표류에 얽힌 일을 기록한다. 이방익의 노정을 확인하기 위하여 『대명일통지大明一統志』 등 중국의 여러 도경圖經을 참조하고 대만의 사정을 알기 위하여 청나라 임경광林謙光의 『대만기략臺灣紀略』 등을 참고했다. 「서이방익사書李邦翼事」는 무척 공을 들여 쓴 기록이다.

연암 박지원의 「서이방익사」는 주인공 이방익의 내력과 사람됨을 생생하게 표현했고 그에게서 전해들은 이야기를 자신의 독특한 필치로 써내려갔으며 자신의 의견을 피력하고 비판을 서슴지 않았다. 박지원의 작품은 우물 안 개구리처럼 도성 4대문 안에서 서로 지지고 볶으며 싸움질만 하고 있는 조선의 조야에 경종을 울리기에 충분하다. 북경 기행문인 『열하일기熱河日記』를 집필하면서 더 큰 세계를 바라보는 눈을 갖게된 박지원은 이방익의 경험을 통하여 사람이 잘 사는 게 무엇인가를 제시하고자 했다.

연암은 「서이방익사」에서 이방익이 탐라 사람임을 지적하면서 옛 탐라국의 역사를 떠올렸다. 연암은 이방익이 거쳐 간 대만의 각종 기간시설과 발전상을 다른 문헌을 참고하여 소개했고 무역과 물류가 성행하여 부유해진 소주蘇州의 당시 모습을 설명했다. 연암은 중국 문사들의 시문을 삽입하여 자신의 해박한 지식을 선보였다.

연암은 또한 이 기회에 대만과 중국의 지리와 열린 세계를 더듬고자 했고 조선에서는 그다지 알려지지 않은 중국 남부에 대하여 이방익의 입을 빌려 알리려 했다. 이방익이 보고 밟은 지역에 대해서도 해박한 안목으로 지리적 고증을 하려 했다. 박지원은 "우리나라 사신이 비록 매년 중국에 들어가고 북경은 천하의 한 모퉁이 땅이건만 자금성 어디에서 황제가 국을 끓이는지 그런 건 전연 알지 못하고 있고 문견이 진실하지 못해 늘 바보가 꿈 이야기 하는 듯 하거늘 하물며 양자강 이남의 일이야 말해 뭣하겠나?"[10]라며 이방익의 일을 기록하는 일에 의의를 두었다. 박지원 자신도 사신단을 따라 북경을 다녀온 경험은 있으나 다른 조선의 선비들과 마찬가지로 대만은 물론 양자강 이남지역은 가본 적도 없었고 다만 중국인들의 그림과 시문을 통해서만 알고 있었다. 하지만 여러 문헌들을 비교검토하며 실증하려 노력했는데 때에 따라서는 직접 목격한 이방익의 말보다 이론에 치중하는 우를 범하기도 하였다.

연암은 이방익이 동정호를 찾아가 악양루를 보았다는데 "거기가 어딘데 감히…" 하는 식으로 이방익의 말을 믿으려 하지 않았다. 이방익이 가본 곳은 동정호가 아닌 태호太湖라고 주장하면서 그에 대해 지나칠 정도로 장황하게 설명하고 있다. 그렇지만 「서이방익사」는 이방익의 다른 작품들과 더불어 귀중한 기록문학으로 비교검토의 대상이 될 것이다.

---

10) 박지원, 『고추장 작은 단지를 보내니』, 박희병 옮김, 돌베개, 2008.

다른 한편 박지원은 이 글을 쓰기 위해 이방익의 언문일기로 보이는 기록 또는 언문 「표해록」을 받아보기 위해 애를 쓰는 한편 박제가朴齊家와 유득공에게 편지를 써 이방익에 대한 초고를 요청한다.[11] 서울에서 멀리 떨어진 면천에서 공무를 보는 입장이니 자료 구하기도 쉽지 않고 시간도 없었던 탓에 서울의 박제가와 유득공에게 초고를 부탁한 것이다.

박제가의 것은 남아있지 않아서 여부를 파악할 수는 없지만 유득공이 박지원의 부탁을 받아 적은 것으로 보이는 「이방익표해일기李邦翼漂海日記」는 현재 남아있다. 그 내용을 보면 「서이방익사」와 일치하는 부분이 발견된다.

「이방익표해일기」에서 유득공은 이방익의 거친 도정道程을 기록했고 이방익의 부친 이광빈이 일본에 표류했을 때의 일화를 삽입했다. 이 부분은 박지원의 글에서도 나타나고 있다.

또한 유득공은 이방익이 동정호를 보았다는 것은 동동정東洞庭 즉 태호太湖를 본 것인데 착각을 일으킨 것으로 간주하여[12] 기록하고 있다. 박지원도 같은 입장을 취하고 있다.

박지원이 이 글을 쓸 때는 이방익이 전주에 내려가 있었을 때임을 감안하면 유득공의 글이 먼저 써진 것 같다. 전후 사정을 볼 때 박지원이 유득공의 글을 참고한 것으로 보인다.

---

11) 박지원, 앞의 책에서 몇 차례나 두 사람의 초고를 기다리는 초조함을 드러내고 있다.
12) 유득공, 앞의 책, 90-91면.

「남유록南遊錄」은 제주도 북촌의 성주 이씨 문중에 보관되어 있는 책이다. 내용은 박지원이 쓴 「서이방익사」와 거의 같아서 이본異本이라 할 수 있는데 누가 개찬했는지 어떤 경로로 입수되었는지 문중에서도 현재 아는 사람이 없다. 거기에는 제목이 바뀌어 있고 내용에서도 군데군데 박지원의 글과 다른 점을 발견할 수 있다. 특히 이방익 부친이 「서이방익사」에서는 전 오위장으로 표기했는데 「남유록」에서는 이미 역임한 만경현령으로 표기되어 있다. 또한 탐모라耽牟羅를 탐탁라耽乇羅로, 탐부라耽浮羅를 탁라乇羅로, 가珂를 주珠로, 마조媽祖를 마조禡祖로 고쳐쓴 것으로 볼 때 원문을 개찬한 사람의 상식의 범위 안에 가두고 있음을 알 수 있다. 김익수金益洙의 번역본을 제주문화원에서 간행한 바 있다.[13]

---

13) 김익수 역, 『남유록, 달고사, 탐라별곡, 훈민편』, 제주문화원, 1999, 11~38면.

2.
이방익은 누구인가

　이방익은 성주星州 이씨의 후손으로 1757년(영조 33) 제주목 좌면 북촌리에서 태어났다. 북촌리는 그 이름에서 알 수 있듯이 제주도濟州島의 북변에 위치하며 제주항에서 동쪽으로 40리가량 떨어진 곳이다. 비교적 평탄한 지역으로 기후가 온화하다. 한 마장 앞에 다려도라는 길쭉한 섬이 있는데 이 섬 주변이 온통 여(암초)로 구성되어 있어서 해초, 전복을 비롯해서 온갖 어족자원이 풍부하다. 그래서 그런지 북촌리는 인심이 넉넉하고 평화로운 마을이다.

　북촌리 성주 이씨 입도조入島祖 이성우李星宇는 고려말 문장가인 이조년李兆年의 후예다. 이조년은 〈다정가〉[14]로 잘 알려져 우리에게 너무나 익숙한 인물이다. 이조년의 일가인 도은陶隱[15] 이숭인李崇仁은 이성계가 역성혁명을 일으켜 고려를 무너뜨리려할 때 반대하고 견제했던 사람으로 정도전의 갖은 회유에도 불구하고 불사이군不事二君을 내세우며 조선건국에 반대하다 목숨을 잃었다. 조선 초기 성주 이씨 자손들은 이숭인에 연좌되어 갖은 핍박을 받았기

---

14) 이조년의 시조 〈다정가〉, "이화에 월백하고 은한은 삼경인데/일지춘심을 자규야 아랴마는/다정도 병인 냥 하여 잠 못 드러 하노라."

15) 고려 말 절의를 지킨 세 학자를 삼은(三隱)이라 칭하는데 목은(牧隱) 이색(李穡), 포은(圃隱) 정몽주(鄭夢周), 도은(陶隱) 이숭인(李崇仁) 등이다. 더러는 도은 대신 야은(冶隱) 길재(吉再)를 치기도 한다.

때문에 도망하여 뿔뿔이 흩어졌다. 그 중의 한 사람인 이성우가 이 곳 제주 북촌리에 숨어들어 은거하였기에 무덤조차도 남기지 않았다고 한다.[16]

이방익의 조부 이정무(李廷茂, 1702-1786)는 일찍이 무과에 등과하여 제주 명월진 만호로 있었다. 조선시대 제주에는 변방을 지키는 군사조직으로 9진(화북진, 조천진, 별방진, 수산진, 서귀진, 모슬진, 차귀진, 명월진, 애월진)을 두었는데 종9품의 조방장이 우두머리였지만 영조 때부터는 명월진에 종4품의 만호가 책임자였다.[17] 이정무는 다시 중앙에 진출하여 오위장의 직에 있었다.

1776년 영조가 승하하자 이정무는 75세의 고령에도 불구하고 아들 광빈을 비롯한 50여 명을 이끌고 상경하여 대궐에서 조곡하고 다시 능소에 가서 그가 손수 지은 〈달고사達告辭〉를 읊었다. 〈달고사〉는 장지에서 시신을 매장한 후 땅을 다지면서 읊는 소리다. 제주 사람들의 애곡소리는 서울사람들의 심금을 울리게 했다고 한다. 이 〈달고사〉는 현재 북촌 성주 이씨 문중에 보관되어 있다. 이정무는 1786년(정조 10) 노인직 통정대부를 제수 받았고 그해 85세로 세상을 하직하였다.

이방익의 아버지 이광빈(李光彬, 1734-1801)은 일찍이 무과에 등과했고 만경현령을 거쳐 오위장을 지냈다. 그런데 이광빈은 젊은 시절 과거 보러 제주를 떠나 육지로 가던 중 일본의 장기도에 표류한

---

16) 필자가 북촌리 성주 이씨의 자손 이갑도 님을 찾아뵈었을 때 그에게서 들은 이야기이다.

17) 이영권, 『제주사』, 휴머니스트, 2005, 145-146면.

일이 있었다. 그곳의 재력가인 의사 한 사람이 광빈을 집에 초청하여 일본에 머물기를 간청하였다. 그 의사는 예쁘장한 어린 딸을 인사시키면서 자신의 사위가 된다면 그가 소유한 천금의 재산이 곧 광빈의 차지가 될 것이라고 유혹했다. 그때 광빈은 언성을 높여 말하였다.

"제 부모의 나라를 버리고 재물을 탐내고 여색에 연연해서 다른 나라 사람이 된다면 이는 개돼지만도 못한 자이다. 더구나 나는 내 나라에 돌아가면 과거에 급제하여 부귀를 누릴 수 있는데, 하필이면 그대의 재물과 그대의 딸을 탐내겠는가?"

이에 유득공柳得恭은 이광빈은 비록 섬 속의 무인이지만 의젓하여 남아의 기품이 있었다고 치하한다.[18]

또한 표류, 표착이 드문 일이 아니었던 제주섬이지만 아버지 이광빈에 이어 아들인 이방익도 표류를 경험했으니 이는 희귀한 경우라 할 만하다.

이광빈이 서울의 관직에 있을 때 아버지 이정무가 병이 위중하다는 전갈을 받고 휴가를 얻어 고향 제주로 내려와 자신의 손가락을 끊어 그 피를 아버지의 입에 흘려 넣어 회생시킨 일이 있다. 정신을 가다듬은 아버지가 효보다 충이 중요하다며 아들을 즉시 임금 곁으로 쫓아 보냈다는 일화가 자손들에게 전해진다.

1784년(정조 8)에 이방익은 28세의 나이로 숙부인 이광수 그리고 김종보, 부사민과 더불어 상경하여 무과에 응시하여 등과했다. 이광수는 명월진 만호를 지냈다. 이방익은 1786년 수문장을 거쳐 이듬해

---

18) 유득공, 「이방익표해일기」, 『고운당필기』, 권5, 90-91면

에는 무겸선전관(임금을 지근거리에서 호위하는 군사의 무관 우두머리)에 올랐으며 정조 15년에는 35세 나이로 임금의 원자 돌을 맞아 행하는 활쏘기 대회에서 수석을 차지하여 충장위장(임금이 옥좌로 자리를 옮기거나 궐내에서 거동하거나 종묘대제를 지낼 때 밀착 경호하는 무관직으로 정3품 또는 종2품이 임명되었으며 오위장보다는 한 품계 낮다)으로 임명되었다. 그의 동생 이방윤李邦潤도 무과에 급제하여 명월포 만호를 지냈다.

권불십년權不十年이라는 말이 있듯이 관직을 얻어 권세를 부리는 일이 으레 오래 갈 수 없게 마련인데 이방익의 일가가 삼대에 걸쳐 임금을 호위하고 궁궐을 지키는 고위관직을 유지해 왔다는 사실은 고금에 없는 특이한 경우라 할 수 있다.

그것도 중앙에서 멸시하고 천대하던 변방사람이 대를 이어 임금을 지근거리에서 호위해 왔다는 사실은 첫째로 그들의 인품이 뛰어나며 자녀교육에 있어서도 타의 모범이 되었음을 짐작할 수 있으며 둘째, 그들이 충성심이 강하며 조정대신들과의 사이에 신망이 두터우며 정도를 걸어왔다는 것임을 알 수가 있다.

또한 제주 출신으로 입신출세할 경우 중앙이나 육지의 일각에 머물며 거기에 뿌리를 내리기가 일쑤인데 이방익의 가계는 조부로부터 시작하여 벼슬을 놓으면 고향을 찾아와 고향에 뼈를 묻는 애향심이 있음을 보게 된다.

이방익은 표류하여 돌아온 후 오위장 겸 전주 중군에 임명되었으나 오래지 않아 그 직을 사임하고 고향 제주로 돌아왔다. 정조가 1800년에 죽는 바람에 교체되었는지 오랜 여독으로 신병이 있어 스스로 물러났는지 알 도리가 없다.

1801년 6월에 아버지가 세상을 떠났고 방익은 두 달 후 그해 8월에 세상을 하직했다. 그는 전주에서 중군으로 있을 때 중국을 편답하면서 쓴 일기장 3권을 참조하여 한글 서사기행문 「표해록」을 쓴 것으로 보이며 제주에 돌아와 머물며 국한문 기행가사 「표해가」를 완성했다. 이방익은 슬하에 두 아들을 두었다.

3.
이방익의 표류기록

가. 기행가사 「표해가」

최남선이 1914년에 발행한 『청춘』지 창간호에 '녯글 새맛' 이란 부제가 붙은 국한문 〈표해가〉 한편이 실려 있다.[19] '탐라거인耽羅居人 이방익은' 으로 시작하는 이 가사歌辭의 마무리는 이렇다.

어화 이 내 몸이 하향의 일천부로
해도중 죽을 목숨 천행으로 다시 사라
천하대관 고금유적 역력히 다 보고서
고국에 생환하야 부모처자 상대하고
또 이날 천은 입어 비분지직을 하엿스니
운수도 기이할사 전화위복 되엿도다
이 벼슬 과만하고 고토로 도라가서
부모께 효양하며 지낸 실사 글 만들어
호장한 표해광경 후진에게 니르과져
천하에 위험한 일 지내노니 쾌하도다[20]

19) 이방익, 「표해가(녜글 새 맛)」, 『청춘』 창간호, 1914, 144–152면.
20) 원래 국한문으로 쓰인 것을 필자가 한글로 풀어썼다. 원본은 〈부록〉에 수록했다.

이 문장으로 보면 이 가사의 작가는 이방익이 분명하다. 저술의 도를 '표해 경험을 뒷사람들에게 알리고 싶어서'라고도 밝히고 있다. 그가 자신의 표해경험을 호방하고 장쾌한 것으로 기억하고 있다는 것도 알 수 있다. 이 「표해가」는 본인 기록이 확실하게 여겨지는 작품이다.

「표해가」는 국한문을 섞어 쓰고 있으며 3·4 또는 4·4조의 운문으로 꾸민 장장 233구의 장편가사이다.

가사문학은 조선 중기 이후 사대부들이 폭넓게 쓰고 읊던 문학의 한 갈래로 귀양살이의 애환과 임금을 사모하는 애틋한 사연을 읊기도 하고 강호에 묻혀 안빈낙도安貧樂道하는 자화상을 그리기도 했으며 낯선 환경과 자연을 묘사하거나 후진들을 위한 유교적 교훈을 노래하기도 했다. 숙종 그리고 영·정조 때에 이르러서 가사의 향유자들이 서민과 여성으로 확대되었는데 규방가사나 타령 등 작품의 내용도 다양해졌다.

흔한 경우는 아니지만 사신을 수행하여 외국에 다녀온 서장관들은 도정을 의무적으로 기록하지만 스스로 감흥에 못 이겨 별도로 기행사실을 시적으로 표현하여 가사형식으로 남기기도 했다. 주로 외국에 다녀온 이야기를 쓴 것으로 그 나라의 문물, 풍속 그리고 사람 사는 모습을 가사로 노래한 것이다. 이것들이 가사문학의 한 갈래인 기행가사紀行歌辭를 이룬다. 그중에서도 청나라에 가는 사신을 수행한 서장관이 쓴 작품을 연행가사라고도 한다.

이방익의 「표해가」는 국한문 혼용이라는 점, 그리고 기행지가 중국이라는 점에서 연행가사와 같은 갈래인 것처럼 보이지만 내용면에서는 차이가 두드러진다.

연행가사는 일반적으로 목적지가 중국의 북경으로 한정되어 있다. 도정道程은 수세기에 걸쳐 사신 일행이 다니던 길이며 이미 먼저 다녀온 사람들이 기록해두어 알려진 길이고 일정 또한 예견할 수 있다. 또한 오가는 길에 인신의 수고로움 외에는 큰 위험이 도사리고 있지 않다. 그런 점에서 이방익의 「표해가」는 중국을 다녀온 서장관들의 연행가사燕行歌詞를 뛰어넘는 작품이라 할만하다.

「표해가」에서 이방익은 인간의 의지와 상관없이 바다에 내동댕이쳐져 목적지도 없고 정처도 없으며 죽음에 이를지도 모르는 극한상황을 군더더기 없이 축약된 시어로 읊었다. 바다를 떠돌다 수몰될 절망감을 넘어 당장 기갈로 인하여 목숨이 간당간당하는 긴급 상황을 그렸고 기적적인 일이 벌어져 기갈을 면한 장면을 간결하게 처리했다. 그는 팽호도에 표착하여 대만과 중국대륙을 거치면서도 언제 고국으로 돌아갈지, 어떤 경로로 나아갈지 모르는 상황에 놓이게 되는데 고국에 돌아오기까지의 여정에서 중국의 문물·제도·풍속·인정·도중의 풍경과 고적 등에 대하여 느낀 것을 사실적으로 묘사하면서 자신의 주관적인 판단을 삽입하고 제어할 수 없는 감흥을 솔직하게 썼다. 일인칭으로 자신의 기행과정을 운율에 맞춰 서술하고 있는데 웅장한 필치와 시적 감흥이 돋보인다.

뒤에 살펴보겠지만 「표해가」는 오랫동안 대중적인 인기를 얻은 듯하다. 그 이유로는 생사에 얽힌 흥미진진한 사건, 새로운 풍물 소개, 가보지는 않았으나 익숙한 역사현장 등의 내용과 더불어 입으로 불려지는 가사체라는 형식에도 크게 힘입었을 것이다.

이방익의 「표해가」는 이런 점에서 많은 연구자들에 의해 그 가치를 인정받고 있다.[21]

21) 강전섭, 「이방익의 〈표해가〉에 대하여」, 『한국언어문학』 20집, 한국언어문학회, 1981. 「표해가」는 박지원에 의하여 한문(漢文) 문장으로 대신 서술된 「서이방익사」와 서로 비교가 되지 않는 훌륭한 국문학 작품이라는데 주목하고 우리말을 우리 글로 표현하여 우리 고유의 가사체에 의하여 자신의 애환을 비교적 자유롭게 표백함으로써 성공적으로 작품화하였다는 사실을 높이 찬양했다.

정재호, 「이방익의 〈표해가〉」, 『한국가사문학의 이해』, 고려대학교 출판부, 1998. 이방익이 중국의 고사와 명승지에 관심을 보일 만큼 상당한 교양을 갖췄으며 가사의 표현기법이 매우 능란하다고 칭찬하고 이방익이 개인적 기질, 세계인식, 창작능력에 있어 독특한 서술적 특성을 보여주고 있다고 추켜올렸다.

최두식, 「표해기록의 가사화과정」, 『동양예학』 7집, 동양예학회, 2002. 이방익의 「표해가」가 표해록의 한계를 극복한 개방적이며 대중적 시가 예술로 발전할 수 있는 문학양식이라고 극찬하고 있다.

성무경, 「탐라거인 이방익의 〈표해가〉에 대한 연구」, 『탐라문화』 12호, 제주대학교, 2003. 이방익이 한문학적 소양과는 체질적으로 멀었지만 기행과 체험의 감상을 가사(歌詞)라는 양식에 담아내던 관습적 전통에 충분히 익숙해 있었고 자신의 감흥을 아울러 전하기 위해서는 가사라는 기존 문학양식을 채택하는 것이 자연스러웠을 것이라고 지적하고 있다.

김윤희, 「〈표해가〉의 형상화 양상과 문학사적 의의」, 〈디지탈 자료〉, 한국고전문학회, 2008. 「표해가」가 화자의 자긍심과 결합하여 과장이나 나열 등과 같이 다양한 문학적 수사를 통해 심미적으로 구현되고 있고 사행가사(使行歌詞)와는 달리 역동적 고난 과정의 묘사와 긴장감, 이후에 극대화되는 흥취의 현장 등이 생생하게 재현되고 있다는 점을 높이 샀으며 객관적 서사를 기본으로 진행하되 중간 중간 서정적 요소를 배치함으로써 가사문학으로서의 미학을 구현하고 있다고 보았다.

백순철, 「이방익의 〈표해가〉에 나타난 표류체험의 양상과 바다의 표상적 의미」 디지털 자료. 작품 내부에서 나타나는 작자 의식을 '표해 체험, 표류인으로서의 자기 발견'과 '이국 체험, 국제인으로서의 자기 변화'라는 두 가지 측면에 초점을 맞췄다고 평했다.

지금까지 알려진 바로 이 청춘본本은 「표해가」를 최초로 활자화한 것이다. 아마도 최남선은 일제강점기에 전 국민이 신음하고 있을 때 이방익이 시련을 극복하는 과정과 열린 세계를 바라보는 안목과 호방한 무인기질을 기리고 박진감 넘치는 작품성을 높이 평가하여 이 작품을 창간호에 게재한 것 같다.

청춘본 「표해가」의 이본으로 보이는 작품이 몇 가지가 있다.

첫째는 이용기李用基가 펴낸 『악부』에 실린 「표해가」이다. 이용기는 서울 출생의 얌전한 선비형의 인물로 학문은 깊지 않으나 선비들과 교유하였다고 한다. 특히 그는 한량으로 장안의 뭇 기생들이 다 알 정도로 기생집을 드나들면서 기생들이 부르는 노래를 10여년에 걸쳐 수집하였는데[22] 무려 1,454여 곡에 이른다. 그는 새로운 노래를 들을 때나 전에 들은 노래에도 새로운 가사가 보이면 그때마다 보수함으로서 완전한 노래의 채집을 위하여 정성을 들였다고 한다.[23] 그래서 완성한 책이 『악부』이다.

그가 1933년에 작고한 것으로 보아 이 책은 그 이전에 완성한 것인데 이은상李殷相이 보관하고 있다가 고려대학교에 기증한 것이다.[24] 이 책에 실린 「표해가」의 내용은 〈청춘본〉과 대동소이하다. 이 책은 이방익의 「표해가」가 1930년대에도 엄연히 불리고 있었다는 사실을 말해준다.

---

22) 위의 책, 5면.
23) 이용기 편, 정재호, 김흥규, 전경욱 주해 『주해 악부』, 고려대학교 민족문화연구소, 1992, 발간사.
24) 「표해가」는 위의 책 244-248면에 전문이 실려 있다.

「표해가」의 또 다른 이본은 『아악부가집』에 실린 글이다.[25] 이는 원래 가람嘉藍 이병기李秉岐가 소장했던 것인데 서울대학교도서관 가람문고에 보관되어 있다. 미농괘지에 철필로 썼으며 「표해가」 말미에 1934년 2월이라고 적혀 있다. 내용은 〈청춘본〉과 대동소이 하다.

세 번째 이본은 북한 학자 고정옥과 김삼불이 주해하고 평양국립 출판사에서 펴낸 『가사집』[26]에 실린 글이다. 이 책의 서문에서 이방 익의 부친이 표류한 사실을 임진왜란 때에 전쟁에 나갔다 일본 장 기도에 표착했다고 잘못 기록한 것이 눈에 띈다. 하지만 남한에서 아직 가사에 관심을 두지 않던 1950년대에 쓴 가사집이어서 주목을 끌 만하다. 여기서의 「표해가」는 순 한글로 기록되어 있고 한글만으 로 해석이 어려운 점을 감안하여 주해에서 한자를 병기했다.

위 4본의 「표해가」는 내용이 대동소이하지만 『청춘』지에 실린 글 이 최초의 것이며 이방익이 썼다고 추정되는 원본과 같은 것이라 판단된다.

지금까지 발견된 「표해가」의 이본이 여럿이라는 것과 1797년의 사건이 백년이 넘도록 입에서 입으로, 또 기방에서까지 불리었다는 사실은 「표해가」의 대중적인 인기를 엿볼 수 있게 해준다.

---

25) 김동욱, 임기중 공편, 『아악부가집』, 서울태학사, 1982.
26) 이방익 저, 고정옥, 김삼불 주해, 『가사집』, 평양 국립출판사, 1955.

나. 순 한글 서사문 「표해록」

2011년 『漂海錄 單』이라는 겉표지를 한 책자 하나가 발견됐다. 單(단)은 아마도 단행본을 뜻하는 것 같다. 이 책은 1968년에 서강대가 고서점 '통문관'에서 구입하였는데 겉표지에는 한자이지만 속글은 한글 정자체로 필사되었다.

'탐나 북촌에 사는 이방익은'으로 시작되는 이 기록은 대부분 「표해가」의 내용과 겹치는데, 서사문인 만큼 총16,000자의 분량에 이른다. 「표해가」의 분량이 4,500자임을 감안하면 4배 정도의 분량이다.[27] 한 연구자가 찾아낸 「표해록」은 이방익 연구, 나아가서 이방익의 작품 연구에 큰 도움이 된다.

이방익은 의주부윤 그리고 정조와의 대화과정에서도 자신의 표해과정 그리고 중국 견문에 관한 기억을 더듬어가면서 술회하였다. 또한 그는 여행 도중의 일들과 날짜 그리고 지명을 낱낱이 적은 일기 3권을 소지하고 있었다. 표류체험을 기록할 만한 내용은 충분히 확보하고 있었던 셈이다. 더구나 이방익이 전주중군으로 있을 때 박지원이 이방익에게 표류기록을 요청한 것으로 보아 이미 이방익은 생환 직후 한글 「표해록」을 남겼다는 것을 짐작해볼 수 있다. 시기로 보면 국한문기행가사 「표해가」를 쓰기 훨씬 전이다.

「표해록」은 애초에 이방익이 작성했다고 믿어지지만 〈서강대 본〉은 이방익의 필적이 아니라고 판단된다. 서두에 이방익을 '이방악'이라 표기한 점, 그리고 말미에 '부귀로 디내다가 년만션죵ᄒ니라'

---

27) 전상욱, 「이방익 표류사실에 대한 새로운 기록」, 『국어국문학』 159편, 국어국문학회, 2011, 121~145면 참조.

하여 제 3자의 사연을 전하는 방식을 취하고 있는 점으로 볼 때 그렇다. 또한 내용 중에 몇 군데 개칠한 흔적이 있는 것으로 볼 때 이방익 자신이 쓴 원본은 아니다. 그러나 기행과정의 세세한 기록과 솔직한 표현을 감안하면 이방익이 쓴 원본을 누군가가 필사하고 첨삭을 가했을 가능성이 있다.

이에 필자는 나중에 문중에서나 어느 곳에서 이방익이 소지했던 일기책과 이방익이 직접 쓴 「표해록」 및 「표해가」 원본이 나올 가능성도 배제하지 않는다.

이보다 앞서 1982년 최강현이 찾아낸 자료가 『어문논집』 제23집에 실렸는데 「이방인표해록 정축생인李邦仁漂海錄 丁丑生人」이라는 제목하의 글이다. 이 자료는 최근영崔根泳이라는 사람이 소지하고 있는 두루마리 한지에 한문으로 기록한 것이라고 최강현이 밝혔는데 이방익의 행적을 추적함에 귀중한 자료가 된다.

이 자료는 한글로 구전되어 오던 이야기를 화감花岺 정상사鄭上舍가 다시 한문으로 번역했고 사정동주沙汀洞主라는 호를 가진 이가 옮겨 쓴 것이다.

이 자료는 의주부윤이 "너는 몇 살이며 몇 살에 등과했으며 몇 살에 품계가 올랐는가? 너는 무슨 일로 배를 탔으며 표류하다 어느 지경에 이르게 되었는지 낱낱이 고하라"로 시작된다.

글의 내용에서 그의 아버지가 이광빈이라는 점, 출생년도가 정축년(영조 38)이라는 점, 경력 등으로 보아 이방익이 틀림없다.[28] 제목

---

28) 최강현, 「표해가의 지은이를 살핌」, 『어문논집』 제23집, 고려대학교 국어국문학회, 1982, 67-74면 참조.

에서 주인공을 이방인李邦仁이라 표기하고 있는 것은 여러 번 옮겨 쓰는 과정에서 생긴 오류이거나 귀로 들은 것을 받아쓰다 보니 생긴 오류인 듯하다. 하지만 이 자료의 원저자가 이방익 자신인지, 아니면 이야기를 전해들은 누군가가 글로 적어놓은 것인지는 알 길이 없다. 다만 이방익의 표류담이 오랫동안 인구에 회자되었음은 짐작해볼 수 있다. 이 자료는 이방익이 손수 쓴 「표해록」과 일맥상통하여 자료의 가치가 있다.

*

제주사람들은 조선시대, 아니 고려시대 그 이전에도 척박한 땅에서 굶주림에 시달리고 관리들의 착취에 시달리기도 했지만 바다에 나가 고기를 잡는 일이나 각종 공물을 바치는 일에 차출되어 배를 타거나 또는 제주의 특산품을 팔러 육지로 나가다가 표류하여 죽는 일이 다반사였다. 바다에 표류하다 물고기 밥이 되고 그 가족이 상실감 속에서 사는 일은 제주사람들의 삶의 현장이며 역사의 한 축이다.

최부가 표류할 때 동승한 한 제주 관원이 이렇게 말했다.

"우리 제주도는 큰 바다 가운데 멀리 떨어져 있어 표류되고 침몰되는 배가 10에서 5,6척은 되어 제주사람들은 일찍 빠져죽지 않더라도 나중에는 반드시 빠져죽곤 합니다. 그런 까닭에 경내에는 남자의 무덤이 매우 적고, 마을에는 여자가 많아서 남자보다 3배나 됩니다. 부모가 딸을 낳으면 '이 아이는 효도할 아이다' 라고 하고 아들을 낳으면 '이 물건은 내 자식이 아니라 고래나 거북의 밥이다' 라고 합니다. 우리들의 죽음은 하루살이와 같으니 어찌 집에서 죽기를 바라리오."[29]

전라도 강진이나 영산강 하류에서 제주도로 가려면 조류와 바람을 이용하곤 하지만 바람과 풍랑이라는 것이 예측불허인지라 제주도를 오가는 많은 사람들이 풍랑에 휩쓸려 흔적 없이 사라지거나 멀리 바람에 떠밀려 남쪽의 낯선 땅에 부려지기도 한다. 그들이 만에 하나 살아남아도 고국에 돌아오지 못하고 눌러앉는 일이 부지기수이며 요행히 친절한 현지인, 특히 관원을 만나 돌아오게 되는 경우도 몇 달 몇 해가 걸린다.

살아 돌아온 이들이 하는 이야기는 경험담이고 무용담이련만 이 이야기를 글로 옮기는 사람은 별로 없었다. 그들은 대부분 뱃사람이거나 글자를 모르는 무지렁이 백성이었기 때문이다. 표류자가 스스로 글로 옮길 수 없기에 1477년(성종 8)에 추자도 연해에서 표류하여 유구에 표착했다가 2년 8개월 만에 돌아온 김비의金非衣의 경우 홍문관에서 그 표류체험을 받아 적었고, 1801년(순조 1) 흑산도 연해에서 표류하여 유구, 필리핀, 중국을 거쳐 3년 2개월 만에 돌아온 신안의 홍어장수 문순득의 경우는 마침 흑산도에서 귀양살이를 하던 정약전丁若銓이 기록하여 후세에 남겼다.

표해경험을 기록한 표해록은 최부崔溥의 「표해록漂海錄」과 장한철張漢喆의 「표해록」이 단연 돋보인다. 이 두 권의 서사문은 문헌적 가치가 인정되고 있는데, 특히 장한철의 경우는 세밀한 묘사, 갈등과 극적인 변환, 열정과 희망을 담고 있어 문학성이 인정되기도 한다.

---

29) 최부 지음, 박원호 역주, 『표해록』, 고려대학교 출판부, 2006, 57-58면.

그러나 이 기록들은 모두 한문 서사문이다. 당시의 시대적 상황에서는 모든 관변문서는 물론 개인적인 글짓기도 한문으로 이루어진 것이 일반적인 현상이었다. 특히 시조와 가사와 같은 운문과는 달리 서사문의 경우 한문형식이 독차지하였다. 영·정조 때 쏟아져 나온 국문소설이나 규방여인들이 쓴 일기를 제외하면 한글서사문은 거의 찾아보기 어렵다. 이에 비해 「표해록」은 한글 기행문이란 점에서 문학사적으로 독보적인 가치를 갖는다.

무인인 이방익은 한문은 사용했으나 문장에 능하지 않았다. 무인이라 한문을 체계적으로 배울 기회가 없었고 그래서 경험담을 한문으로 문자화하는 일이 불가능했던 것이다. 당시 선비들에게 이는 무식으로 치부되었다.

연암 박지원은 정조의 명을 받아 이방익의 일을 쓰면서 "이방익은 겨우 문자를 알기는 하였으나 겨우 노정만을 기록하였을 뿐이요, 또 기억을 더듬어 입으로 아뢴 것도 왕왕 차서次序를 잃었습니다"라고 말하고 있다. 박지원도 무부武夫에 대한 편견과 한문 기록만이 문장으로써 가치가 있다는 인식을 드러내고 있는 것이다.

이런 상황에서 이방익은 자신의 기행체험을 순 한글로 남겼다. 이는 「표해록」이 오랫동안 대중에게 사랑을 받게 된 중요한 이유가 됐을 것이다. 또한 「표해록」을 읽어보면 이방익의 표현 능력의 뛰어남과 능란함을 금방 눈치 채게 되며, 그것을 드러냄에 있어 한글을 얼마나 잘 구사했는지 금세 알게 된다.

낱말 하나하나 구절 하나하나, 그 조합의 미묘함에 감탄과 놀라움을 갖게 된다. 낱말의 선택과 언어 구사능력, 그리고 많은 경험과 많은 독서를 통하지 않으면 갖출 수 없는 이방익의 어휘력은 여느

문장가를 뺨칠 정도로 능수능란하다. 이 문장에 나오는 자음과 모음, 낱말의 뿌리와 어미語尾의 변화는 국어학사 연구에 크게 도움이 될 것이다. 이런 점에서 「표해록」은 한국문학사는 물론 국어학사에도 중요한 의미를 주는 것이다.

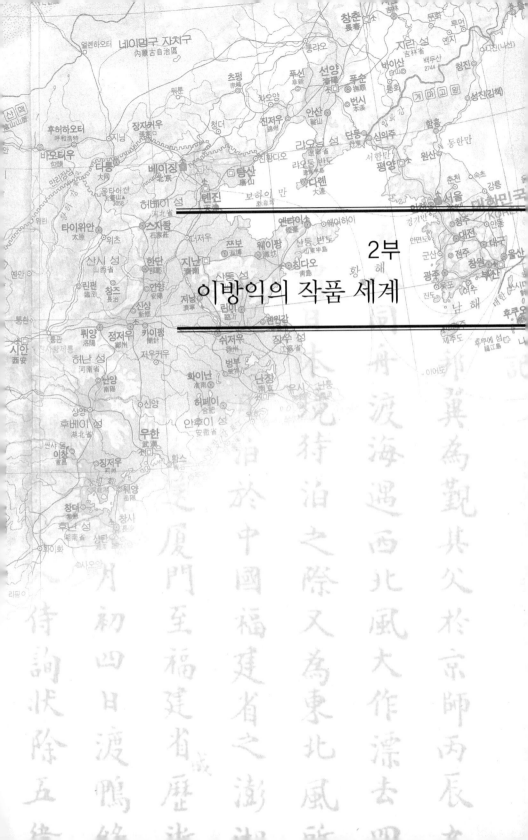

2부

이방익의 작품 세계

1. / 생생한 기적의 연속

죽고 사는 순간은 사람 손에 땀을 쥐게 한다. 죽을 지경에 맞이하는 기적은 환호성을 불러일으킨다. 그런 순간이 이어지면 더 말할 것도 없다. 생생한 기적의 연속은 흥미를 유발하는 최고의 조건이다.

이방익 일행이 고기잡이배를 탔다가 표류하여, 뒤엎어지지 않고 파선되지 않고 무려 6,000리를 흘러가면서도 구사일생으로 살아남은 것은 기적이다. 또한 그들 모두가 16일간 표류하면서 기갈이나 굶주림으로 죽지 않은 것 또한 기적이다. 그들은 돛대도 부러지고 노와 삿대도 없이 망망대해를 표류하면서 죽는 것보다 당장에 닥친 기갈과 굶주림으로 고통을 받아야 했다.

시베리아로부터 불어오는 북서풍은 만주 벌판을 거쳐 황해에 닿고 다시 제주해협을 거쳐 한라산을 휘돌아 동중국해로 이동한다. 늦가을과 초겨울의 북서풍은 비를 동반하지 않는다. 바람은 태평양 기후의 영향을 받아 양자강 하류와 일본의 남단을 잇는 위도緯度를 지나면서 북동풍으로 바뀌는데, 바로 이 바람이 비를 동반한다. 이방익이 탄 배는 처음에 북서풍에 밀려 일본의 서남쪽으로 표류했는데, 오륙일이 지났을 때 돌연 바람의 방향이 북동풍으로 바뀐 것 같다.

그 바람은 한 줄기 큰비를 몰고 왔다. 여덟 사람은 부러진 돛대를 얼싸안고 하늘을 향해 입을 벌려 빗물을 받아먹었다. 기갈로 인하여 거의 죽음에 이를 때였다. 기적이 일어난 것이다. 북동풍이 비를 동반하는 것이 자연의 이치라 하겠지만 기갈로 죽기 직전에 내린 비는 기적이며 이방익의 말대로 명천明天이 감동하여 내린 비다.

> 죽기는 자분하나 기갈은 무삼 일고
> 명천이 감동하사 대우를 내리시매
> 돛대 안고 우러러서 낙수를 먹음이니
> 갈한 것은 진정하나 입에서 성에 나네

이번에는 배고픔이다. 표류한 지 10여 일이 지났으나 5일째 되는 날 빗물을 받아먹고 기갈을 면한 것 외에는 입에 풀칠도 못했다. 굶어죽을 판국이다. 그들은 뼈만 앙상하게 남아 배가 파도에 휩쓸리거나 암초에 부딪혀 뒤집어지면 바다에 내던져져 물고기 밥이 될 수밖에 없는 지경에 이르렀다. 창자가 오그라드는 지경인데 배는 바람 따라 물결 따라 정처 없이 부침하고 섬이 가까워지다가 멀어진다. 하늘을 우러러 차라리 죽여 달라고 애원할 수밖에 없는 처지가 되었다.

바로 그때 그야말로 하늘의 보살핌인가 해신의 도움인가 기적이 일어났다.

> 하날을 부르즈져 죽기만 바라더니
> 선판을 치는 소래 귀가에 들니거늘

물결인가 의심하야 창황이 나가보니
자 넘는 검은 고기 주중에 뛰어든다
생으로 토막잘나 팔인이 논하먹고
경각에 끈을 목숨 힘입어 보전하니
황천의 주신젠가 해신의 도움인가
이 고기 아니러면 우리 엇지 살엇스리

　어느 순간 갑판을 치는 소리가 들리는가 싶더니 한 자가 넘는 물고기가 갑판에 뛰어들었다. 이방익 일행은 이 물고기를 8등분하여 똑같이 나누어 먹었다. 인간의 이성으로는 도저히 생각할 수 없는 기적임에 틀림없다. 이는 표류 체험의 극치이다. 인간의 힘이나 생각으로는 상상조차 할 수 없는 일이며 상상의 세계 아니면 거짓말도 통할 수 없는 현실이다.

　기적은 이것으로 끝나지 않는다.

　표류 16일째 되는 날 큰 섬이 눈앞에 드러난다. 하지만 아무런 도구도 갖추지 않은 지경이니 천행을 바라는 수밖에 없었다. 그런데 배는 바람결에 따라 해안에 닿았다. 게다가 배는 여덟 사람을 해안에 내동댕이치고 다시 바다로 흘러가 산산조각이 되고 말았다. 일행은 몸을 가눌 힘조차 없어 정신 나간 사람들처럼 널브러져 있었다. 이윽고 지나가는 어부를 만나게 되는데 그의 복장을 보니 중국인이었고 표착한 곳은 팽호군도의 한 섬이었다.

　표착한 것만으로는 기적이 아닐 수 있나. 그 곳의 사람들이 우호적인 대접이 이어져야 온전히 살아남을 수 있기 때문이다. 그 아슬

아슬한 순간에 이방익 일행은 생존을 넘어 대접까지 받게 된다.

중국본토와 대만 사이에 위치한 이 섬에는 특별한 신앙이 자리 잡고 있었다. 물에 빠진 사람을 살려주고 항해하는 선박을 안전하게 이끌어준다는 마조신媽祖神을 믿는 신앙이다. 이 신앙은 도교적 신앙의 주류로 중국의 남부와 대만에 오랫동안 뿌리내리고 있었다. 팽호도는 이 신앙의 본산이다.

마조묘媽祖廟의 우두머리 마궁대인과 그 신앙인들은 마조신이 이방익 일행을 살려주었다고 굳게 믿었던 듯하다. 마조신이 살려준 특별한 사람, 이방익이 극진한 대접을 받은 것은 너무나 당연한 것이다. 하지만 이방익 일행에게는 그야말로 기적이다. 이처럼 생사의 갈림길에서 기적을 만나는 일은 손에 땀을 쥐게 한다.

2. 드높인 조선인의 위상

중국에 표착한 사람들은 보통으로 여러 번에 걸쳐 취조를 당하고 심지어는 고문을 당하기도 한다.[1] 이방익은 팽호도에서 자신의 신분을 밝히고 그에 응한 대우를 받는다. 방익은 성품이 의젓하고 당당한데다 조선에서 임금을 호위하는 높은 벼슬의 무관이다. 그 사실을 알게 되자 팽호도의 관리들은 '그대 비록 기곤하나 칠인 동무 아니로다' 하며 예의를 갖춰 대우한다. 그들은 이방익이 고위무관인 점을 감안하여 관제묘에 안내하고 푸짐한 음식을 베푼다.

그는 대만부에 이송되어서는 군장을 갖춰 입고 의장대의 사열을 받으며 병부로 들어가 사관士官과 장수를 만난다. 그는 장군으로서 온갖 위용을 뽐낸다. 이방익은 비록 무관이지만 자양서원에서는 주희朱熹의 사당에 참배하고 여러 유생들과 술자리를 같이 하며 어울린다.

> 자양서원 네 글자를 황금으로 메윗는데
> 갑사장 둘너치고 좌우익랑 사려하다
> 내 비록 구구하나 예의지국 사람이라

---

[1] 예컨대 최부는 표착지인 영파에서 항주에 이르기까지 서너 번에 걸쳐 심문을 받았고 앞서의 답변과 다르면 몇 번이고 고쳐 쓰게 하였다.

이 서원 지나가며 엇지 첨배 아니리오
배례를 필한 후에 전 밧게 나와보니
수백 유생 갈나안져 주찬으로 추양한다

이방익이 서원에 배례하겠다고 제안하자 동행한 중국인 안내원은 깜짝 놀란다. 만 리 이국 사람으로 주자를 안다는 것이 믿어지지 않았기 때문이다. 이방익은 조선이 예의를 숭상하는 나라로 동방예의지국임을 자랑삼아 말한다. 방익이 참배할 때는 유생들이 일제히 일어나 좌우로 갈라서서 읍하고 음복하는 자리에서는 이방익에게 먼저 권하는 등 예의를 갖춘다.

이방익이 예의지국 사람으로 주자상에 참배했다는 소문이 인근 부현府縣에 파다하게 알려졌고 주자의 고향인 천주泉州에서는 이방익을 특별히 초청하여 성찬을 차려주고 여비까지 마련해 준다.

복건성으로 향하면서 포정사布政使에게 당당히 글을 올려 치송하기를 진정하니 복건성에서는 이방익의 사정을 멀리 황제에게 보고하였고 이에 황제는 호송관을 임명하였다. 호송관은 〈조선인호송〉이라는 깃발을 나부끼며 이방익 일행을 호송한다. 소주에서는 소주차사가 동행하며 각종 호화로운 연회를 열어주기도 한다. 이처럼 그는 곳곳에서 조선의 위상을 높였다. 이것은 읽고 듣는 백성들에게 조선인으로서의 자부심을 심어주기에 충분했다.

3. /
/ 역사 현장 답사기

양자강 이남의 전적지들은 조선인에게는 익숙한 곳이었지만 실제로 가본 사람은 거의 없었다. 이방익은 이곳들을 답파하여 기록하였다.

이방익은 서두르지 않았다. 아니 지나치는 여러 부현에서 취조를 하거나 사연을 물어 상부에 보고하는 절차가 있고 상부의 조치를 기다리는 시간이 있어 이방익은 그 시간을 활용하여 명승고적을 답사했고 역사의 현장을 찾았다. 일부러 시간을 내서 찾아간 경우가 더 많았다.

이방익은 주자의 자양서원을 찾아 참배하였고 한소열漢昭烈 유비의 유적을 둘러보았다. 또 그는 선하령을 넘어 절강성으로 들어가면서 초나라 옛 도읍지의 웅장한 모습을 바라보았다. 그는 절강성 동려현의 부춘산에 있는 엄자릉嚴子陵 조대釣臺를 구경하며 광무제와 엄광嚴光의 고사를 떠올린다.

> 익주부 진덕현은 엄자릉의 넷터이라
> 칠리탄 긴 구뷔에 조대가 놉핫스니
> 한광무의 고인풍채 의연이 보압는 듯

항주에 이른 이방익은 고국으로 돌아갈 마음이 바쁜 와중에도 북경으로 달리는 여정을 뒤로 하고 역사의 현장을 찾아 양자강 900리를 서쪽으로 항해하여 동정호로 달린다. 이 길은 조선인이 거의 가본 일이 없는 전인미답의 길인 것이다.

이방익은 동정호를 조망할 수 있는 악양루岳陽樓에 오른다. 악양루는 노숙魯肅이 평사십리에서 훈련하던 군사를 사열하던 3층 누각이다. 노숙은 욱일승천旭日昇天하는 조조를 막아 오나라 손권의 정권을 보존하려면 오로지 제갈량과 손을 잡아야 한다는 혜안을 가졌던 인물이다. 방익은 동행한 호송관이 가리키는 무산십이봉巫山十二峰을 바라보고 초양왕이 꿈속에서 신녀 요희와 사랑에 빠진 고사를 떠올린다. 또한 동정호 호반에서만 자란다는 반죽斑竹에 얽힌 순임금의 두 왕비 아황, 여영의 애끓는 전설을 시어로 엮는다.

무산12봉을 손으로 지점하니
초양왕의 조운모우 눈앞에 보압는 듯

창오산 점은 구름 시름으로 걸녓스니
이비의 죽상원혼 천고의 유한이라

이들 고사 또는 전설은 조선시대 선비들의 입에서 자주 회자되어 왔다. 선비들은 이백 등 중국 시인의 시를 읽고 무산12봉을 되뇌었고 화가들은 중국의 그림을 보고 상상화를 그렸다. 그런 곳을 실제 발로 밟고 눈으로 본 기록은 사람들에게 현실감 있게 다가갔을 것이다.

이방익은 동정호에 머물며 악양루에서 시를 썼던 두보와 이백을 떠올리며 그들의 인생 역정을 두 줄로 함축하여 표현했다. 두보(두공부)는 가난하여 떠돌이 생활을 했고 이백(이청련)은 중국시단에서 시의 혁명을 일으켰다.

> 두공부의 천적수는 고금에 머물넛고
> 이청련의 시단철추 동량이 부서졋다

이방익은 양자강을 비껴 초한지의 무대였던 파양호鄱陽湖와 연결된 구강九江을 찾는다. 이방익은 유방의 배신으로 패배를 당하여 쫓겨 가는 외로운 모습의 경포를 빗대어 경포의 고도孤棹, 즉 '외로운 노'라 일컬었다.

> 십구일十九日 배를 띄워 구강九江으로 올나가니
> 초한楚漢적 전장戰場이오 경포鏡浦의 고도孤棹로다

이방익은 소동파의 적벽부에 나오는 소주와 무창 사이를 흐르는 황강을 찾는다. 소동파가 조조의 백만 군사가 화공을 당하여 완패했다는 적벽강으로 일컬었던 곳이다. 황강이 적벽강이 아니라는 설이 있지만 이방익은 남병산의 실재를 들어 이곳이 그 옛날의 적벽강임을 확신한다.

이방익은 『초한지』의 무대였던 구강을 찾아들고 『삼국지』의 요체가 되는 적벽강을 지나면서 격동하던 중국의 역사현장을 찾아 역사의 숨결을 느꼈다. 여기서 한 가지 주목할 것은 그의 해박함이다.

그가 역사에 대한 해박한 지식이 없었으면, 그가 곳곳에 서린 역사의 흔적에 관심이 없었으면 바쁜 마음에 여유를 내어 양자강 상류로 짓쳐 올라가지 않았을 것이다. 또한 그가 조선의 당당한 고관으로 대우를 받지 않았으면 그의 행보에 중국인들은 코웃음을 쳤을 것이다. 그가 쫓기듯 몰리듯 귀국길을 서두르지 않은 것은 그야말로 우연히 찾아온 이 기회를 놓칠 수 없었기 때문이었다.

그리하여 그는 고려와 조선을 통해서 양자강을 편답한 최초의 인물이고 그의 「표해가」와 「표해록」은 양자강 주변의 명승고적과 산천험조를 몸소 경험하여 쓴 최초의 기행문으로 회자된 것이다.

4. / 문물과 풍속의 소개

문명의 발달은 풍부한 자원과 활발한 교역을 통하여 이루어진다. 그는 팽호도와 대만 나아가서 하문 등지에 무역선이 떼 지어 몰려있고 동남아·인도·아라비아·유럽의 상인들이 법석되는 모습을 직접 눈으로 목도하고 기록했다.

> 대만부가 어대매뇨 오일만에 다닷거라
> 선창 좌우에는 단청한 어정이요
> 장강 상하에는 무수한 상선이라
> 종고와 생가소래 곳곳이서 밤새오니
> 사월팔일 관등인들 이 갓흘 길 잇슬소냐

이방익이 팽호도에서 화려하기 그지없는 여인들의 성장盛粧을 본다. 농사짓기도 어려운 척박한 땅에서 물고기를 잡고 채소를 가꾸어 연명하던 섬사람들이 몰라보게 풍요로워지고 복장이 화려해진 것이다. 이방익이 본 여인들은 고대광실의 여인들이 아니고 생업에 종사하고 거리에 나다니는 보통의 여인들이다.

> 여인 의복 볼작시면 당홍치마 초록당의

머리에 오색 구슬 화관에 얼켜잇고
허리에 황금대는 노리개가 자아졋다
금채에 비단꼿츨 줄줄이 뀌엿스니
염염한 저 태도는 천하에 무쌍이라

이방익이 강남의 명소들을 경유하면서 혹 정자에 앉아있거나 놀이삼아 다리를 걷거나 물가에서 배회하는 여인들을 보니 앵무새도 희롱할 정도로 화려한 옷을 입고 금은으로 꾸민 화관을 쓰고 다니기에 눈이 현란할 정도였다.

부녀들의 응장성복 화각에 은영하니
앵무도 희롱하며 혹탄혹가하는고나

음식은 어떠한가. 이방익은 가는 곳마다 대접받은 음식에 대하여 감탄을 늘어놓는다. 가는 곳마다 진수성찬, 금준미주인지라 심지어 북경의 황궁에서 내온 음식이 강남에 비하면 어림도 없었다고 방익은 말한다.

포진음식 접대제절 아모리 극진하나
강남에 비교하면 십 배나 못하고나

한창 번영일로에 있던 강남과 비교해보면 산동을 지나면서 보고 겪은 백성들의 찌든 생활은 비참할 정도였다. 더욱이 내온 음식은 굶는 한이 있어도 먹을 수가 없었다.

강남을 이별하고 산동성 드러오니
평원광야 뵈는 곡식 실직도속뿐이로다
시초는 극귀하야 수수대를 불따이고
남녀의 의복들은 다 떠러진 양피로다
지져귀며 왕래하니 그 형상 귀신 같다
두부로 싼 수수전병 저유로 부쳣스니
아모리 기장인들 참아 엇지 먹을소냐

　이방익은 장례풍속에 대하여 강남과 강북을 비교하며 본 대로 느
낀 대로 쓰면서 강남에서 그저 보통사람의 장례와 무덤의 거창함에
놀란다.

저긔 잇는 저 무덤은 엇던 사람 무첫난고
석회싸하 봉분하고 묘상각이 찬란하다
양마석 신도비를 수석으로 삭엿스니
경상인가 하엿더니 심상한 민총이라

태산갓치 오는 거슨 멀리보니 그 무엇고
수백 인이 메엿는대 불근 줄로 끄으럿다
돗데가튼 명정대는 용두봉두 찬란하다
장안에서 곡성이오 가진 삼현 압헤섯다
무수한 별연독교 상가비자 탓다 하네
행상하는 저 거동은 첨시가 고이하다

그러나 산동지방에서 목도한 장례풍속에는 차마 못 볼 것을 본 듯 혀를 찬다.

죽은 사람 입관하야 길가에 버렷스니
그 관이 다 썩은 후 백골이 허여진다
이적의 풍속이나 참아 못 보리로다

이방익이 소개한 풍물과 풍속은 조선에는 그다지 알려지지 않은 새로운 중국의 모습이었다. 우리와는 다른 이국의 인상을 전해줌으로써 기행문의 가치를 십분 더하고 있다.

5. / 이방익이 엿본 중국인들의 신앙체계

　이방익 일행이 평호군도의 한 섬에 표착했을 때 그 섬의 주민들은 그들을 수군부로 끌고 가지 않고 마궁媽宮으로 데리고 간다. 마궁은 천후궁天后宮의 다른 명칭으로 바다를 항해하는 선박이 조난을 당하지 않도록 도와준다는 마조신媽祖神을 모시는 제전이다.

　특히 중국 남부 연안의 사람들은 마조신에게 항해의 안전뿐만 아니라 자녀의 생산, 가정의 평화 그리고 행복을 기원하여 왔다. 마조신을 믿는 신앙은 중국뿐만 아니라 동남아에도 널리 퍼져 있었는데 팽호도에 총본산이 있었다. 이방익이 말하는 마궁대인은 최고의 종교지도자인 것 같다. 마궁대인은 이방익 등이 살아남은 것은 마조신이 구해준 덕분이라고 굳게 믿어 그들을 후대하였고 이는 후에 관가나 군부에서 이방익을 대접하는 데 영향을 미친 것으로 보인다.

　이방익이 복건성의 법해사에 이르렀다. 관운장 동상이 제단의 맨 위에 있고 좌우로 금불상을 배치한 광경을 보게 된다. 성내에는 마을마다 절이 있어 주민들이 우환이 있거나 생산을 못하거나 하면 불전에 기도하는 형국이 조선의 밑바닥 의식과 다름이 없었다. 아마도 성내의 모든 절이 관운장을 상좌에 모신 것으로 짐작되며 이는 불교가 도교 및 민간신앙과 접목하여 기복의 대상이 됨을 짐작케 한다.

　　이방익 일행은 송환의 절차가 늦어짐에 따라 법해사에서 오랫동
안 묵었으며 노정路程에서도 절에서 묵거나 식사대접을 받는 일도
많았다. 이방익이 답사한 선하령의 보화사, 항주의 대선사, 소주의
호구사, 한산사, 금산사 등의 사찰은 유서 깊고 유명한 절로 그 규
모의 웅장함과 불상의 크기는 상상을 초월한 것이었다.

　　이렇듯 이방익이 본의 아니게 여러 유명사찰을 두루 답사한 경우
는 중국이나 한반도를 통틀어 불교계의 고승들조차도 하지 못한 희
귀한 경험일 것이다. 조선에서는 모방이 심하여 보지도 못한 중국
의 이들 유명사찰 이름을 내건 절이 수두룩하다.

　　무릇 중국은 나라가 바뀌고 정치체계가 바뀌어도 불교 또는 도교
와 같이 교리를 갖춘 종교뿐만 아니라 백성들이 기대고 싶은 타자
에 대한 신앙을 막기보다는 고양하였으며 이는 관운장신과 마조신
을 숭앙하는 민간신앙으로 굳어져 불교와 도교가 이에 융합되었다.
그래서 집집마다 관운장 옆에 마조가, 부처 옆에 신선이, 그들 모두
가 가정의 대문과 담벼락에 장식되어 있다.

조선의 경우 건국이념이 유교라며 공맹과 주자를 계승·발전시켰고 불교를 억압하며 민간신앙은 미신으로 치부하여 터부시했지만, 정녕 억압받고 무시당한 백성들의 마음에는 기대고 싶은 신념체계가 더 절실하였던 것이다. 그것이 정녕 유교는 아니었다. 유교가 단군으로부터 전해 내려오는 선仙의 사상과 민간신앙으로 오랫동안 뿌리내린 불교를 대신할 수는 없는 것이었다. 유교사상에 천착한 조선은 중기 이후 민간에 숨어드는 외래종교를 가차 없이 탄압하기도 하였다.

　이방익은 생소한 중국의 민간신앙에 호기심을 갖고 과감한 행보를 이어갔고 조선에서는 기피하는 도교적 신앙의 상징인 마조묘와 관제묘를 찾기도 했다.

6.
곳곳에 드러나는 풍류

이방익은 풍류객이다. 그는 궁궐을 지키면서 임금을 모시면서는 단정하고 엄하되 그 직을 벗어나서는 상하귀천을 가리지 않고 더불어 풍류를 즐길 줄 아는 호탕한 사람이다. 흔히 시골에서 몸을 일으켜 중앙에 진출하고 승승장구하여 고관에 이르면 고향에 돌아와 뻐기며 젠 체하게 마련인데 이방익은 잠시 말미를 얻어 제주에 머물고 있는 동안에도 자신보다 지체가 낮은 사람들과 어울려 뱃놀이를 한다. 그는 우도에 있는 어머니의 묘에 성묘하고 돌아오는 배에서 가을 경치를 만끽하면서 도연히 취하여 배 위에서 갑판을 치며 노래하고 춤을 춘다.

추경을 사랑하야 선유하기 기약하고
망망대해 조수두에 일엽어정 올나타니
이유보 등 일곱 선인 차례로 조찿고나
풍범을 놉히 달고 바람만 조차가니
원산에 빗긴 날이 물 가운 대 빗최엿다
청홍금단 천만필을 필필이 헷떠린 듯
하날인가 물빗인가 수천이 일색이라
도연히 취한 후에 선판치며 즐기더니

그는 풍류와 여인의 고장인 항주에서는 전당수에 배를 띄워 기녀들과 어울려 노래하고 춤추며 흥겹게 논다. 아리따운 여인들이 권하는 술을 받아 마시면서 풍류를 즐긴다. 문맥으로 보아 여인을 품에 안았던 듯하다.

> 선상에서 경야하고 항주부로 드러가니
> 녹의홍상 무리지어 누상에서 가무한다
> 천주산은 동에 잇고 서호수는 서편이라
> 전당수 푸른 물에 채선을 매엿는대
> 조선인호송기가 연꽃 위에 번득인다
> 호치단순 수삼미인 흔연이 나를 마자
> 섬섬옥수로 잔드러 술 권하니
> 철석간장 아니여니 엇지 아니 즐기리오

또 이방익은 양자강을 거슬러 올라 동정호를 다녀온 후 소주에 이르러서 뱃놀이를 하며 여인들과 풍류를 즐긴다. 아무리 고국을 향한 여로가 바빠도 이때만은 즐길 것을 즐기고 풍악을 울리고 취한다.

> 영롱이 달인 석교 그 아래 배를 대니
> 함교함태 선연미인 날 위하야 올넛스며
> 대풍악을 울넛스니 그 소래 요량하다

서원에 들러서는 유학자들과 일배하고 연회에 초대되어서는 기

녀들과 화통하게 어울리는 이방익의 인간미와 친근함, 호방한 성격
과 멋은 작품 내용을 더욱더 풍성하고 흥미롭게 해주고 있다.

7. 중국인에 대접 받는 조선인

　이방익 일행이 팽호군도의 어느 섬에 표착하여 정신없이 널브러
져 있을 때 그들을 발견한 수백(水伯-어부 또는 수군)은 비록 말은 통
하지 않으나 그들을 부축하여 마을로 데려간다. 이방익은 마을사람
들의 옷을 보고 그곳이 중국 땅임을 알아차리고 안도의 한숨을 짓
는다. 표착자들이 손짓 발짓으로 굶주린 형상을 보이니 마을사람들
은 미음을 끓여 내오고 불을 지펴 젖은 옷을 말려준다. 그 후 그들
은 관가가 있는 섬으로 안내되고 거기에서는 그들에게 대나무 자리
와 베개를 주며 쉬는 동안 날마다 미음 한 그릇과 닭고깃국을 주고
향사육군자탕을 두 끼씩 주었다.

　이러한 대접은 300년 전 최부가 중국의 표착지에서 당한 일과는
사뭇 다르다. 최부는 소지하고 있는 물건들을 빼앗기고 몽둥이로
맞아가면서 개 끌려가듯 관가로 끌려갔고 관가에서는 해적으로 의
심받아 갖은 고문과 취조를 당했다.

　이방익 일행을 만난 마궁대인은 특히 이방익이 예사 사람이 아닌
것을 직감하고 따로 불러 예우하고 표류한 연유를 물은 후에 주찬
으로 대접하고 헤어질 때는 큰절을 하며 보낸다.

　　그 관인 묻자오니 어느 나라 사람인고

일배주로 위로한 후 저 칠인은 다 내보내고
나 혼자 부르거늘 또 다시 드러가니
관인이 염임하고 무슨 말삼하옵는고
그대 비록 기곤하나 칠인 동무 아니로다
……
관인이 이 말 듯고 주찬 내여 대접하며
장읍하여 출송하니 큰 공해로 가는구나

관운장의 소상이 있는 곳, 즉 관제묘로 안내를 받은 이방익은 양탄자로 화려하게 꾸민 장소에서 푸지게 차린 음식으로 대접을 받고 10여 일간 치료를 받은 후 관원과 더불어 화려하게 꾸민 수레를 타고 관부로 들어간다. 관부에서 대만으로 가기 위하여 배에 오를 때도 푸짐한 음식이 배에 실려 있다. 대만에 이르러 상산병부에서는 정식 환영절차를 받고 문무의 고위급 인사들과 회합을 갖기도 한다.

자양서원에서는 이방익이 동방예의지국의 관리로서 당당하게 위엄을 갖추고 주자의 제전에 참배하며 참배를 끝내고 나오니 수백의 유생들이 반기며 술과 안주로 더불어 어울린다.

자양서원 네 글자를 황금으로 메윗는데
갑사장 둘너치고 좌우익곽 사려하다
내 비록 구구하나 예의지국 사람이라
이 서원 지나가며 엇지 첨배 아니리오
배례를 필한 후에 전 밧게 나와보니
수백 유생 갈나안져 주찬으로 추양한다

봉성현을 지나면서 복건성의 포정사에게 글을 보내니 포정사는 방익이 복건성에 도착하기에 앞서 방익의 일을 멀리 황제에게 보고하고 황제는 친히 호송관을 임명한다. 이방익이 가는 곳마다 연회가 열리고 진수성찬이 차려진다. 특히 항주에서는 기녀들이 수청들어 방익의 간장을 녹이고 소주에서는 서호에 배를 띄워 아름다운 기녀들과 풍악을 울리며 밤새는 줄 모른다.

　이방익이 항주에서 곧바로 북경을 향해 올라가지 않고 양자강을 거슬러 동정호로 배편을 돌리는, 말하자면 외국인이 옆길로 새는 경우에는 청나라 중앙조정의 승인이 없이는 불가능했을 것이다. 중국정부는 이방익의 행보에 많은 배려를 했던 것으로 생각된다. 양자강을 거슬러 올라가는 역사기행에는 해박한 지식을 가진 관원이나 학자가 안내하고 해설을 곁들였다고 생각된다. 이방익이 중국의 역사와 고사를 섭렵했다고 하더라도 고사에 얽힌 지점이나 지명을 찾기란 어려운 일이기 때문이다.

　소주에서 산동을 거쳐 북경으로 향할 때는 소주차사가 호행하고 황궁까지 안내한다. 황궁에서는 황제로부터 이왕 중국에 왔으니 온갖 구경 다한 후에 본국으로 가라는 너그러운 하교를 받는다.

　이방익이 이 같은 대접을 받은 까닭은 무엇인가?

　첫째, 청나라는 건국 이래 한족을 완전히 장악하는데 성공하기는 했으나 몽골, 투르크족의 끈질긴 위협에 맞서 싸워야 했고 네팔과 티베트의 반란으로 속을 썩었으며 남서쪽으로는 운남, 버마, 안남의 반란을 평정하기 위하여 군대를 보내야 했으며 명나라 부흥운동을 하던 정성공을 치기 위하여 대만까지 공격했고 다시 대만에서 일어난 민란을 진압하느라고 진땀을 빼왔다. 중국 주변에 청나라에 고분고분한 나라는 조선밖에 없었고 여진족이 일으킨 청나라는 조선과 만주시절 근린관계를 유지하고 있었기에 조선인에게 우호적이었는지 모른다.

둘째, 조선의 장군인 이방익의 늠름한 풍채와 인품, 그리고 처세술과 임기응변이 중국인들을 감동시켰는지 모른다.

셋째, 앞서도 살폈지만 이방익은 중국인의 신앙으로 볼 때 그들이 천후天候라고 받드는 마조신이 살려내고 관운장의 신인 관성제關聖帝가 보살피는 특별한 사람이라는 믿음 때문에 극진한 대우를 받았음직하다.

표류한 조선인이 어떤 이유로든 중국에서 칙사 대접을 받는다는 내용은 조선인들에게 대리만족과 자긍심을 심어주었을 것이다.

8. / 작품의 특성과 이해

이방익의 표해가를 이해하는 데는 다음의 몇 가지에 주목할 필요가 있다.

첫째, 일인칭 화자話者인 이방익의 성격묘사이다. 무릇 일인칭 화법인 작품에서 화자의 성격은 문장 전체를 이끌어가는 힘이다.[2] 화자의 성격에 따라 무엇을 보고 무슨 생각을 하고 어떤 느낌을 받는지가 결정되기 때문이다. 이방익의 작품에서 효심과 국가에 대한 충성심, 귀천을 따지지 않는 소탈함, 호방한 성격, 마궁대인을 만났을 때의 솔직한 고백, 관제묘에 다가가고 자양서원을 찾아 참배하고 불교사찰을 찾는 융통성, 중국 고위관원 앞에서도 위풍당당한 태도에 주목할 만하다.

둘째, 목적지도 없고 정처도 없는 표류과정에서 물에 빠져 죽을 상황, 기갈과 배고픔으로 아사 직전에 처한 인간의 절망적 심리를 간과할 수 없다.

셋째, 이방익은 표착한 때로부터 귀국하기까지 왜 특별한 대접을 받았는가, 중국은 원래 그런 곳인가, 더욱이 마궁대인은 왜 특별한 배려를 했는가에 대한 심층 분석이다.

---

2) 개인의 성정 내지 기질이 문장의 품격을 결정한다. 조비(曹丕)의 『典論 · 論文』 "文以氣爲主 氣以淸濁有體"

넷째, 이방익의 궤적을 따라갈 필요가 있다. 이방익은 역사현장의 답사에 집착했으며 해박한 지식으로 거기에 얽힌 고사를 언급하고 또한 미지의 세계에 대한 호기심과 관심을 표출하고 있다.

다섯째, 이방익이 인식하고 있는 '다름'에 관심을 가질 필요가 있다. 백성의 삶과 의식주, 각종 기간시설의 규모, 상업과 물류와 무역, 화폐의 사용, 풍속과 풍물, 신앙체계 등에서 그는 중국과 조선의 '다름'만이 아니라 중국 강남과 강북의 '다름'까지도 뼈저리게 인식하고 있음을 파악할 수 있다.

여섯째, 이방익의 작품들은 자신이 겪은 진기한 체험을 남에게도 전해주어 읽히고 싶은 보고성이 강한 것[3]으로 그가 말미에 '지낸 실사 글 만들어 호장한 표해 광경 후진에게 이르고저'라고 씀으로써 스스로 창작동기를 밝히고 있다. 아마도 이는 당시 조선사회의 조야에 선진문화를 소개하고자 하는 목적의식이 더 강했을 것이다. 따라서 이방익의 「표해가」를 연구함에 있어서는 시대적 배경과 맞추어 검토하는 진취적 자세가 필요하다.

본고에서는 이런 관점을 유지하면서 「표해가」 평설을 펴나갈 것이다. 순 한글로 쓴 서사문 「표해록」을 참고하는 것은 물론 여러 관련 자료들도 비교 검토할 것이다. 지금까지 세상에 알려져 우리에게 익숙한 최부崔溥의 「표해록」[4]과 장한철張漢喆의 「표해록」[5]도 비록 한문으로 쓰였지만 그 내용면에서 제주를 벗어나 동중국해를 떠

---

3) 최강현, 앞의 논문, 252면.
4) 최부 지음, 박원호 역, 『표해록』 참조.
5) 장한철 지음, 정병욱 옮김, 『표해록』, 범우사, 2015 및 장한철 지음, 김지홍 옮김, 『표해록』, 지만지클래식, 2009, 참조.

돌다가 구사일생으로 살아남아 혹은 유구에서 혹은 중국을 통하여 돌아왔다는 점에서 이방익의 체험담과 더불어 비교·검토할 가치가 있다.

이방익의 여정 가운데 바다에서의 경험담과 중국대륙을 밟으며 경험한 일들의 기록은 엄연히 다르다. 또한 바다에서의 일보다는 중국여행 부분이 훨씬 많이 차지하므로 오히려 견문기라 할만하다.[6] 또한 표해의 의미는 바다를 떠돈다는 뜻이지만 표류라고 할 때에는 보다 넓은 의미로 목적이나 의지와 관련 없이 정처 없이 떠다님을 포함한다. 또한 「표해가」는 가사체이지만 충실한 기록임에 틀림없다. 그래서 본고의 제목을 「표해가」가 아닌 『이방익 표류기』로 정했다.

---

6) 최두식도 앞의 글에서 표해의 기록은 문장 전체에 비하여 매우 짧고 표해가 본연의 '바다' 의미는 퇴색해 버리기 때문에 차라리 '대륙유람가' 가 표제로 어울릴 정도라고 지적했다.

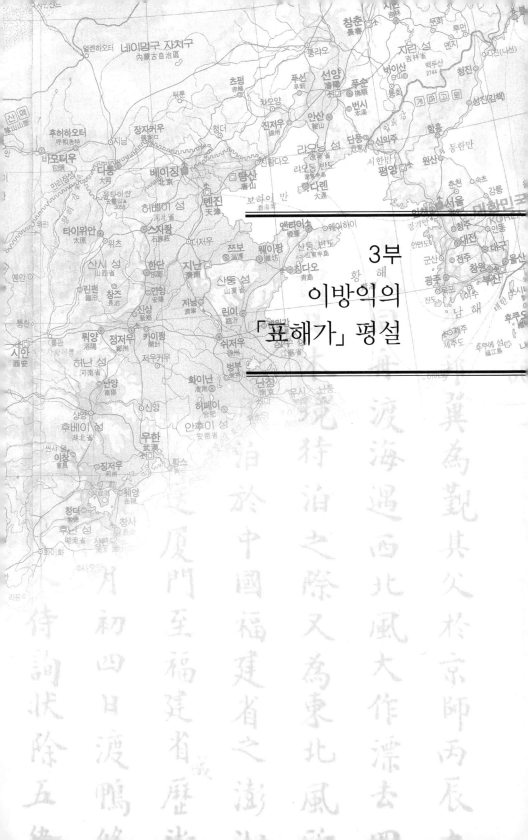

3부
이방익의
「표해가」평설

1.
탐라거인 이방익[1]

〈원문〉

耽羅居人 李邦翼은 世代로 武科로서

이 몸에 이르러서 武科出身 또 하였다

聖恩이 罔極하야 忠壯將 직명 띄고

受由어더 覲親하니 병진구월 念日이라

〈풀어쓰기〉

탐라에 사는 이방익은 조상대대로 무과로서

이 몸에 이르러서 무과출신 또 하였다

성은이 망극하여 충장위장 사명 띄고

휴가 얻어 집안 어른 찾아뵈니 병진 년 구월 스무날이라

〈평설〉

탐라에 살고있는 사람 이방익!

이방익은 「표해가」의 서두에서 자기 자신을 이렇게 드러내고 있
다. 중앙의 높은 관직을 역임한 사람임에도 자신이 태어나 자란 곳

---

1) 여기서 단락 나눔과 소제목 붙임 그리고 원문의 띄어쓰기는 필자가 편의상 임
   의로 한 것임.

을 제주濟州 또는 제주도濟州島라 표현하지 않았다. 먼 옛날 당당한 국가로 천 수백 년을 군림했던 탐라를 내세우고 있는 것이다. 탐라는 그가 태어난 곳의 자존심이며 참모습이다.

바다에서 표류하여 중국을 거쳐 8개월여 만에 생환한 이방익을 접한 연암 박지원도 이방익의 기개를 존중하여 우선 탐라의 역사를 짚어보면서 「서이방익사書李邦翼事」를 기술하여 임금인 정조에게 바쳤다.

연암은 "제주는 옛날의 탐라입니다"로 서두를 꺼낸다. 그는 탐모라耽牟羅, 섭라涉羅, 담라澹羅 등 역사적 사실史實을 적시하면서,

> "살피건대 이는 다 탐라를 지칭합니다. 동국 방언에 도(島)를
> 섬(剡)이라 하고 국(國)을 라라(羅羅)라 했는데 탐(耽), 섭(涉), 담
> (澹) 세 음은 모두 섬과 비슷하여 섬나라라는 뜻입니다."

라고 했고 또 다른 이름으로 탁라乇羅 또는 탐부라耽浮羅를 언급하고 있다. 북사北史에 의하면 탐라는 보물인 가珂를 고구려를 통하여 북위北魏에 수출했는데 선무제 때(504년)에 백제의 견제로 무역이 중단된 사실이 있다. 가珂와 관련해서는 여러 설이 있는데 조개껍질로 제작된 말 재갈 장식품이며 중국의 고관들이 말에다 장식하는 귀중품이라는 설[2]이 유력하다. 또 박지원은 백제가 당나라에 멸망한 직후인 661년(용삭 원년)에 탐라왕 유리도라儒理都羅가 당나라에

---

2) 진영일, 『고대 중세 제주역사탐색』, 제주대학교 탐라문화연구소, 2008. 50
면. 그러나 북촌리 성주 이씨 문중에 보관되어 있는 「남유록」에서는 가(珂)를
주(珠)로 고쳐 쓰고 있다.

사신을 보내 조공을 바치면서 외교관계를 맺은 사실을 언급했다.

　이방익은 본문 서두를 '제주거인…' 이라 하지 않고, '탐라거인耽羅居人 이방익'으로 시작한다. 결코 우연일 수 없다. 무릇 탐라국은 태초에 고을나·양을나·부을나 3인이 건국했고, 후에 나라를 포기하고 조선의 지방행정단위로 전락하기까지 고·양·부 세 지도자 또는 집단이 협치하여 나라를 이끌어왔다.

　평화로운 나라 탐라국은 한때 백제, 신라, 일본 그리고 당나라에 조공을 한 일이 있으나, 중국에 조공을 한 한국 등 주변국가가 중국의 속국이 아니듯이 탐라국도 천년 이상 독립국을 유지해 왔다. 고려 때에 이르러 왕이 성주星主로 바뀌어 불리기도 했고 한때 고려의 현으로 전락하기도 했고, 100년 동안 몽고의 지배를 받기도 하였으나 그때에도 왕 또는 성주는 명맥을 유지해 왔다. 탐라가 독립국가로서 또는 예속국가로서 그 지위를 완전히 상실한 것은 조선조 태종 때로 보아야 한다.

　탐라가 조선의 일부로 자리매김한 이후 탐라 사람들은 중앙의 원조와 구휼에 상당히 의존해 온 것도 사실이지만 다른 한편 착취와 업신여김을 감내하면서 살아야 했다. 그러나 탐라사람들은 국가권력보다는 신에게 의지하며 자신들 고유의 생활방식을 개척하고 보존하여 왔으며 김만일[3], 김만덕 그리고 이정무·이광빈·이방익으로 이어지는 가계처럼 중앙에 우뚝 서 탐라의 자존을 드러내는 사

---

3) 김만일(1550-1632)은 사목장인 산마장에서 무려 일만 마리의 말을 키워 임진왜란시부터 인조 때까지 전마 수천 마리를 바쳐 헌마공신의 칭호를 받았고 오위도총관에 올랐다. 권무일 저 『말, 헌마공신 김만일과 말 이야기』, 평민사, 2012, 참조.

람들도 있었다.

　본문에서 언급하였듯이 이방익 일가는 조상 대대로 무관으로 입
신출세하여 이방익에 이르고 있다. 할아버지 이정무와 아버지 이광
빈은 당상관인 오위장에 올라 궁궐을 수비하는 직책을 역임하였다.
이방익의 숙부 이광수 그리고 동생 이방윤도 무과에 당당히 급제하
여 제주에서 명월진 만호를 지냈다.

　충장위장으로 임금을 시위(侍衛－호위)하던 이방익은 잠시 휴가를
얻어 고향 제주를 찾는다. 근친覲親은 어버이 또는 웃어른을 찾아뵙
는다는 뜻이니 이 글의 문맥으로 보아 이방익이 집안 어른들을 찾
아뵈러 제주에 내려간 것으로 해석할 수 있으나 후술하겠지만 어머
니 묘소에 간 것이 확실하다.

2. 표해의 시작

〈본문〉

秋景을 사랑하야 船遊하기 期約하고

茫茫大海 潮水頭에 一葉漁艇 올나타니

李有甫等 일곱 船人 차례로 조찻고나

風帆을 놉히 달고 바람만 조차가니

遠山에 빗긴 날이 물 가운대 빗최엿다

靑紅錦緞 千萬匹을 匹匹이 헷떠린 듯

하날인가 물빗인가 水天이 一色이라

陶然히 醉한 후에 船板치며 즐기더니

西北間 一陣狂風 忽然이 이러나니

泰山갓흔 놉흔 물결 하날에 다핫고나

舟中人이 慌忙하여 措手할 길 잇슬소냐

나는 새 아니어니 어찌 살기 바라리오

〈풀어쓰기〉

가을 경치를 사랑하여 뱃놀이하기로 기약하고

망망대해 밀물 때에 작은 어선 올라타니

이유보 등 일곱 사람이 차례로 쫓아 왔구나

돛을 높이 달고 바람만 쫓아가니

먼 산에 비낀 해가 물 가운데 비치었다.

청홍색 비단 천만 필을 필필이 헤뜨러 놓은 듯

하늘인가 물빛인가 바다와 하늘이 일색이라

얼근히 취한 후에 갑판 치며 즐기더니

서북간의 일진광풍 홀연히 일어나니

태산 같은 높은 물결 하늘에 닿았구나

배에 탄 사람들이 황망하여 손쓸 길 있겠는가

날아다니는 새 아니니 어찌 살기 바라리오

〈평설〉

이방익은 휴가를 얻어 제주에 내려갔고 이유보 등 일곱 사람들과 더불어 제주도 인근 바다에서 뱃놀이에 나선다. 동행인들은 아마도 동문수학하던 고향 사람들과 그의 수하 군인들로 이방익보다는 지체도 낮은 사람들인 것 같다.

그런데 그의 항해기점이 모호하다. 본문에서는 이방익이 어디서 떠나 어디로 갔는지 여로에 대한 언급이 없이 다만 고깃배에 올라타서 선판을 두드리며 즐기고 있다가 광풍을 만난 것으로 기록하고 있다.

박지원은 '이방익이 자신의 부친을 뵙고자 배를 타고 서울로 향했다'(將覲其父於京師)고 쓰고 있다. 그러나 강전섭은 연암의 문장이 잘못된 것으로 서울에서 휴가를 얻어 아버지를 뵈러 제주로 갔다(得受由於京師 欲覲其父而歸于濟州)로 기술했어야 옳았을 것[4]이라고 주장

---

4) 강전섭, 앞의 논문, 101면.

하고 있다. 또한 최강현도 이방익이 충장장으로 서울에 있다가 고향인 제주에 있는 부모님을 뵈러 간 것[5]으로 판단하고 있다. 성무경은 박지원이 임금에게 올리는 글의 표현이 잘못될 수만은 없으며 이방익이 당시 비번으로 제주에 내려와 있었다고 볼 수 있지 않은가[6] 하며 상경설을 두둔하고 있다.

이에 여러 자료를 들추어 비교, 검토해 보고자 한다.

① 신의 아비인 전 오위장 이광빈이 서울에 있었기 때문에 찾아 뵈려고 지난 해 9월에 배를 띄워 서울로 올라오다가 바다 한가운데서 갑자기 서북풍을 만나 어디로 가는지도 모르고 표류하게 되었습니다. _『승정원일기』

② 제 부친은 오위장을 역임한 이광빈인데 이때에 서울에 머물고 있었습니다. 저는 아버지를 뵈러 갔습니다. 지난 해 9월 쌀장사의 배를 빌려 타고 상경하는 중이었는데 21일 포시(晡時-오후 4시경)에 홀연히 서북쪽에서 큰 바람이 불어 배가 표류하게 되었는데 배가 어디로 가는지 향방을 알 수 없었습니다. _「이방인표해록」

③ 슈유바다 집의 도라왓더니 가경원년 병진 구월이십팔일의 츄경을 ᄯᆞ라 션한 니뉴보등 칠인으로 더브러 져녁 조슈의 어졍을 ᄐᆞ고 동남으로… _이방익의 「표해록」

---

5) 최강현, 『한국기행문학연구』, 일지사, 1982, 260면.
6) 성무경, 앞의 논문, 6면.

④ 저는 제주목 좌면 우도에 죽은 어미를 완장할 산지를 정하기 위하여 지난 해 9월 20일 같은 마을에 사는 이은성, 김대성, 윤성임, 재종제(再從弟)인 이방언, 사환인 김대옥, 임성주, 선주인 이유보 등 7인과 더불어 무리를 지어 한편으로 산지를 보고 한편으로 가을 경치를 즐기려고 우도로 향했습니다. 우도는 바로 본주에서 수로로 50리입니다. 조반을 먹은 후에 배를 띄워 우도에 가까워질 무렵 동북풍이 갑자기 불어 배를 제어하지 못하고 대양에 표류해 들어가 아무도 갈 곳을 몰랐습니다. 『일성록』

①, ②에서는 아버지가 서울에 머물러 있고 이방익이 아버지를 찾아뵈러 제주에서 배를 탄 것으로 되어 있다. 그러면 공직에 있을 뿐만 아니라 임금을 지근거리에서 호위하는 이방익이 무슨 일로 고향 제주에 머물다가 아버지를 만나러 서울로 갔는가 하는 점이 시원하게 풀리지 않는다.

그러나 ③, ④를 살펴보면 실마리가 풀리는 것 같다. 말하자면 이방익이 의주부윤에게 한 말이 진실에 가까운 것 같다.

『일성록』의 기록을 재구성해 보면 이렇다. 이방익은 휴가를 얻어 제주로 내려왔다. 당시 아버지는 서울에 있었고 이방익은 우도에 묻혀있는 어머니 산소를 이장할 산지를 찾을 목적으로 작은 배를 빌려 타고 우도로 향했다. 선장은 이유보였다. 가는 길에 소풍도 즐길 겸 한 마을에 사는 이은성, 김대성, 윤성임, 이방언(재종제)과 서울에서 동행한 사환(종자) 김대옥, 임성주를 대동했다. 그들은 조반을 마치고 북촌리 해안에서 배를 타고 우도를 향하여 동남쪽으로 항해해 나갔다.

본문에 의하면 조수두(潮水頭-밀물 때)에 일엽어정에 올랐다고 하였는데 음9월 20일경에는 밀물 때가 오후 1-2시인 점을 감안하면 이방익은 조반 후에 우도로 향하여 배를 탔고 우도에서 일을 마친 후 밀물 때에 승선하여 북촌으로 돌아오면서 추경을 즐긴 것이라 생각된다.

『일성록』에서 조반을 먹은 후에 배를 띄워 우도에 가까워질 무렵 동북풍이 갑자기 불어 배를 제어하지 못하고 대양에 표류했다고 한 것은 사실과 다르며 그때를 오전이 아니라 오후로 보아야 할 것이다. 「이방인표해록」에는 포시晡時에 표류를 시작했다고 기록되었는데 포시는 오후 3시 반부터 4시 반을 뜻하므로 표류시간이 얼추 맞는다.

우도牛島는 북촌에서 50리 길이지만 성산포에서 북동쪽으로 10리 떨어진 면적 6km²의 작은 섬이다. 왜구의 출몰이 잦아서 사람이 살지 못했는데 1679년(숙종 23)에 제주 목사 유한명柳漢明이 150여 필의 말을 방목하고 목자와 그 가족들을 입주시키면서 사람들이 살게 되었다.

『제주읍지』에 의하면 정조 대에 말의 수가 275필이었으며 1인의 마감馬監과 14명의 목자牧子가 있었다고 한다. 1842년(헌종 8)에 들어 목장이 폐쇄되고 농사를 짓기 시작하였다.[7]

이방익의 어머니 안씨는 국마목장 2소장이 속한 선흘리 마감馬監의 딸로 북촌리 이광빈에게 출가했다. 이광빈이 둘째 부인과 서울에 머물렀고 안씨 부인은 자식들을 키우며 제주에 머물렀는데 이방

---

7) 남도영, 『제주도목장사』, 한국마사회, 2003, 332-333면.

익마저 과거에 급제하여 상경하는 바람에 친정식구가 목장을 경영하는 우도로 건너가 몸을 의탁했었다. 안씨는 우도에서 세상을 떠났고 우도에 묻혔다.[8] 이방익은 가묘상태에 있는 어머니 장지를 옮기기 위하여 우도에 다니러간 것으로 추정된다. 성산포와 우도 사이의 해협은 풍랑이 험난하기로 유명하다.

위의 사실을 재구성하면 8인이 이른 조반을 먹고 배를 탔고 동남쪽에 있는 우도를 향하여 50리 바닷길을 달렸고 배는 가을에 부는 서북풍에 밀려 순풍에 돛단 듯 순식간에 우도에 도착했을 것이다. 그들은 장지를 살피고 어차피 겸사하여 유람삼아 떠난 길이라 조수두(음력 9월 20일에는 오후 1~2시경이 밀물 때)에 다시 바다로 나왔을 것이다. 그들은 석양에 비쳐 아름답게 빛나는 한라산의 경치에 취하고 청홍색 비단처럼 바다에 펼쳐진 물빛에 취하고 술에 만취하여 선판을 두드리며 놀고 있었을 것이다.

그때 서북풍이 몰아쳤다. 제주도濟州島는 계절풍 지대라 봄부터 초가을에는 마파람(남풍 계열의 바람)이 불고 늦가을부터 초봄에는 하늬바람(북풍 계열의 바람)이 분다. 서북풍이라 해도 가을에는 잔잔한 바람이 불지만 어느 때 돌풍으로 변할지 예측하기 어려운 것이 제주도의 바람이다.

그들이 탄 배는 어떤 배인가? 본문에서는 일엽어정이라 하여 작은 고기잡이배를 탔다고 한 반면 「이방인표해록」에서는 쌀장사의 배를 빌려 탔다고 했고 「표해록」에서는 팽호도에서 마궁대인이 심

---

8) 필자가 만난 북촌리 성주 이씨의 후손인 이갑도는 이방익의 재종제 이방언의 후손으로 족보와 여러 정황을 검토하면서 이방익 모친의 일을 더듬었다.

문하는 과정에서 무미차(貿米次-쌀장사)로 배를 탔다고 대답한다. 이 것으로 보아 제주 연안을 돌며 쌀장사를 하기도 하고 고기잡이를 나가기도 하는 작은 배를 빌려 탔음을 알 수 있다.

그야말로 큰 풍랑을 만나면 아무 대책이 없는 일엽편주를 타고 놀았고 당장 먹고 마실 것 외에는 비축한 식량이 없었고 그나마의 음식도 배가 출렁거릴 때 엎어지고 쏟아졌을 것이다.

이방익 일행은 술에 취하여 뱃전을 두드리며 정신없이 놀다가 일진광풍으로 성난 파도가 하늘에 닿은 듯 배는 하늘로 솟다가 깊은 못에 빠지는 듯 요동치니 부지불식간에 당한 일이라 어떻게 손쓸 수도 없는 형편이었다.

3. 표류

〈원문〉

밤은 漸漸 깁허가고 風浪은 더욱 甚타

萬頃蒼波 一葉船이 가이업시 떠나가니

슬프다 무삼 罪로 하직업슨 離別인고

一生一死는 自古로 例事로대

魚腹속애 永葬함은 이 아니 冤痛한가

父母妻子 우는 擧動 생각하면 목이 멘다

죽기는 自分하나 飢渴은 무삼 일고

〈풀어쓰기〉

밤은 점점 깊어가고 풍랑은 더욱 심하다

만경창파에 일엽편주가 끝없이 떠나가니

슬프다 무슨 죄로 하직인사 없는 이별인가

한번 낳아 한번 죽음은 자고로 예사인데

고기 뱃속에 장사지냄은 이 아니 원통한가

부모처자 우는 거동 생각하면 목이 멘다

죽기는 스스로의 운명이나 기갈은 무슨 일인가

〈평설〉

일진광풍과 거센 파도로 돛은 갈기갈기 찢겨 날아가 버렸을 것이고 노도, 키도 부러지거나 사라지고 다소 준비한 음식 또한 바람에 휩쓸려 버렸고 일엽편주는 바람 따라 물결 따라 방향도 없이 정처도 없이 흘러갈 수밖에 없는 처지에 이르렀다.

배는 망망대해에 떠도는 가랑잎같이 바람에 따라 방향도 없이 이리저리 흔들거리며 넓은 바다로 흘러간다. 인간의 힘으로는 방향을 돌릴 수도 없고 배의 속도를 조절할 수도 없고 정지시킬 수도 없이 바람 부는 대로 내버려둘 수밖에 없다. 배는 풍랑에 따라 출렁거리고 요동치고 하늘 높이 솟았다가 지옥으로 떨어지듯 곤두박질한다. 돛대도 삿대도 없이 손을 놓아버린 상태에서 세상과는 점점 멀어진다.

머리를 들면 보이는 것은 궁륭 같은 하늘뿐이고 사방을 둘러보아도 망망한 수평선일 뿐 그 흔한 갈매기조차 보이지 않는다. 마른 바람은 제멋대로 잠잠하다가 세차게 불고 비 한 방울 내려주지 않는다. 파도가 들이치니 배 안에 물이 괴는 것은 일상사라 뱃사람들이 고작 손놀림을 할 수 있는 것은 배에 찬 물을 퍼내는 일뿐이다. 뱃전을 때리고 솟구치는 파도로 바닷물이 사람들의 옷을 적시는 통에 늦가을 추위에 축축한 옷으로 말미암아 더욱 한기가 느껴진다.

햇볕과 바람에 말려도 쩐 내 나는 옷은 벗을 수도 입을 수도 없다. 밤이 되면 칠흑 같은 암흑 속에 물고기 우는 소리가 괴괴하고 가끔 천둥 치는 소리가 요란하고 멀리서 귀곡성이 들리는 듯하다. 그래도 그믐달과 초승달이 비치고 총총한 별들이 하늘을 수놓을 때는 여기가 고향인가 착각을 일으키게 하지만 잠이 들면 영원히

잠에 빠져 내일의 태양을 보기는커녕 용왕님 전에서나 깨어날 것 같다.

죽을 수밖에 없는 최악의 상황에서 이방익은 아버지와 처자식을 떠올렸고 그들이 슬피 우는 모습을 상상하면서 목이 메었다. 이방익 일행은 배가 파도에 휩쓸리거나 파선하여 물에 빠져 죽기보다 기갈과 굶주림으로 죽을 처지에 놓여 있었다. 이미 그들은 삶을 포기한, 자포자기의 상태에 놓인 것이다. 이방익은 이런 극한상황을 시어적인 표현으로 읊고 있다.

최부의 경우 영파에 이르기까지의 14일간은 배에 어느 정도의 식량이 남아 있었고 취사시설이 있어 밥을 해먹을 수 있었고 취로取露 시설이 준비되어 있어 바닷물을 끓여 수증기를 만들 수 있었다. 최부 자신이 말했듯이 제주 목사가 만들어준 배는 워낙 크고 튼튼한 배여서 격랑 속에서도 부서지지 않았다. 최부는 동승자들의 끊임없는 반발에도 불구하고 언젠가 배가 육지에 다다를 수 있다는 희망의 끈을 놓지 않았는데 우선 식수와 식량이 있었기 때문이었을 것이다.

장한철은 노어도 근해에서 조난을 당하여 표류하다가 처음 유구 열도의 무인도인 호산도에 우연히 닿기까지 4일간은 준비된 식량도 있었고 마침 비가 내려 물도 받아 마실 수 있었다. 장한철은 표류할 때의 상황을 '이 세상과 멀리 떨어져 있고 머리를 들어봐야 보이는 것은 하늘뿐이오, 바다는 가이없이 멀고 넓으며'[9] '바다에 있으니, 눈에 보이는 것이라곤 바다와 하늘이 서로 꿈틀거리는 것이오, 귀에 들리는 것이라고는 바닷고기의 소름끼치는 소리뿐이었으며 성

---

9) 장한철, 앞의 책, 44면.

난 물결은 부딪쳐 으르렁대고 있었다[10]고 썼다. 이런 상황에서 장한철은 막연한 불안감은 있었지만 어디엔가 섬이나 육지에 닿을 것이라는 꿈을, 바다에 대한 해박한 지식을 이용해 동승자들에게 심어주려 했다.

그러나 이방익의 처지는 달랐다. 설사 섬 가까이 접근한다 해도 상앗대조차 없었고 먹거나 마실 것이 전혀 없는 상태에서 살아남으리란 기대는 아예 가질 수 없었다. 이방익을 포함한 8명은 기진 상태에 이르고 있었다.

---

10) 장한철 위의 책, 130면.

4. 천우신조

〈원문〉

明天이 感動하샤 大雨를 나리시매

돗대 안고 우러러서 落水를 먹음이니

渴한 것은 鎭定하나 입에서 성에 나네

발그면 낫이런가 어두으면 밤이런가

五六日 지낸 後에 遠遠히 바라보니

東南間 三大島가 隱隱히 소사낫다

日本인가 짐작하야 船具를 補輯하니

무삼 일로 바람형셰 또다시 변하는고

그 섬을 버서나니 다시 못 보리로다

大洋에 飄盪하야 물결에 浮沈하니

하날을 부르즈져 죽기만 바라더니

船板을 치는 소래 귀가에 들니거늘

물결인가 疑心하야 蒼黃이 나가보니

자넘는 검은 고기 舟中에 뛰어든다

生으로 토막잘나 八人이 논하먹고

頃刻에 끈을 목숨 힘입어 保全하니

皇天의 주신겐가 海神의 도음인가

이 고기 아니러면 우리 엇지 살엇스리

〈풀어쓰기〉

하늘이 감동하여 큰비를 내리심에
돛대 안고 우러러서 빗물을 먹었으니
갈한 것은 진정하나 입에서 성에 돋네
밝으면 낮이런가 어두우면 밤이런가
오륙일 지낸 후에 멀리 멀리 바라보니
동남간 세 개의 큰 섬이 은은히 솟아났다
일본인가 짐작하여 선구를 챙기는데
무슨 일로 바람형세 또다시 변하는가
그 섬들을 벗어나니 다시 못 보리라
대양을 떠돌면서 물결에 부침하니
하늘을 부르짖어 죽기만 바라더니
갑판을 치는 소리 귓가에 들리거늘
물결인가 의심하여 황급히 나가보니
한 자 넘는 검은 고기 뱃전에 뛰어 들었네
생으로 토막 내어 여덟 사람이 나누어먹고
경각에 끊을 목숨 힘입어 보전하니
하늘이 주신 건가 해신의 도움인가
이 고기 아니었으면 우리 어찌 살았으리

〈평설〉

사람이 물을 마시지 못하고 3일이 지나면 피부가 마르고 촉각이

둔화되어 추위와 더위를 느끼지 못하며, 눈이 건조해지고 동공이 메말라 버리기 때문에 눈동자를 굴리지 못하고 안계는 점점 흐려진다. 또한 온몸의 근육이 굳어져 거동을 못하며 심장박동이 느려지다가 결국 죽음에 이른다고 한다.

이방익 일행은 표류한 지 5,6일 만에 모처럼 비를 만난다. 그들이 기갈로 인하여 거의 죽음에 이를 지경이 되었을 극한상황에서 하늘이 감동하여 큰비를 내려준 것이다. 일행은 흔들리는 배에서 겨우 돛대를 의지하고 하늘을 향하여 입을 벌려 비를 받아마셨다. 급한 김에 차디찬 빗물을 벌컥벌컥 마셔댔으니 입이 얼얼하고 성에가 돋을 지경이었다. 그들은 가진 옷을 흥건히 적셔 물을 받아두었다. 그야말로 천운이었다.

서북풍이 불어 돛도 없고 노도 없고 삿대도 없는 배는 동남쪽으로 흐르고 있었다. 표류를 시작한 지 대엿새가 지날 무렵 큰 섬 셋이 저 앞에 솟아있는 것을 보았다. 서북풍이 계속 불고 있었기 때문에 이방익은 그 섬들이 일본의 영역이라고 판단했다. 그들은 이제 살았구나 하며 들떠 환호성을 질렀으나 야속한 바람은 북동풍으로 바뀌어 광대무변의 망망대해로 그들을 밀어내고 있었다.

늦가을 또는 겨울철에 한반도에서 제주를 거쳐 동중국해로 부는 바람은 북서풍 계열의 계절풍으로 비를 거의 동반하지 않는다. 그러나 제주도 남쪽 멀리 양자강 이남의 동중국해에서는 이 바람이 비를 동반한 북동풍으로 바뀐다. 이방익 일행이 일본 또는 유구의 큰 섬(삼대도)에 가까이 이를 때 바람의 방향이 비를 동반한 북동풍으로 바뀌었기 때문에 기갈을 면할 수 있었던 것이다. 그야말로 요행이라 하지만 사실은 자연의 이치다.

겨울철 제주 또는 한반도 남해안 인근에서 표류하는 배들이 북서풍에 밀려 일본 남쪽이나 유구에 닿아 어떤 끄나풀을 잡아 하선하면 다행히 살아남을 수 있지만 거기서 표착에 성공하지 못하면 북동풍에 밀려 중국 동남쪽 바다 또는 남쪽 바다로 장시간 표류하여 살 길이 어려워진다.

겨우 기갈은 면했으나 굶주림은 면할 길이 없었다. 그들은 하늘을 우러러 울부짖었으나 도리가 없는 것이었고 굶은 지 십여 일이 되매 이제는 굶어죽을 판이었다. 바다에 빠져 죽는다는 걱정보다 굶어죽을 상황이 이어지고 있다. 그들은 기진맥진하여 배 밑창에 누워 죽기만을 기다리고 있었다.

그때였다. 갑자기 갑판을 치는 소리가 요란하게 들렸다. 성난 파도가 뱃전을 때린다고 여기며 나가보니 놀라운 광경이 벌어졌다. 큰 물고기가 배 안으로 뛰어들었던 것이다. 하늘이 내린 선물인가 용왕님이 밀어올린 것인가? 그들은 그 물고기를 생으로 8등분하여 나누어 먹고 기운을 차린다. 우리네 인간사에는 더러 이런 요행도 생기는 것일까?

5. 팽호도

〈원문〉

어느덧 十月이라 初四日 아츰날에

큰 섬이 압헤 뵈나 人力으로 엇지하리

自然이 바람결에 섬 아레 다핫고나

八人의 손을 잡고 北岸에 긔어올라

驚魂을 鎭定하고 탓던 배 도라보니

片片히 破碎하야 어대 간 줄 어이알리

夕景은 慘憺하고 精神은 昏迷하니

世上인 듯 九天인 듯 해음업는 눈물이라

한 食頃 지낸 後에 水伯이 오는고나

네 비록 지져귀나 語音相通 못하리라

나는 비록 짐작하나 저 七人은 모르고서

風浪에 놀낸 魂魄 오히려 未定하야

저런 人物 또 만나니 우리 死生 모를배라

慰勞하야 내 이르되 丁未歲 勅行에

내 그때 武兼이라 侍衛에 드럿더니

中國人의 衣服制度 저러하데 念慮마소

붓드너니 끄으너니 護衛하야 다려가니

五里밧 瓦家大村 鷄犬牛馬 繁盛하다
飢渴이 滋甚하니 엇지하면 通情하리
입 버리고 배 뚜드려 주린 形狀 나타내니
米飮으로 勸한 後에 저진 衣服 말니우네
恩慈한 저 情眷은 我國인들 더할손가
一夜를 지낸 후에 精神이 頓生하니
죽을 마음 전혀 적고 故國생각 懇切하다
눈물을 머금고서 窓밧게 나와보니
크나큰 公廨집에 懸板이 걸넛는대
黃金으로 메운 글자 配天堂이 分明하다
붓으로써 무르니 福建省澎湖府라

〈풀어쓰기〉

어느덧 시월이라 초사일 아침녘에
큰 섬이 앞에 뵈니 인력으로 어찌 하리
자연히 바람결에 섬 아래 닿았구나
여덟 사람이 손을 잡고 북쪽 해안에 기어올라
놀란 마음 진정하고 탔던 배 돌아보니
조각조각 부서져서 어디 간 줄 어찌 알리
저녁 경치 참담하고 정신은 혼미하니
이승인 듯 저승인 듯 하염없는 눈물이라
한 식경 지낸 후에 수백이 오는구나
네 비록 지껄이나 언어상통 못하는구나
나는 비록 짐작하나 저 일곱 사람은 모르고저

풍랑에 놀란 혼백 오히려 안정되지 않아
저런 인물 또 만나니 우리 생사 모를 바라
위로하여 내 이르되 정미년 칙행 시에
내 그때 무겸선전관이라 시위에 들었더니
중국인의 의복제도 저러하니 염려 마소
붙잡거니 끌거니 호위하여 데려가니
오리 밖 큰 기와집 마을 닭, 개, 소, 말이 번성하다
기갈이 자심하니 어찌하면 통정하리
입 벌리고 배 두드려 주린 형상 나타내니
미음으로 권한 후에 젖은 의복 말리우네
인자한 저 친절은 우리나라인들 더할손가
하룻밤 지낸 후에 정신이 살아나니
죽을 마음 전혀 없고 고국생각 간절하다
눈물을 머금고서 창밖에 나와 보니
크나큰 관청에 현판이 걸렸는데
황금으로 메운 글자 배천당이 분명하다
붓으로써 물으니 복건성 팽호부라

〈평설〉

이방익 일행은 표류를 시작한 지 16일 만인 음력10월 6일에 이름
모를 섬에 표착하였다. 본문과 「표해록」 그리고 『일성록』에서는 10
월 4일에 표착한 것으로 되어 있으나 『승정원일기』와 「서이방익사」
에는 16일간 표류하다가 10월 6일에 표착했다고 기록되어 있다. 사
지死地에서 날짜를 정확히 기억하기는 어려웠을 것이고 표착지점

가까이에서 배가 섬에 닿기 전에 하루 이틀 맴돌았을 수도 있다. 임금에게 보고하는 내용이니 진실에 가까울 것으로 보아 『승정원일기』와 박지원의 「서이방익사」의 내용이 신빙성이 있는 것 같다.

장한철은 4일 만에 유구의 호산도에 닿았고 최부는 10일 만에 중국 영파 동쪽 주산군도의 작은 섬에 닿았다. 이방익 일행은 먹을 것도 마실 것도 없는 처지에서 그들보다 오래 표류한 것이다.

무인도인지 유인도인지, 물이 있는지 생물이 사는지 모르는 상황에서 섬의 북쪽 연안에 간신히 기어오르기는 했으나 그들은 정신이 아득하여 기절하고 말았다. 이윽고 정신을 차려 뒤돌아보니 배는 바위에 부딪혀 산산조각이 나서 바다에 떠다니고 있었다. 이제 집으로 돌아갈 배도 없어진 터라 이방익 등은 낙담하여 하염없이 울고 있었다.

그때 어부인지 군인인지 어떤 사람이 멀리서 멀뚱히 바라보더니 일단의 무리를 이끌고 와서 배에 실렸던 옷가지 등을 모두 챙기고 표류자들을 부축하여 끌고 간다. 그들의 복장을 보고 이방익은 이 섬이 중국영토에 속하는 곳임을 금방 알아차렸다. 그러니까 9년 전 임금(정조)이 청나라 사신을 맞이할 때 그는 무겸선전관으로 임금을 호위하면서 청나라 관리들의 복장을 본 일이 있었던 것이다.

말은 서로 통하지 않으나 이방익 등이 손짓발짓으로 배고픔을 호소하자 그들은 미음을 대접하고 젖은 옷을 말리는 친절을 베풀었다.

장한철은 호산도에 이르러 샘물을 찾아 물을 마시며 그 섬에서 나는 식물들과 바다의 각종 조개들로 요리를 하여 먹는 풍요로움을 경험했으나 그것도 잠깐 해적들을 만나 배 안의 짐과 소지품을 빼앗기고 살해당할 위험을 당하기도 했다. 최부 일행도 주산열도의 한 섬에 표착하자마자 해적을 만나 협박을 당하고 종내에는 해적들이 배의 닻과 노를 끊어 바다에 버리고는 최부 일행을 바다 가운데 버려두고 떠났다. 그러나 이방익 일행을 맞은 중국인들은 운 좋게도 매우 친절했다.

이방익 등 여덟 명이 겨우 토막 낸 물고기 생것 한 조각씩만 먹고 16일간 표류하여 닿은 곳은 대만의 서쪽 바다에 위치한 팽호제도의 북쪽 어느 섬이었다. 제주도에서 약 2,400km, 6,000리 길을 흘러 간 것이다.

팽호제도는 대만 서안에서 약 50km, 중국의 하문에서 약 120km 떨어진 대만해협 상에 위치한 66개의 섬으로 이루어져 있다. 팽호도, 어옹도 그리고 백사도가 그 중에서 가장 큰 섬들이다. 팽호부의 중심은 팽호도이고 백사도는 북쪽에 있다.

팽호제도는 예전에 동안同安현에 소속되어 있었는데, 명나라 말기에는 그 섬들이 바다 한가운데 떠 있고 백성들이 이 섬 저 섬에 흩어져 살기 때문에 세금걷기가 불가능한 터라 아예 방치되어 있었다. 그 후 내지의 백성들이 부역에 시달리다 못해 또는 죄를 짓고 가끔 그곳으로 도피해 갔고 그들의 일부는 해적으로 변해 중국 남부 연안에 출몰하면서 노략질을 일삼기도 하였다.

그러나 1622년 네덜란드가 대만을 점령하면서 팽호제도도 아울러 점령하였고 이곳에 중국 본토를 향하여 두 개의 포대를 설치하였다. 명나라가 청나라에 멸망하자 명나라의 정성공鄭成功 부자가 잔여세력을 이끌고 복건성을 중심으로 저항하다가 다시 대만으로 물러가 웅거하게 된다. 그때 네덜란드인을 몰아내고 팽호도를 전진기지로 삼아 육지로 출몰하면서 청나라와 오랫동안 끈질긴 전쟁을 치렀다.

하지만 결국 정성공의 손자 대에 이르러 대만과 더불어 청나라에 복속되었다. 이방익이 표류했을 당시에는 서구동점西歐東漸의 기세가 활발하던 시기라 서방의 대중국 무역이 성황을 이루고 있었다. 박지원은 「서이방익사」에서 팽호제도를 이렇게 기록했다.

> 팽호제도에서 제일 큰 섬은 마조서(馬祖嶼-팽호도의 옛이름)로 오문구(澳門口)에 두 포대가 있고, 다음은 서길서이며 섬들 가운데 서길서가 조금 높을 뿐 나머지는 다 평탄하다. 하문으로부터 팽호에 이르기까지는 물빛이 검푸른 색이어서 그 깊이는 헤아릴 수 없으며 순풍이 불면 며칠 만에 갈 수 있지만 태풍을 만나면 표류하여 한 달 남짓 지체하게 되고 암초에 부딪혀 배가 엎어지게 된다. 팽호는 애초에 벼를 심을 만한 논이 없었고 다만 어업으로 생계를 유지하였으나 지금은 무역선이 폭주하여 살기 좋은 곳으로 변했다.

부연하면 청일전쟁에서 중국이 일본에 패하면서 1895년 시모노세키 조약으로 중국은 대만과 더불어 팽호도를 일본에 할양하였고 일본은 팽호도를 중국 상륙 침공을 위한 교두보로 삼아 50년을 지배했다.

6. 마궁대인

〈원문〉

馬宮大人 무삼 일로 우리 八人 불넛던고
使者 서로 인도하야 彩船에 올니거늘
船行 六七里에 衙門에 이르럿다
眼目이 眩況하니 화도중이 아니런가
서너 門 지나가서 高聲長呼 한 소래에
나오너니 그 누군가 前後擁衛 怳惚하다
身上에는 紅袍입고 불근 日傘 압헤 섯다
端正하고 雄威할사 진실로 奇男子라
그 집을 돌나보니 左右翼廊 宏壯하다
臺上에 뫼신 사람 庭下에 無數軍卒
黃綾旗竹棍杖이 雙雙히 버렷스니
威儀는 肅肅하고 風采도 凜凜할사

〈풀어쓰기〉

마궁대인 무슨 일로 우리 여덟 사람 불렀는고
사자 서로 인도하여 채선에 올리거늘
뱃길 육칠 리에 아문에 이르렀다

안목이 현황하니 그림 속이 아니런가
서너 문 지나가니 길게 빼는 큰 소리에
나오느니 그 누군가 전후 호위 황홀하다
신상에는 홍포 입고 붉은 일산 앞에 섰다
단정하고 웅위할사 진실로 기이한 남자라
그 집을 돌아보니 좌우 성곽 굉장하다
댓돌 위에 모신 사람 뜰아래 무수한 군졸
황릉기 대나무 곤장이 쌍쌍이 벌렸으니
위의는 엄숙하고 풍채도 늠름하구나

〈평설〉

　이방익 일행이 처음으로 안내된 곳은 마조궁이었다. 마조신媽祖神
을 모시는 제전으로 마조묘媽祖廟 또는 천후궁天后宮이라고 부르는
데 마궁대인은 마조묘의 우두머리인 듯하다. 해신인 마조신을 받들
어 모시는 신앙은 송나라 때부터 뱃사람들에게 민간신앙으로 자리
잡아왔다.

　전설에 의하면 송나라 때 중국본토와 대만 사이에 있는 섬 미주
도湄州島에 임묵林黙이라는 여인이 살고 있었는데 이 여인은 벙어리
로 태어나 사람들은 이름을 묵黙이라고 불렀다. 임묵은 염력이 뛰어
나 바다의 사정을 꿰뚫고 있었다. 해난사고를 예측하기도 하고 손
수 바다에 뛰어들어 조난자를 구하기도 했는데 16세 때에는 물에
빠진 두 오빠를 구한 적도 있다.

　그러나 28세 되던 해에 조난사고를 당한 두 사람을 구하기는 했
으나 자신은 익사하고 말았다. 그 후 마을 사람들은 그녀를 마조라

고 부르면서 사당을 세우고, 바다의 여신으로 경배하기 시작했다. 송 왕조 때(1123년), 조정에서는 마조에게 천후天后·천비天妃·천상 성모天上聖母 등의 칭호를 하사했다. 미주도와 팽호도뿐만 아니라 대만과 중국의 남부해안에 마궁 또는 천후궁이라는 제전을 지어 제사를 지냈다. 팽호도의 천후궁은 다름아닌 마조교의 본산이다.

마조 신앙은 천여 년 동안 면면히 이어왔고 관운장을 받드는 관제묘關帝廟와 더불어 도교의 양대 신앙으로 발전하였다. 마조신을 믿는 신자들은 마조신에게 자녀의 잉태와 평화, 문제의 해결이나 일반적인 행복을 기원한다. 연안 지역에 사는 중국인들과 그 후손의 삶에 깊이 뿌리내리고 있는 마조 신앙은 가족의 조화와 사회의 화합을 가져오며, 이 지역사회의 사회적 정체성을 증진시키는 중요한 문화적 결속력이다. 마조신을 모시는 천후궁 신전은 대만에만 500여 기가 있으며 중국대륙의 어느 곳에서나 볼 수 있고 화교가 진출한 동남아, 필리핀, 일본에까지 세워져 있다.

마궁대인을 접한 이방익은 그 묘당의 웅장하고 화려한 모습에 경악하고 둘러선 군졸들의 위엄과 마궁대인의 엄숙하고 늠름한 풍채에 경탄을 금치 못한다. 이방익은 연암에게 다음과 같이 술회한다.

"여덟 사람이 채선에 동승하여 5리쯤 가서 마궁의 아문으로 나아가니 강 연변에 채선 수백 척이 널려 있고 강가에는 화각이 있는데 바로 아문이었습니다. 문 안에서 소리를 높여 세 번 외치고는 우리 여덟 사람을 인도하였습니다. 거기에는 마궁대인이 홍포를 입고 의자에 앉아 있었는데 나이는 예순 남짓하고 수염이 아름다웠으며 계단 아래에는 붉은 일산을 세우고 대상(臺上)에는 시립해 있는 자들이 80명쯤 되었습니다. 모두 무늬 새긴 비단옷을 입었는데 혹은 남색 혹은 녹색이었으며 혹은 칼을 차고 혹은 화살을 짊어졌습니다. 대하에는 붉은 옷을 입은 병졸이 30명쯤 되는데 모두 몽둥이나 죽곤을 쥐고 있었으며 황룡기 두 쌍을 들고 징 한 쌍을 울리면서 우리 여덟 사람을 대상으로 인도하였습니다."

하지만 연암은 아예 마조신앙의 존재를 몰랐던 것 같다. 설사 안다고 해도 표현하는 것은 금기사항이었는지 모른다. 조선시대에는 유교를 숭상하고 불교를 배척하는 정책을 써왔으며 중국에서 성행하는 도교 또한 발붙일 틈이 없었기 때문이다. 그래서 연암은 이방익의 말을 듣고도 "마궁 대인의 궁宮자는 아마도 공公자인 것 같습니다. 공公과 궁宮이 중국 음으로 같기 때문일 것입니다. 이는 필시 마씨馬氏 성을 가진 사람으로 통판이 된 자일 것입니다"라고 둘러대고 있다.

7. 심문

〈원문〉

그 官人 뭇자오니 어느 나라 사람인고

一杯酒로 慰勞한 後 저 七人은 다 내보내고

나 혼자 부르거늘 또다시 드러가니

官人이 斂衽하고 무슨 말삼하옵는고

그대 비록 飢困하나 七人동무 아니로다

무삼 일로 漂流하야 이 따에 이르신고

眞情으로 뭇잡나니 隱諱말미 엇더한고

知鑑도 過人할사 긔일 길이 잇슬소냐

朝鮮國末端에서 風景따라 배탓다가

이 따에 오온 일을 細細히 告한 後에

故國에 도라감을 눈물로 懇請하니

官人이 이 말 듯고 酒饌내어 待接하며

長揖하야 出送하니 큰 公廨로 가는구나

〈풀어쓰기〉

그 관인 묻기를 어느 나라 사람인고

일배주로 위로한 후 저 일곱 사람 다 보내고

나 혼자 부르거늘 또다시 들어가니

관인이 옷깃을 잡고 무슨 말씀 하옵는고

그대 비록 굶주려 피곤하나 일곱 사람 친구는 아니로다

무슨 일로 표류하여 이 땅에 이르렀는고

진정으로 물어대니 꺼릴 겨를 있겠는가

직감도 뛰어나니 숨길 길이 있을소냐

조선국 말단에서 풍경 따라 배 탔다가

이 땅에 온 일을 세세히 고한 후에

고국에 돌아감을 눈물로 간청하니

관인이 이 말 듣고 주찬 내어 대접하며

길게 읍하고 내보내니 큰 관청 건물로 가는구나

〈평설〉

위엄을 갖춘 마궁대인이 여덟 사람을 한꺼번에 불러 앉히고 엄숙한 어조로 묻는다. 물론 필담으로 진행될 수밖에 없다.

"그대들은 어느 나라 사람이며 무슨 일로 인하여 어느 달 어느 날 배를 탔으며 어느 날 풍랑을 만나 며칠 만에 이곳에 다다랐는가?"

「표해록」에 의하면 이방익은 조선국 전주에 사는 사람들로 쌀장사를 하러 배를 탔다가 16일 만에 다행히 이곳에 이르러 대인의 권애하신 덕을 입어 살아나게 되었다고 대답한다. 말하자면 자신들이 탐라 사람이라는 사실을 감추고 조선국 전주사람이라고 둘러댄다. 그 이유에 대하여 이방익은 의주부윤에게 "저희들은 평소에 유구 사람들이 제주를 꺼린다는 것을 알고 있었기 때문"이라고 말한다.

박지원도 이에 대해서 탐라 사람이 이국에 표류된 경우 본적을 속여 영광 · 강진 · 해남 · 전주 등의 지방으로 둘러대는 것은 속俗에서 전하기를 유구의 상선이 탐라 사람들에게 해를 입은 적이 있기 때문이며 혹은 유구가 아니라 안남이라고 말하기도 한다고 적고 있다.

그 사연은 이렇다. 1613년(광해군 4) 제주 목사 이기빈과 판관 문희현이 중국 남경 사람과 안남 사람이 탄 상선이 제주에 표류해 오자 처음에는 여러 날 예우하다가 그들 배에 보화가 가득한 것을 보고는 그들을 모조리 죽여 보화를 탈취하고 증거를 없애기 위하여 배까지 불태운 일이 있었다.

이 배에 동승한 유구 출신 젊은이는 비장한 문장으로 살려줄 것을 애원했으나 그도 죽여 버렸다. 이 사실을 나중에 안 광해군은 노발대발하면서 이기빈과 문희현을 함경도로 유배했다.[11] 하지만 그들이 저지른 일로 인하여 제주 사람들의 해상활동이 상당히 위축되었고 국제질서에의 편입에 지장을 초래했다.

장한철 일행은 표류하던 중 유구 호산도에서 안남상선에 구조되어 돌아오다가 한라산이 보이자 감격에 겨워 통곡을 했다. 이를 본 안남 사람들은 전날에 탐라에 표류한 안남인들을 제주 목사가 죽인 사실로 인하여 원수가 한 배에 탈 수 없다며 장한철 일행을 하선시켜버렸다. 그들은 다시 표류할 수밖에 없었는데 이러한 사건들로 인하여 이방익은 전주 사람이라고 둘러댄 것이다.

마궁대인은 이방익 일행에게 물러가 편히 쉬라고 일러놓고 다시 이방익만 따로 불러 비단방석에 앉히고 정중하게 묻는다.

---

11) 「광해군일기」, 『조선왕조실록』, 광해군4년 2월 20일조.

"그대가 비록 기곤하나 예사 사람이 아님을 나는 알고 있소. 또한 저 일곱 사람과 같이 배를 탔다가 풍랑을 만났으나 그들과 동류는 아닌 게 분명하오. 쌀장사라는 말도 거짓인지 나는 알고 있소. 그대는 어찌 나의 지감知鑑을 속이려 하는 거요. 솔직히 말해 주시오."

표해가에서 저간의 사정을 '세세히 고했다'고 간략히 처리한 이때의 심문과정을 재구성하기로 한다.

이방익은 마궁대인의 초능력적인 영감을 알아차리고 이실직고한다.

"본인은 일찍이 무과에 등과하여 조선 궁궐의 수문장을 거쳐 무겸선전관에 올랐으며 지금은 임금님을 호위하는 정3품 충장위의 장으로 근무하고 있습니다. 본인이 무겸선전관으로 있을 때 임금이 귀국의 사신을 접견하는 행사에 임금 곁에서 모시고 있기도 하였습니다."

마궁대인은 이방익이 정3품의 벼슬자리에 있으며 특히 임금을 경호하는 고위직 무관이었음을 듣자 후하게 대접하며 정중한 예의를 표한다.

마궁대인은 이방익 일행의 옷가지와 소지품을 가져오게 하여 자세히 훑어보았을 것이다. 조선의 고위무관이 입던 붉은 색 군복과 전대, 공작깃으로 장식한 전립, 그리고 위엄을 나타내는 환도가 고스란히 담겨 있고 신분을 증표하는 인신印信과 마패도 함께 들어있었을 것이다. 인신은 신분을 나타내는 증표이고 마패는 중앙의 관리가 지방으로 나들이할 때 말을 빌릴 수 있는 자격표이다. 나중에 이방익이 대만에서 의장을 갖춰 입고 군사령부를 방문한 사실로 짐작할 수 있다.

마궁대인이 예의를 갖춰 다시 묻는다. "공께서 무슨 일로 망망대해를 항해하였으며 어떤 연유로 여기까지 표류하여 온 것입니까?"

이방익은 자신이 제주 출신이고 제주 연해에서 표류하였음을 솔직하게 털어놓는다.

"본관은 임금을 보좌하던 중 고향 제주에 일이 있어 잠시 말미를 얻어 배를 탄 것입니다. 그러나 별로 급할 것도, 바쁠 것도 없어 유유낙락 풍광을 즐길 겸 작은 배를 타고 유람하던 길인데 갑자기 일진광풍이 불어 돛대와 삿대를 잃고 표류하게 된 것입니다. 조선을 떠날 때는 9월 20일인데 표류하기를 16일이었습니다."

마궁대인이 놀란 얼굴을 한다.

"망망대해에서 16일간 표류했다는 이야기는 일찍이 들어본 적이 없는데 어찌 죽지 않고 살아서 예까지 이른 것인지 그 연유를 듣고 싶습니다."

"처음 표류를 시작할 때는 약간의 음식도 뒤엎어져 남은 것이 없었고 또한 간직한 물도 없었습니다. 우리는 며칠 동안 물 한 모금 입에 댈 수 없어 기갈이 심하고 온 신경이 마비되어 있었습니다. 그런데 하늘의 뜻인가 마침 소나기가 쏟아져 우리는 갈증을 풀었고 한 열흘쯤 지났을까 어느 날 아침 큰 물고기가 바다로 뛰어올라 우리는 그걸 토막 내어 8인이 골고루 나눠 요기를 할 수 있어 굶어죽을 운명을 피했습니다."

마궁대인은 벌린 입을 다물지를 못했다.

이윽고 마궁대인이 마조신의 소상 앞에 넙죽 엎드려 수없이 절을 하더니 돌아앉아 이방익을 감격의 눈으로 바라보며 입을 열었다.

"당신들은 특별한 사람들입니다. 우리의 마조신이 특별히 보살펴

여기 팽호도로 이끌어 오신 소중한 사람들이란 말입니다. 당신들이 기갈에 허덕일 때 큰 비를 내려주신 것은 물론 큰 고기를 뱃전에 올려주셔서 당신들을 살린 분은 분명 천후天后이신 마조임이 분명합니다. 또한 당신들이 여기 한 섬에 표착했을 때 배를 산산조각 낸 분도 마조입니다. 왜냐하면 당신들이 그 작은 배에 미련을 갖는다면 당신들은 살아남기 어렵기 때문입니다."

이방익 등을 구출한 사람들 그리고 마궁대인은 이방익 일행이 험한 바다에서 살아남은 것은 조난자를 구해주는 마조신의 도움이라고 굳게 믿었기 때문에 그들을 후대했던 것이며 이러한 심문내용은 팽호부, 대만 나아가서 이방익이 지나는 관청들에도 전달되었을 것이다. 이방익이 쌀장사를 하던 무리의 우두머리라고 그들이 알고 있다면 앞으로 진행되는 이방익의 여정이 화려하지는 않았을 것이다.

8.
관제묘

〈원문〉

中門 안에 드러가니 큰집 한 間 지엿는대

關公 塑狀 크게 하야 儼然히 안졋고나

左右를 둘너보니 平床이 몃몃친고

平床 우에 白氈 펴고 白氈 우에 紅氈이라

繡노흔 緋緞이불 花床에 버린 飮食

生來에 初見이라 날 위하야 베프럿네

〈풀어쓰기〉

중문 안에 들어가니 큰집 한 채 지어졌는데

관운장 조각상 크게 하여 엄연히 앉혀 놓았구나

좌우를 둘러보니 평상이 몇몇인가

평상 위에 흰 양탄자 깔고 흰 양탄자 위에 붉은 양탄자라

수놓은 비단이불 꽃무늬 상에 벌린 음식

태어나서 처음이라 날 위하여 베풀었네

〈평설〉

이방익이 마조묘를 떠나 인도된 공해公廨는 관우를 모시는 사당

인 관제묘關帝廟다. 아마도 마조신의 도움으로 살아난 이방익을 중국의 또 다른 수호신을 모시는 관제묘의 당국자들이 초청하였던 것 같다.

『삼국지연의』에서 보아왔듯이 도원결의를 통해 유비, 장비와 의형제를 맺고 유비가 촉한蜀漢을 일으켜 조조 그리고 손권과 천하를 삼분하여 일진일퇴를 거듭하던 과정에서 유비를 따르던 충성과 의리의 사나이 관운장(본명 관우)에 대한 이야기는 너무나 유명하고 1,500년의 세월이 흘러도 관우에 대한 흠모의 정은 중국인에게서 떠날 줄 모른다.

관우는 조조의 극진한 대우와 회유에도 불구하고 유비를 배신하지 않았으며 그가 전장에 나가면 적장의 목을 추풍낙엽처럼 날렸고 장비와 더불어 많은 싸움에서 승전고를 울렸다. 특히 적벽전투에서는 옛 정을 생각하여 조조를 놓아준 일화로도 유명하다. 그러나 안타깝게도 관우는 오나라의 여몽에게 급습을 당하여 뜻밖에 목이 달아난다. 그가 죽고 난 후 촉한이, 조조가 건국의 기초를 세운 위나라에 무릎을 꿇지만 관운장은 중국 사람들에게 영웅으로, 신앙의 대상으로 남아 있었다.

명나라의 신종은 백성들이 숭앙하는 관운장을 국가와 백성을 수호하는 무신武神으로 선포하고 관제關帝 또는 관성제關聖帝라고 칭했으며 공자를 모시는 문묘文廟와 더불어 무묘武廟를 전국적으로 세우게 하여 제사를 지내도록 하였다. 그 후 관운장에 대한 신앙은 도교와 접목되어 국가적 신앙으로 자리매김했고 중국 각지에 관제묘가 건립되어 그 지방을 지키고 개인의 복을 성취해주는 수호신으로 받들어졌다.

마조신이 항해하는 선박을 안전하게 이끌며 어부의 생환을 돕고 농어민의 풍요를 관장하는 신이라면 관제는 나라를 지키며 악귀를 물리치고 개인의 재부를 일으키는 신으로 도교에서 뿐만 아니라 중국 전역에서 민간신앙으로 뿌리를 내려왔다.

우리나라에서도 임진왜란 때 파병되었던 명나라 군대가 일본을 무찌른 것은 관운장의 음덕이라고 하며 여러 곳에 관왕묘를 세워 조선으로 하여금 제사를 지내게 하였다. 현재 동대문 밖에 남아있는 동묘가 바로 관왕묘다.

조선의 당당한 무장인 이방익이 구사일생으로 살아난 마당에 팽호도 사람들은 그가 관운장의 사당에 참배함은 당연한 것으로 여겼으며 여기에서도 극진한 대접을 받는다.

이방익은 마조신의 도움을 받아 살아난 특별한 사람이며 더욱이 조선국왕을 시위하던 충장위장 벼슬을 하고 있는 장군임이 드러난 이상 상승작용을 일으켜 이후에도 가는 곳마다 극진한 대우를 받았으며, 호송관이 따라붙고 심지어는 황제까지도 호송관을 지정해 주었다. 또한 명소를 구경할 기회를 얻고 각종 연회에 초대되어 기녀들의 가무와 사랑에 흠뻑 젖기도 한다.

9. 팽호부

〈원문〉

十餘日 治療後에 澎湖府로 가라거늘

行狀을 收拾ᄒ야 밧겻헤 나와보니

華麗한 불근 수레 길가에서 待候한다

使者와 함긔 타고 十里長亭 올나가니

文熙院 놉흔 집에 懸板이 두렷하다

金銀綵緞 輝煌하고 唐橘圖薑 豊盛하다

女人衣服 볼작시면 唐紅치마 草綠당의

머리에 五色구슬 花冠에 얼켜잇고

허리에 黃金帶는 노리개가 자아졋다

金釵에 緋緞꼿츨 줄줄이 뀌엿스니

艶艶한 저 態度는 天下에 無雙이라

澎湖府 드러가니 人家도 稠密하다

層層한 樓臺들은 丹靑이 玲瓏하고

隱隱한 대수풀은 夕陽을 가리웟다

나무마다 잣나비를 목줄매여 놀녓스니

구경은 조커니와 客愁가 새로워라

〈풀어쓰기〉

십여 일 치료 후에 팽호부로 가라거늘
행장을 수습하여 바깥에 나와 보니
화려한 붉은 수레 길가에서 기다린다
사자와 함께 타고 십리장정 나아가니
문희원 높은 집에 현판이 뚜렷하다
금은채단 휘황하고 당귤민강 풍성하다
여인의복 보자면 당홍치마 초록당의
머리에 오색구슬 화관에 얽혀있고
허리에 황금띠는 노리개가 달려있다
금비녀에 비단꽃을 줄줄이 꿰었으니
아리따운 저 태도는 천하에 둘도 없네
팽호부 들어가니 인가도 조밀하고
층층이 올린 누대들은 단청이 영롱하고
은은한 대수풀은 석양을 가렸다
나무마다 잔나비를 목줄 매어 놀렸으니
구경은 좋거니와 고향생각이 새로워라

〈평설〉

마궁대인으로부터 극진한 대접을 받고 치료차 10여 일 휴식을 취
한 이방익 일행은 화려한 붉은 수레를 타고 팽호부로 들어간다. 팽호
부에는 인가도 많고 단청이 영롱한 누대들이 시가지를 장식하고 있
다. 또한 각종 과일과 채소가 풍성하다. 이방익의 「표해록」에 보이
는, 당시로는 희귀한 식물을 접한 기록을 살펴보면 매우 흥미롭다.

"감제라 ㅎ는 거시 무우 갓흐되 마시 돌고 먹으면 배도 부로대 긔운을 나리오고 또 화생이라 ㅎ는 것슨 콩곳고 마시 비린거슬 복가 기룸을 내여 아국 진유쓰듯 ㅎ더라"

'감제' 는 무처럼 생겼고 먹으면 맛이 달고 배도 부르고 기운이 난다고 했으니 이는 고구마를 지칭한다고 보아야 할 것이다. 고구마는 1763년 조엄이 일본에서 들여와 시험재배에 성공한 것인데 아직 이방익은 고구마 맛을 본 일이 없었을 것이다. 감자는 19세기에 조선에 전래되었다. '화생' 은 낙화생을 이르며 날것으로는 맛이 비리지만 볶아서 기름을 내면 우리나라 진유(참기름) 같다고 했다.

이방익이 정자에 올라 거리를 내려다보던 중 두 아이의 어머니인 젊은 여인에 시선이 꽂힌다. 눈길은 화려한 의복으로부터 몸에 단 각종 장식으로 옮겨지고 다시 걸음걸이와 탈 것으로 옮겨져 신비감을 더해주며 곱게 꾸민 아이의 모습까지 결합시킨다. 문희원이 어떤 곳인지는 확인할 수 없으나 아이를 데리고 놀러 나와 한가롭게 거니는 여인들은 평범한 사람들인데도 불구하고 화려한 옷과 장식을 하고 있다.

당시 조선의 여인들은 담장 밖으로 얼굴을 내밀 수도 없었고 혹 외출할 때는 쓰개치마나 장옷으로 얼굴을 가리곤 했는데 이곳의 여인들은 부유하고 자유분방한 생활을 하고 있음을 알고 방익은 놀라움을 감추지 못했는지 그의 한글 「표해록」에 자세한 묘사를 남기고 있다.

"여인의 의복은 소년(젊은 여인)은 홍상과 분홍당의를 입고 또 홍띠를 띠고 머리에 화관 쓰고 구슬을 얽어 오색비단 꽃을 금비녀에 끼어 한 편에 셋씩 꽂고 앞에는 금거북을 만들어 온갖 노리개를 달아매었고 단추에 줄향을 층층이 달았으니 걸음마다 쟁영소리와 염염한 태도가 혹 노새 같으며 우산도 받치며 혹 교자에 구슬발도 들이고 한 쌍의 아이를 곱게 꾸며 아래 세웠으니 여인의 예모도 다름이 없더라."

이방익은 조국의 수도 서울을 떠올렸고 고향 탐라를 떠올리며 너무나 차이가 있어 만감이 오갔을 것이다. 불과 몇 십 년 전만 해도 곡식도 자라지 않는 척박한 땅이었을 팽호도가 이렇게 변한 원인은 무엇인가? 바로 중국이 문호를 개방하면서 서구와 동남아의 배들이 오가고 중국 남부의 하문항으로 들어가는 배들이 이곳을 통과함으로써 팽호도는 중개무역지로 각광을 받았기 때문에 이제는 풍요를 누리고 있는 것이리라.

그러나 조선은 3면이 바다였건만 그 바다는 오랫동안 자물쇠로 채워져 있었고 우리의 백성들은 표류한 사람들 외에는 감히 바다로 나가지도 못했고 해외의 문물을 보지도 못했다. 바다가 한 나라를 부유함으로 인도하는 큰 길임을 동서고금의 역사가 증명하는데 지구상에서 우리나라만 문을 잠가놓고 있었다.

영·정조 때에 이르러 박지원, 이덕무, 박제가 등은 나라 안에 수레 다닐 만한 길이 없어서 물화의 유통이 원만하지 못하며 해외로 통하는 항구가 없어서 무역이 성행하지 못함을 개탄하고 상업의 발달을 통하여 나라를 일으키려 했다.

박지원은 "수레가 성중에 다닐 수 없고 배가 해외에 통항하지 못하는데 나라가 어찌 가난하지 않겠으며 백성이 어찌 곤고하지 않겠는가(車不行城中 舟不通海外 國安得不貧 民安得不困)"라고 일갈했다.[12]

---

12) 최남선, 「바다를 잃어버린 국민」, 정진술 저, 『다시 보는 한국해양사』, 서문, 해군사관학교, 2007, 35면.

10. 대만으로

〈원문〉

官府長이 傳令하되 그대 等 緣由를

臺灣府에 移文하니 아즉 暫間 기다리소

日氣는 極寒하고 갈 길은 萬餘里라

舘中에 早飯하고 마궁에 배를 타니

餞送하는 行者飮食 眼前에 가득하다

風勢는 和順하고 日色은 明朗하니

臺灣府가 어대매뇨 五日만에 다닷거라

선창좌우에는 丹靑한 漁艇이요

長江上下에는 無數한 商船이라

鍾鼓와 笙歌소래 곳곳이서 밤새오니

四月八日 觀燈인들 이 갓흘 길 잇슬소냐

탓뎌 船人 離別하고 層城門 달녀드니

琉璃帳 水晶簾이 十里에 連하엿다

官府를 다시 나서 상간부에 下處하고

冬至밤 긴긴 새벽 景없이 누엇더니

오는 선배 그 뉘런가 盞드러 慰勞한다

兵符使者 부르거늘 衙門 압헤 나아가니

黃菊 丹楓 百鳥聲이 遠客愁心 돕는고나
상산병부충슈거를 두렷이 세윗는대
千軍萬馬 擁衛하고 劍戟儀仗 森嚴하다
軍容을 整齊한 후 三大門 드러가니
꼿 사이에 靑鳥白禽 넙풀면서 소래하고
나무 아래 麋鹿猿獐 무리지여 往來하네
景槩도 絕勝할사 그림속이 아니런가
十餘層覽階上에 士官 將帥 뵈온 後에
五行船 올나타니 西皇城이 一萬里라

〈풀어쓰기〉
관부장이 전령하기를 그대 등의 연유를
대만부에 보고했으니 아직은 잠간 기다리소
날씨는 매우 춥고 갈 길은 만여 리라
숙소에서 조반 먹고 마궁에서 배를 타니
전송하는 행자 음식 눈앞에 가득하다
바람은 온화하고 하늘은 맑으니
대만부가 어디인가 5일 만에 다다랐다
선창 좌우에는 단청한 고깃배요
장강 상하에는 무수한 상선이라
종소리 북소리 생황 소리 곳곳에서 밤새 울리니
4월 8일 관등인들 이 같을 길 있을소냐
함께 탄 뱃사람들 이별하고 층층 성문 달려드니
유리장막 수정 발이 십리에 연하였다

관부를 다시 나서 상간부에 묵으니

동지 밤 긴긴 새벽 경황없이 누웠더니

오는 선비 그 뉘런가 잔 들어 위로한다

병부사자가 부르거늘 아문 앞에 나아가니

황국 단풍과 여러 새 소리가 원객 향수 부추긴다

상산병부 층층한 수레를 뚜렷이 세웠는데

천군만마 옹위하고 검극 의장 삼엄하다

군복을 차려입고 삼대문 들어가니

꽃 사이에 푸른새 흰 짐승들이 너풀대며 소리 하고

나무 아래 노루, 사슴, 원숭이가 무리 지어 왕래하네

경치도 빼어나니 그림 속이 아니런가

십여 층 벽돌 계단에서 사관과 장수 뵈온 후에

오행선 올라타니 서황성이 일만 리라

〈평설〉

이방익 일행은 팽호도에서 상급관청인 대만부로 이송된다. 팽호부에서는 추운 날씨에 견딜 옷가지 즉 두루마기, 휘항(목까지 내려오는 방한모) 그리고 버선을 챙겨주고 행자음식을 푸짐하게 차려 보내고 돈까지 주면서 그들을 배웅한다. 「표해록」에 따르면 그들은 따스한 배웅을 받은 듯하다. 팽호부 관부장이 이방익을 떠나보내면서 은근하고 다정한 어조로 위로한다.

"북향길이 만여 리요 또 천기 극한하니 어한지절(禦寒之節-매우 추운 절기)을 소홀히 못할 것이니 팽호에서 오래 머묾이 그런 연고였습니다. 금일은 일기 화순하니 행선함직 합니다. 조반 후에 떠나십시오. 내년 봄까지는 고국에 돌아갈 수 있을 터이니 아무쪼록 몸을 각별히 보중하세요."

이방익 일행을 태운 두 척의 배는 대만을 향하여 항진해 갔다. 일기는 명랑하고 바람은 화순하여 배가 살 가듯이 달려 5일 만에 대만부로 올라갔다. 이방익은 5일이 걸렸다고 기술하고 있으나 연암은 이틀 만에 대만부의 북문 밖에 하륙했다고 쓰고 있다. 『승정원일기』와 『일성록』에도 2일이 걸렸다고 기록되어 있다. 진실 여부는 확인할 길은 없다. 아마도 항구에서 지체했는지 모를 일이다.

당시 대만에서 대만부가 어디인가? 「표해가」에서는 언급이 없으나 「표해록」에서는 팽호도에서 북향길이라고 말하고 있다. 그러나 『일성록』, 『승정원일기』, 「이방인표해록」, 「서이방익사」에서는 서남으로 향했다고 했다. 청나라 때의 대만 지도[13]를 보면 대만부를 지금의 대남시(臺南-타이난)로 표기한 것으로 보아 북향길은 오기임이 틀림없다.

박지원은 대만부에서 서쪽 30리에 위치한 녹이문과 대원항을 언급하고 서양식 성곽인 안평진성과 적감성에 대하여 『대만기략』을 빌어 장황하게 설명한다. 주안요가 지은 『대만-아름다운 섬 슬픈 역사』에 의하면 네덜란드가 세운 안평진성Zeelandia은 상채의 네 귀퉁이에 보루가 세워져 있어 위풍당당한 모습을 하고 있고 성채 밖에는 바둑판식 시가가 형성되어 있으며 적감성과 더불어 중국의

---

13) 譚其驤 主編, 『中國歷史地圖集』, 중국지도출판사, 1987.

성과 달리 시가가 성 밖에 있다. 이들 성곽과 대원항은 네덜란드가 방어와 무역을 위하여 건설한 것이다.[14)

대만부는 정성공이 점령하였을 때도, 청나라가 다스릴 때도 부성府城과 병부(군사령부)가 있었던 곳이다. 대북(타이페이)은 일본이 대만을 점령하면서 자국과의 교통의 편의상 건설한 도시이다.

이방익이 대만부의 북쪽 항구에 도착해 보니 단청을 칠한 어선들이 좌우에 꽉 들어차고 관부로 통하는 담수하淡水河에는 무수한 상선이 떠 있으며 배에서 내려 관부로 향하는 저자거리에는 유리로 된 장막과 수정으로 꿰어 만든 발이 십리에 연하여 늘어져 있어 눈이 휘둥그레진 것 같다.

「표해록」의 표현을 빌려 대만부로 들어가는 포구의 정경을 살펴보자.

수구水口 좌우의 넓은 선창에 단청을 한 어정과 장사꾼들의 배들이 강을 막았으니 그 수를 알 수가 없다. 화각(畵閣)이 물 가운데 솟아있고 징소리 북소리가 밤새 들리고 등촉을 셋씩 넷씩 달았으니 사월 초파일 관등이 어찌 이러하겠는가? 재화의 풍족함과 인물의 번성함은 처음 보는 광경이고 좌우에 모인 구경꾼들을 보니 호사함이 비길 데 없었다.

또 대만부 북문 밖을 바라보니 누대가 넓고 성첩(城堞)이 웅장하며 좌우의 저자에는 오색 유리등을 달아 주야로 불을 켜고 북문에서 성안의 관부 사이의 5리쯤 되는 거리에는 오색기와로 지붕

---

14) 주완요 지음, 손준식, 신미정 옮김, 『대만-아름다운 섬 슬픈 역사』, 신구문화사, 2003, 64-66면.

을 이은 인가들이 줄을 지어 들어서 있다. 집집마다 채롱을 만들어 이상한 새들을 넣어 기르는데 새소리가 아름답고 상점에는 인삼·녹용·비단·피혁 등의 토산품이 쌓여 있다.

이방익 일행은 대만관부에 가기 전에 수상가옥에서 7일을 묵으며 매일 진수미찬으로 대접을 받았다. 그러나 돌아갈 길이 지연됨에 따라 고향생각으로 밤을 지새우며 하염없이 눈물을 흘리며 지냈다. 이방익은 결국 향수병으로 몸져누웠다. 그러자 이름 모를 대여섯 명의 선비들이 찾아왔다.

"공께서 오늘 우리와 더불어 한 자리에 앉아 있는 것도 하늘이 준 인연입니다. 또한 귀공의 병세를 보니 신병이 아니라 수해로 인한 병이니 너무 심려 마십시오. 곧 우리 관부의 배려로 순풍을 기다려 치송할 것이니 과히 염려치 말고 수이 돌아가 부모를 효양할 생각만 하시지요."

그들은 온종일 좋은 말로 위로했다.

이러저러 세월이 흘러 이방익이 팽호도에 표착한 지 두 달이 조금 지난 12월 10일이었다. 관부에서 부른다 하기에 7인을 데리고 아문을 지나가는데 노변에 귤과 유자가 많이 열려 있고 황국과 단풍이 서로 빛깔을 다투는데 온갖 새들이 나무 사이를 오가며 지저 귄다. 방익은 고향땅 제주의 산야에 주렁주렁 달려있을 귤을 생각하니 고향생각이 물씬 들어 눈물이 옷깃을 적셨다.

대만병부로 향하여 갈 때에 멀리 백사장과 넓은 들판 저쪽에 큰 아문이 있는데 '상산병부총수' 라고 쓴 큰 깃대가 세워져 있고 천병만마가 도열해 있으며 검극이 삼엄한데 제장이 군졸을 호령하니 군기가 엄숙하였다.

이방익이 병부사자를 따라 화양당이라 하는 곳에 이르니 탑전 위에 화려한 관복을 입은 네 사람의 관장이 앉아 있는데 안찰사와 대만부 관장과 해군제독과 대만현령이었다. 그들은 이방익을 따로 가까이 불러 물었다.

"귀공은 고국에서 무슨 벼슬을 하였으며 같이 온 사람들은 무슨 품직이며 무슨 일로 배를 타다 풍랑을 만났으며 며칠 만에 팽호도에 왔으며 상한 사람은 없는가요?"

이방익이 대답하였다.

"본관은 통영대부 무겸선전관을 지냈고 충장위장의 직을 수행하고 있으며 다른 사람들은 직품이 없습니다. 우리는 지난 9월 20일 태풍을 만나 16일 만에 팽호도에 표착하였습니다."

이방익이 고위 무관으로 임금을 호위하는 현직에 있는 사람임을 감안하여 병부 사령관이 그를 초치하여 만났음을 알 수 있다. 본문에서 보이는 상산병부는 대만부를 지키는 최고사령부로 말 그대로 천군만마가 호위하고 검극을 갖춘 의장대가 삼엄하게 도열하고 있었다.

이방익이 군용軍容을 정제整齊하고 삼대문을 들어갔다고 한 것으로 보아 이방익은 자신이 소지했던 조선식 군복을 착용하고 사령부에 들어가 장군들과 문관(사관)들을 만났다는 것을 알 수 있다. 전에 그 존재를 알지 못했고 꿈에서도 보지 못했던 남쪽 바다의 섬나라가 이렇듯 화려하고 풍요함에 이방익은 입을 다물지 못했다.

대만은 반란을 진압한 지 10여 년밖에 안되기 때문에 군사조직은 막강했다. 조선은 아직도 명나라의 사고에 갇혀 강남의 발전상을 보지 못했다. 정조의 명을 받아 이방익의 표류사실을 기록한 연암 박지원이 청나라 임겸광이 쓴 『대만기략』을 인용하여 「서이방익사」에서 대만의 형세를 기술한 것이 고작이다.

대만이 팽호도와 더불어 17세기 이후 네덜란드인에 의해 점령당한 일, 정성공이 네덜란드인을 몰아내고 국가를 세운 일, 청나라가 진주하여 대만을 중국의 영토로 편입한 역사적 사실 그리고 그 후 서양문물이 물밀 듯이 들어와 번영일로에 들어선 대만의 실상을 박지원은 물론 조선에서는 그때까지 모르고 있었던 것이다.

이방익은 그러한 중국의 모습을 보았다. 관청마다 높고 웅장하며 채색이 화려하고 본관 좌우에는 익곽翼廊이 날개처럼 둘러 있다. 관청으로 가는 길에는 난간이 10리나 뻗어 있는데 유리로 만든 휘장과 수정으로 엮은 주렴이 연결되어 있다. 대만 상산 병부의 경우 천병만마가 옹위하고 의장대가 정렬한 3개의 문을 거치면 십여 층이나 되는 본부 건물이 솟아있다.

이제 대만의 역사를 더듬고 당시 국제질서상의 위상을 살펴보자.

대만은 17세기 초까지만 해도 말레이시아계(남방어족) 원주민이 살고 있었고 중국의 영향력이 미치지 않은 섬이었다. 송나라 때 비로소 팽호도가 중국에 편입되었지만 대만의 경우는 17세기 말까지도 중국의 지배를 받지 않았던 곳이다. 15세기경에 이곳에 대두왕국大肚王國이라는 부족연맹이 다스렸다지만 1624년 네덜란드가 이곳을 점령하면서 힘을 잃고 산속으로 숨어들었다. 대만이 서양에 처음 알려진 것은 포르투갈에 의해서다. 포르투갈 선박은 녹색창연한 대만섬을 발견하고 아름다운 섬이라는 뜻의 포모사Formosa라 칭했다. 네덜란드가 점령하면서 대만에 동인도회사를 차려 중국과 일본 진출의 교두보로 삼고자 했고 따라서 그들은 많은 항구와 시설물을 건설했다.

명나라가 청나라에 멸망하자 1661년 정성공鄭成功은 반청복명反淸復明의 기치를 들고 남부지방에서 세력을 구축하였으나 결국에는 대만으로 건너와서 네덜란드인을 물리치고 국가를 세워 청에 대항하여 싸웠다. 그러나 1683년 그의 손자 대에 이르러 청나라에 항복했다.

청나라가 대만을 통치하기 시작하자 많은 사람들이 복건성과 광동성에서 몰려왔고 그들 대부분이 어업과 무역업에 종사했다. 결국 대만은 서구와 중국 사이에서 중개무역지로 발판을 굳혔다.

이방익은 대만에서 호송관을 따라 중국 본토의 하문으로 항해하기로 하였으나 심한 바람이 잦아들지 않아 보름 동안을 대만에서 지체할 수밖에 없었다. 이방익은 급한 마음에 연일 사정을 했으나 인력으로는 어찌할 도리가 없었다. 겨울철에는 한반도 쪽에서 불어오는 서북풍이 양자강과 유구를 잇는 위도에서는 북동풍으로 바뀌지만 대만해협 가까이에서는 다시 강력한 서북풍으로 변하며 남북으로 뻗은 대만산맥과 중국대륙 사이가 바람의 길목 역할을 하기 때문에 겨울에는 상선들도 대만해협을 항해하기를 꺼려한다. 바람이 일시 순해지자 이방익 일행은 대만을 떠나 열흘 만에 하문에 도착했다.

11.
하문廈門

〈원문〉

丁巳 正月初四日에 廈門府에 드러가니

紫陽書院 네 글자를 黃金으로 메웟는대

甲紗帳 둘너치고 左右翼廊 奢麗하다

내 비록 區區하나 禮儀之國 사람이라

이 書院 지나가며 엇지 瞻拜 아니리오

拜禮를 畢한 後에 殿밧게 나와보니

數百 儒生 갈나안져 酒饌으로 推讓한다

〈풀어쓰기〉

정사년 정월 초4일에 하문부에 들어가니

자양서원 네 글자를 황금으로 메웠는데

갑사 장막 둘러치고 좌우 익랑 화려하게 꾸몄다

내 비록 구차하나 예의지국 사람이라

이 서원 지나가며 어찌 첨배 아니 하리

배례를 필한 후에 전 밖에 나와 보니

수백 유생 갈라 앉아 주찬으로 서로 양보한다

〈평설〉

하문은 중국대륙의 최남단 해안에 위치하여 대만과 마주보고 구룡강을 끼고 있다. 진나라 때까지는 남만南蠻의 일부로 진시황이 영토를 넓혀 동안현同安縣을 설치하였으며 송나라 때는 천주에 소속되어 있었다.

명나라가 청나라에 멸망할 당시 정성공이 하문을 발판으로 명나라를 회복시키겠다며 부흥운동을 활발히 전개했다. 그때 청나라에 항거하는 많은 한족漢族이 몰려들었는데 정성공이 대만으로 옮기고 나중에 섬멸되었어도 하문 등지에 주저앉았다.

한족은 밀려오는 서구 및 동남아 상인들과 교류를 하면서 무역을 발전시켰고 한족 자신들도 동남아 등지로 진출하여 화교가 되었다. 도자기, 비단, 우롱차, 생강 등이 서구로 팔려나갔고 서구의 근대화된 물자와 중동, 동남아의 진귀한 물건들이 이 항구를 통하여 속속 중국의 내륙으로 실려갔다.

이방익이 하문에 도착하던 시기는 하문이 최고의 무역중심지로 발돋움하던 때였다.

1797년 1월 4일에 하문에 도착한 이방익은 당월 27일까지 그곳에 머물면서 아마도 23일 동안 새로운 문물을 구경하면서 다녔을 것이다. 탐라에서 태어난 그는 생전 처음 보는 광경과 사람 사는 모습과 넘쳐나는 물자에 놀랐을 것이다. 이방익은 아마도 조선인으로서 맨 처음 서구의 문물을 체험한 사람일 것이다. 그때까지만 해도 조선 사람들은 사신을 따라 북경이나 그 근처에 다녀온 것이 고작이기 때문이다.

이방익은 자양서원을 방문한다. 자양서원은 주희(朱熹, 1130-

1200)의 학통을 계승하는 선비들이 학문을 수련하는 곳으로 자양紫陽은 주희의 호다.

주희는 존칭하여 주자朱子라 부르기도 하는데 그는 독보적인 학문체계인 주자학을 집대성하여 중국과 한국의 사상계에 가장 큰 영향을 미친 사람이다. 주자학은 우리나라에도 큰 영향을 끼쳤는데, 고려 때 안향安珦이 처음으로 받아들였고 그 후 조선건국의 이념으로 자리를 잡았다. 조선은 주자의 학통을 철저히 이어가면서 노자와 장자를 도외시했고 불교와 도교를 배척했다.

주자는 18세에 대과에 급제했고 첫 번째 관직은 고향인 동안(하문)의 주부였지만 그 후 관직을 거의 맡지 않고 학문에 열중했다. 그는 여기서 고사헌高士軒을 세워 여러 유생을 가르쳤는데 원나라 때 공공준孔公俊이 그 자리에 대동서원을 세웠으며 그 후 언젠가부터 주희의 호를 따서 자양서원으로 불리게 되었다.

이방익은 자양서원에서의 일을 「표해록」에서 상세히 적고 있다.

이방익은 문사는 아니지만 동방예의지국 사람으로 체면을 생각하여 서원에 배례할 뜻을 밝혔다. 그러자 이방익과 동행한 사자使者가 변색을 하며 만류하고 나섰다.

"귀공이 만리타국 사람으로서 어찌 주자를 아십니까?"

방익이 정색하고 답하기를

"조선은 본디 예의를 숭상하는 나라라 조선 사람이라면 삼척동자라도 주자가 성인이신 줄 모르는 사람이 없습니다."

사자가 듣고 감탄하여 마지않으며 말하기를

"조선이 예의지국이라 하던 말을 금일에야 쾌히 알겠구나."

하였다.

사자의 인도로 자양서원에 들어가니 큰 문 밖 좌우에 기화녹초를 난만爛漫히 심었고 현관에 자양서원이란 네 글자를 금으로 메웠다. 동편 작은 문으로 들어가서 보니 좌우익랑과 정전이 우리나라 성균관과 같으나 형용키 어려울 정도로 넓고 깨끗하였다. 갑사 비단장을 정전 사면에 두르고 전 앞에 주자상을 만들어 세우고 비단으로 수놓은 옷을 입혔으며 향촉을 밝히고 서책을 진열해 놓았다.

이방익이 참배할 때 유사들이 좌우로 나눠 서서 예를 취하고, 인하여 분향하니 향기가 코를 찔렀다. 배례를 하고 정전 밖으로 나오니 수백 유생이 갈라서서 일제히 절하면서 당에 먼저 오르라고 권했다.

방익이 마주 절하고 주객의 예를 들어 사양하였으나 유생들이 또 사양하였다. 어쩔 수 없이 방익이 먼저 당에 오르니 음식이 쇄락하고 유생의 예모가 공순하였다. 이방익은 여러 유생들과 주찬을 나누며 담화하니 이는 무관인 이방익이 조국 조선에서도 언감생심 겪어볼 수 없는 것이었다.

중국의 유학자들은 주자의 학덕과 학풍이 조선까지도 널리 퍼져 있을 줄은 미처 몰랐다. 더욱이 조선의 무관까지도 주자를 알고 주자를 받드는 점에 대하여 놀랍고 감사한 일이었다. 그들은 주자에게 배례한 이방익을 예를 다하여 모셨고 이 소문은 일파만파 양자강 이남의 강남 관계官界와 학계에 퍼져나갔다.

12. 천취부

〈원문〉

念七日 轎子 타고 福建으로 發行하니

天聚府가 어대매뇨 이 또한 넷국도라

城郭은 依舊한대 人物도 繁華할사

使者의 뒤를 따라 層閣에 올나서니

唐紅緋緞 繡方席이 안기가 恍惚하다

杯盤을 罷한 後에 舍處로 도라오니

六千里 水路行役 疲困키도 滋甚하다

鳳城縣 路文 놓고 北門밧게 나와보니

丹靑한 큰 碑閣이 漢昭烈의 遺蹟이라

저긔 잇는 저 무덤은 엇던 사람 뭇쳤는고

石灰 싸하 封墳하고 墓上閣이 燦爛하다

兩馬石神道碑를 水石으로 삭엿스니

卿相인가 하엿더니 尋常한 民塚이라

돌다리 五十間에 무지게 門 몃치런가

다리 우에 저자 안고 다리 아래 行船한다

婦女들의 凝粧盛服 畫閣에 隱映하니

鸚鵡도 戲弄하며 或彈或歌하는고나

〈풀어쓰기〉

27일 교자 타고 복건으로 떠나니
천취부가 어디인가 이 또한 옛 국도라
성곽은 옛날 그대로인데 사람과 물자가 번화하구나
사자의 뒤를 따라 누각에 올라서니
당홍비단에 수놓은 방석이 앉기가 황홀하다
잔치를 파한 후에 숙소로 돌아오니
6천 리 뱃길 행적 피곤키도 자심하다
봉성현에 통지하고 북문 밖에 나와 보니
단청한 큰 비각이 한소열의 유적이라
저기 있는 저 무덤은 어떤 사람 묻혔는가
석회 쌓아 봉분하고 묘상각이 찬란하다
양마석 신도비를 수석으로 새겼으니
경상인가 하였더니 보통사람의 무덤이라
돌다리 50칸에 무지개문 몇인가
부녀들의 화려한 차림새 화각에 은은히 비친다
앵무도 희롱하며 노래를 부르는구나

〈평설〉

1월 27일 이방익 일행은 하문을 출발하여 천주泉州를 거쳐 복주福州로 향하는 긴 여행을 떠난다. 천주는 오대십국五代十國의 하나인 민閩나라의 도읍지로 그 도성을 천취부天聚府라 불렀는데 천주로 가는 길목이다. 호송관은 이방익 일행을 천취부로 인도한다.

하문에서 천취부로 가는 길은 거마가 지나갈 수 없는 좁고 험한 석벽길이고 이를 활용하여 성곽을 쌓았기 때문에 이방익 일행 8명은 모두 가마꾼이 메는 교자를 타고 가야 했다. 십리쯤 가니 성곽이 참암(巉巖-가파름)하여 층층한 석벽을 간신히 올랐고 오르다가 사면을 돌아보니 보이는 것은 다만 망망한 산천뿐이라 동서남북을 분변치 못할 지경이었다. 험하기로 이름난 촉도도 이만은 못했을 것이다. 촉도는 중원에서 파촉으로 가는 길목으로 유비가 이곳을 넘어 촉으로 들어갔고 한중으로 쫓겨 간 유방이 권토중래(捲土重來)를 꿈꾸며 이 길목을 넘어와 마침내 천하제패를 이룬 험로다. 이방익 일행은 한 사람의 낙오자 없이 험로를 넘어 천취부 남문에 이르렀다.

천취부에 들어가니 도성 안이 광활하고 산천이 조용한데 아로새긴 창호와 그림 기둥의 단청이 아름답고 성곽이 장엄하다. 성 안은 동서남북을 알 수가 없을 정도로 번화하고 이방익 일행이 향하는 길 좌우에는 구경꾼들이 가득 모여 있다. 넓은 반석을 깐 길을 따라 20리쯤 가니 큰 집이 하나 나타나는데 천취부의 위관(委官-책임을 맡은 관리)이 그들을 반기며 숙소를 정해주었다.

하룻밤을 지내니 새벽에 위관이 와서 '관부에서 당신들에게 대접할 음식을 준비했다' 며 따라오라고 한다. 위관을 따라 좌우의 익랑과 너른 뜰을 지나는데 대만부에 비하여 훨씬 크고 넓은 곳이었다. 큰 대청으로 올라가자니 계단에 층층이 비단자리를 펴고 대 위에 붉은 비단방석을 폈다. 너무나 휘황찬란하여 앉기가 황공함에 방익은 방석을 걷으라며 사양했다. 이에 그 위관이 대답하기를 '우리 대인(관부장)이 말하기를 조선 사람은 예의를 숭상하는 사람이니 극진히 대접하라' 고 하셨다며 앉으라고 권한다. 이에 방익은 '대인이 우리를 대접하는 뜻에 감사하나 우리가 감히 앉을 수가 없다' 고 극구

사양하다가 못이긴 채 자리에 앉으니 상차림이 화려하고 생전 보지 못한 음식이 부지기수였다. 상을 물리니 대인이 보냈다며 은자 한 냥씩을 일행에게 각각 나누어주었다. 이렇듯 이방익이 극진한 대우를 받은 것은 여기 천주가 주자가 태어난 곳이고 이방익이 하문의 자양서원에서 주자상에 배례한 사실이 이곳에 알려졌기 때문이다.

며칠 더 쉬고 가라는 관부장의 만류를 뿌리치고 이방익은 급한 마음에 다음 행선지로 나설 채비를 하였다. 천취부 북문을 나와 얼마를 가니 오색기와를 올리고 단청한 비각이 많이 보이는데 그 중에 우뚝 선 것은 촉한 한소열(유비)의 비각이라 한다.

유비가 이곳을 다녀갔거나 인연이 있을 리는 없지만 군주들은 유비의 풍모를 흠모하여 비각을 세워서 모셨던 것 같다. 주변의 비각은 과거에 급제하여 진사가 되면 성명을 새겨 후대 또는 후세까지 기리기 위하여 지어진 것이라 한다.

천주로 가는 길에 크고 화려한 무덤이 있는데 석회를 섞어 봉분하고 숙석(熟石-인공으로 다듬은 돌)을 층층이 쌓고 묘 앞에 혼유석(魂遊石-무덤 앞에 놓는 직사각형 돌)을 깔고 좌우에 양마석과 장군석을 세웠으며 묘상각이 화려한데다 신도비를 세운 것을 볼 수 있었다. 어느 정승의 무덤인가 했더니 그냥 평민이라도 부자들은 이렇게 한다는 말을 듣고 이방익은 그 지역의 풍요로운 삶의 모습에 놀라기도 한다.

천주는 춘추전국시대 이전부터 민閩이라는 부족이 살던 곳으로 중국 남부의 광동지방과 더불어 남쪽 오랑캐라는 의미로 만蠻 또는 남만南蠻으로 불리어 왔다. 진시황은 민족閩族을 경략하여 남만의 다른 부족과 더불어 4군을 설치하여 다스렸는데 이곳을 민중군閩中

郡으로 불렀다.

한나라 때에는 한의 제후국이었으나 이웃의 월越나라 및 오吳나라와 분쟁이 잦았던 곳이다. 한때는 당나라의 지방조직으로 민주閩州라고 불렀으나 당나라가 망하자 왕심지王審知가 오대십국의 하나인 민국(閩國, 909-945)을 세워 도읍지로 정했다.

오대십국을 통일한 송나라에 와서는 천주가 해양실크로드의 거의 끝머리로 아라비아, 동남아 선박들이 드나들었으며 조정에서는 이곳에 시박사市舶使를 설치하여 관세를 부과하기도 하였다. 중국의 비단, 도자기 등이 천주항을 통하여 아라비아와 유럽으로 수출되었고 이란의 양탄자, 아라비아의 보석, 인도의 후추, 단향, 유향 등이 이 항구를 통하여 수입되어 북경으로 보내졌다. 당시에 고려로 찾아오는 중국 및 아라비아 상인들이 여기서 출발하여 고려의 예성강에 닿았다.

원나라 때에는 무역항으로 더욱 활기를 띠었다. 『동방견문록』을 쓴 마르코 폴로도 천주를 출발하여 스리랑카, 이란을 거쳐 귀국하였다. 그러나 명나라 때에는 해금정책으로 인하여 그 기능이 쇠퇴해갔다. 청나라는 정성공의 난을 진압한 후 한족을 위무하기 위하여 천주와 하문을 개항하고 한족의 무역활동을 지원하였다.

이방익이 표류했던 당시에는 많은 서양의 문물에 눈을 뜨게 된 중국 상인들이 해외로 진출하고 서방의 상인들이 몰려와 국제적인 항구로 이름나 있었다.

이방익은 북쪽으로 발길을 옮긴다. 그는 진강晉江과 낙양강洛陽江이 합류하는 지점에 이른다. 이곳이 천주의 중심지역이다. 거기에는 낙양강을 가로지르는 돌다리가 있는데 이 다리를 낙양교 또는 만안교라고 부른다. 송나라 때인 1053년에 착공하여 1059년에 완공하였는데 그 길이가 800m이며 세계 최초로 바다 위에 가설한 다리이다. 강바닥에 뗏목 모양의 초석을 가로로 대어 연달아 깔고 교각 위에 장방형의 돌을 이어 만들었다.

이방익은 「표해록」에서 낙양교 또는 만안교에 대하여 상세하게 묘사한다. 다리를 바라보니 돌다리가 50리에 걸쳐 있는데 다리 위에 설치된 무지개문이 몇 개인 줄 모른다. 다리 가운데 무쇠은장(재목을 잇는 무쇠조각)을 박고 난간을 설치했으며 폭이 무척 넓다. 다리 위 좌우에 저자를 벌렸는데 넓이가 얼만 줄 모른다. 상고(商賈-장사꾼)들의 오색채선이 다리 아래로 연속 왕래하는데 그 수를 모르겠다. 또 성에서 다리까지 20리나 되는 큰 길에 돌을 깔아서 성내로 드나드는 관원들이 혹은 말을 타고 혹은 교자를 타고 지나간다.

부녀들은 응장성복으로 화각 위에서 앉거나 서서 탄금도 타고 앵무도 희롱하니 그 기이한 태도는 비길 데 없고 곡식 실은 수레와 비단 실은 수레가 넓은 길을 꽉 메웠으니 재화는 풍족하고 인물도 번성하다. 강남이 번화하다는 말은 이를 두고 이름이다.

즉 이방익은 이 다리를 건너면서 다리 위에 저자가 있고 다리 아래로는 배들이 지나가는 것을 보았고 저자거리에 나온 부녀들의 옷차림과 그들이 노래하며 노니는 모습을 구경했다. 천주 지역의 부녀의 옷은 특이해서 상의는 꽉 조인 짧은 옷이고 하의는 폭이 넓고 화려하게 장식한 치마이거나 바지인데 이방익은 '응장성복凝粧盛服'이라고 표현하고 있다.

13.
보리가 익어가는 계절

〈원문〉

鳳城縣 길을 떠나 法海寺 구경하고

布政司에 글을 올녀 治送하기 바랏더니

皇帝게서 下敎하사 護送官을 定하엿다

淸明時節 못되여서 보리가 누르럿고

夏四月이 來日인데 조이삭이 드리웟다

黃津橋 지나와서 水軍府로 드러오니

泰山갓치 오는거슨 멀리 보니 그 무엇고

數百人이 메엿는대 불근 줄로 끄으럿다

돗대가튼 銘旌대는 龍頭鳳頭 燦爛하다

帳 안에서 哭聲이오 가진 三絃압헤섯다

無數한 별 輦獨轎 喪家婢子 탓다 하네

行喪하는 저 擧動은 瞻視가 고이하다

南鄭縣 太淸舘과 建寧府 다 지나서

建安縣 긴긴 江에 石橋를 건너가니

無礙山 그림자는 물 가온대 잠기엿고

고기 잡는 楚江漁父 푸른 물에 戱弄하네

<풀어쓰기>

봉성현 길을 떠나 법해사 구경하고

포정사에 글을 올려 송환조치 바랐더니

황제께서 하교하사 호송관을 정해주었다

청명시절 못되어서 보리가 누르렀고

하사월이 내일인데 조이삭이 드리웠다

황진교 지나와서 수군부로 들어오니

태산같이 몰려오는 것은 멀리 보니 그 무엇인고

수백 인이 메었는데 붉은 줄로 끌고 있다

돛대 같은 명정대는 용머리 봉황머리 찬란하다

장막 안에 곡성이오 갖은 삼현 앞세웠다

별처럼 많은 연독교 상가 비자 탔다 하네

행상하는 저 거동은 보기에 괴이하다

남정현 태청관과 건녕부 다 지나서

건안현 긴긴 강에 돌다리를 건너가니

무이산 그림자는 물 가운데 잠기었고

고기 잡는 초강어부 푸른 물에 희롱하네

<평설>

  방익은 봉성을 떠나 당시 포정사가 자리 잡고 있던 복주(福州-복건성의 성도)로 향한다. 길을 떠나기에 앞서 그는 포정사에 진정하여 빠른 시일 안에 고국으로 보내줄 것을 호소한다. 복건성에서는 이방익의 사정을 멀리 북경의 황제에게 알리면서 회신을 기다리도록 했고 황제는 방익 일행을 위하여 호송관을 보냈다.

이방익의 표류 사실을 황제에게까지 보고하고 황제가 호송관을 파견한 사실로 볼 때 이방익은 기대 이상의 대접을 받은 것이다. 300년 전 최부가 표류하여 중국을 거쳐 올 때는 거듭되는 취조와 푸대접으로 많은 고생을 한 일에 비교된다.

이방익이 군인임을 감안하여 군사령부로 보내진다. 이곳을 이방익은 수군부라 일컬었고 연암은 순무부巡撫府라고 썼는데 순무부는 군사와 행정을 총괄하는 최고의 지휘부이다. 복주는 민강閩江 가에 있고 해안과 멀지 않기 때문에 수군이 주를 이루었을 것이다.

기다리는 동안 방익은 법해사法海寺를 방문한다. 법해사는 오대五代 후진後晉 시절(945년)에 건립된 절로 처음에는 흥복원興福院이라 불렀으나 송나라 때에 법해사로 개명했다. 목조로 지어진 대웅전은 최근까지도 완벽한 보존 상태를 유지하였으나 이 천년사찰이 2011년 폭죽놀이로 인해 전소되었다.

이방익이 법해사에 들어가니 대전에 관운장 화상이 높이 자리를 잡았고 그 아래로 금부처가 차례로 늘어서 있으며 관원들이 분향을 하고 있었다. 도교와 불교가 혼합되어 중국인들의 신앙체계를 이루고 있음을 알 수 있으며 관운장 즉 관왕이 석가 위에 자리하고 있는 점이 특이하다. 이러한 불전은 복주에서 골골마다에 보이며 백성들이 우환이 있거나 생산을 못하거나 하면 찾아가 기도하는 모습은 우리나라와 다를 바 없다고 이방익은 생각했다.

이방익은 '포정사에 글을 올려 송환조치 바랐더니 황제께서 하교하사 호송관을 정해주었다'고 쓰고 있다. 「표해록」에 따르면 이방익은 법해사에 머물면서 순무사 손유보에게 간청한다.

"우리 조선국 표류인들은 급박한 정상으로 인하여 대인께 아룁니다. 우리는 수액(水厄–물로 인한 재액)이 기궁하여 풍랑으로 표류하다가 다행히 십생구사하여 중국에 닿은 후, 인애하신 은택을 입어 일행이 잔명을 보존하여 지금에 이르렀습니다. 명감(銘感–감사하는 마음) 무지하오나 어느덧 해가 바뀌어 춘정월이 되었사오니 고국을 생각하면 돌아갈 기약이 막막합니다. 부모의 기다리는 마음을 생각하면 눈물이 옷깃을 적시니 일시 머묾이 민박(憫迫–애가 타다)합니다. 바라건대 대인은 우리를 바삐 돌아가게 하소서."

손유보가 답하기를,

"발문發文을 포정사 아문에 보냈으니 아직은 기다려야 할 것이오."

또 수일 후에 포정사에 민박한 사정을 글로써 보내니 포정사에서 대답하기를,

"안심하고 있으시오. 곧 황제의 재가가 날 것이니 조금도 걱정하지 말고 기다리시오"라고 한다. 2월 초하루에 다시 간청하니 대답하기를,

"너무 번뇌치 말고 평안히 있으시오" 한다.

기다리다 지친 탓인지 방익은 2월 3일에는 앓아 누웠다. 신병이 심하여 의약처방을 현청에 청하니 한 의원을 보냈다. 의원이 찾아와 진맥하고 환약을 3일간 먹이니 과연 병이 나았다. 무슨 약인가 물었더니 일러주지 않았다.

때는 2월 망간(望間–보름)이라 월색이 명랑하고 경개 절승絕勝하니

원객의 심회 처량하여 걷잡지 못할 지경이다. 달포를 묵으며 풍물을 구경하니 보리는 누르고 백초는 무성하여 우리나라 사오월 같았다. 이방익은 이곳에서 희귀한 체험을 하게 된다.

이방익 일행이 복주에서 거리구경을 하고 있을 때였다. 구경꾼들이 모여들었는데 그 중에 사탕수수와 생강으로 만든 과자를 던져주는 이들이 있어 웃으며 받으니 여러 사람들이 앞 다퉈 건네주었다. 그런데 어떤 사람들이 머뭇거리며 자리를 떠나지 않더니 방익이 쓰고 있는 관을 바라보고 사모하는 기색이 역력하고 또 어떤 이들은 일행의 옷을 빌려 입어보고 눈물을 흘리는 사람이 있는가 하면 그 중 어떤 이는 옷을 안고 돌아가 가족들에게 보여주고 되가져오는 사람들도 있었다.

이방익은 연암에게도 하문에서 복건福建으로 가는 도중에 만난 사람들에 대하여 이야기를 들려준다.

　　"… 의복과 음식이 우리나라와 비슷하였습니다. 우리를 보러온 사람들이 앞 다투어 사탕수수 더미를 건네주었으며, 어떤 이는 머뭇거리고 아쉬운 듯 자리를 떠나지 못하였고, 어떤 이는 우리의 의복을 입어보고 서로 바라보며 눈물을 흘리기도 했으며, 또 어떤 이는 옷을 안고 돌아가 가족들에게 보여주고 돌아와서는 가족과 돌려보면서 소중하게 감상하였다고 말하였습니다."

이에 연암은 토를 달기를 당나라 때 장주와 천주 사이에 신라현이 있었고 신라가 오월吳越을 점령하여 살았다는 기록으로 보아 그 사람들은 신라 때 그곳으로 건너간 우리 민족의 후예라고 단정했다. 그들은 1,000여 년 동안 디아스포라 즉 흩어진 민족으로 살면서도 조상 대대로 한민족임을 잊지 않고 살아온 사람들이다. 더러는 중국인들과 피가 섞여 중화화中華化되기도 했지만 고국을 그리고 있는데 그들의 행동은 오로지 우리의 전통을 지키는 민족의 정체성과 자긍심에서 나온 것이라고 연암은 생각했다.

"살피건대, 장주에는 신라현이 있었는데 당나라 때 신라가 조공하러 들어간 땅입니다. 또 신라가 오·월을 침범하여 그 지역의 일부 즉 천주와 장주 사이에서 살았다고 합니다. 그러니 그 지역의 유속(遺俗)이 우리와 유사하다는 것은 족히 괴이하게 여길 것이 없습니다. 우리나라 의복을 보고서 눈물을 흘렸다는 것은 아직도 고국을 그리는 마음이 있음을 볼 수 있는 것입니다."

일천여 년 전 당나라에 이민 갔던 사람들의 후예들이 아직도 고국을 그리워하기 때문이라는 연암의 주장이다. 하지만 이것은 지나친 발상일 것이다.

한편 정조는 다르게 보았다.

"중국 남쪽 사람들은 우리나라의 의관을 만져보며 눈물을 흘리기까지 한다고 하니 춘추의 대의[15]를 어찌 훗날에 볼 것이 없다고 하겠는가?" _『일성록』

---

15) 춘추대의는 오경의 하나인 「춘추(春秋)」에서 공자가 말한, 사람으로서 마땅히 지켜야 할 도리라는 뜻으로 나중에 중국 주변의 국가가 중국을 섬겨야 한다는 중화주의의 근간이 되었다.

"일전에 표류되었다가 돌아온 전 위장 이방익을 불러 보았더니, 그는 대만에까지 표류하여 갔는데, 그곳 사람들은 그가 조선 사람이라는 말을 듣고는 그를 접대하는 범절이 몹시 공손했고 우리나라를 흠모하는 정도가 여느 오랑캐들이 사모하는 정도일 뿐만이 아니라고 하였다. 그 까닭을 물어보았더니, 그곳 사람들도 역시 조선이 춘추의 의리를 잘 지키고 있음을 알기 때문에 그렇다고 했다."[16]

명나라가 청나라에 멸망했다 하더라도 옛 명나라 사람들은 공자가 말한 〈춘추대의〉를 지켜 명나라를 흠모하고 있으며, 더욱이 조선은 아직도 명나라에 대하여 의리를 지키고 있었다. 정조는 중국 주변의 모든 국가가 명나라를 버려도 조선은 명나라의 중화사상을 이어가는 〈소중화小中華〉 국가임을 자부하며 임진왜란 때 조선을 도와준 은혜 즉 〈재조지은再造之恩〉을 저버릴 수 없다고 주장해 왔다.

정조는 이방익이 겪은 일에 대하여 명나라 유민들이 아직도 명나라에 대한 충성심 때문에 일어난 일이며 이는 조선과의 의리를 증명하는 것이라 여기고 있다. 정조는 조선의 명나라에 대한 변함없는 의리에 자부심을 갖는다.

일행 중 이방익만이 의관을 정제하였을 것이다. 수행원들은 무관無冠의 무지렁이 백성일 것이기 때문이다. 생각건대 청나라가 중국을 점령한 후 의관의 제도가 청나라 전통의상으로 바뀌었는데 조선의 의관은 옷의 소매가 넓고 머리에 쓰는 관 또한 명나라 때의 것과

---

16) 정조, 〈훈어〉『홍재전서』 권178, 『한국문집총간』 267, 한국고전번역원, 2001, 474면.

비슷하므로 인하여 그들은 추억에 잠겼을 것이다. 이방익 또한 정조와 마찬가지로 그들이 명나라를 생각하고 귀히 여기고 경모하는 뜻에서 의관을 만지고 입어보았을 것이라고 보고 있다.

송환조치를 서둘러 달라고 매일같이 간청해도 기다리라는 말만 들릴 뿐 한 달여 넘도록 순무부에서는 이렇다 할 시원한 소식이 없었다. 답답하던 차에 이방익 일행은 길에서 지체 높은 듯한 관리를 만난다. 그 관원은 쌍가마를 타고 황금색 일산을 받치고 어디론가 가고 있었다. 이방익 일행이 길을 가로막고 자신들의 절박한 사정을 들어 일일이 고하니 그 관원이 한참 생각하다가 이윽고 말하기를 닷새 후에 35명의 관원이 모두 모일 것이니 그때까지 진정서를 작성해 오라는 것이다. 방익이 그들에게 진정서를 올리니 뭇 관원이 돌려가면서 읽고 측은하게 생각한 듯 순무부에 올려 절차를 밟을 터이니 기다리라고 한다.

이방익 일행이 법해사에 머무는 동안 순무부에서는 이방익의 일을 기록한 정단(呈單-관청에 올리는 서류)을 포정사에 올렸고 포정사에서는 멀리 북경으로 올려 황제의 재가를 얻은 것이다. 황제의 분부에 따라 호송관으로 마송길이 정해졌다.

3월 11일 이방익 일행은 호송관을 따라 복건성 서문을 나섰다. 하문에 도착한 지 63일만이고 팽호도에 표착한지 4개월 보름 만이다.

복건성을 나서니 남초(南草-담배)는 이미 수확했고 보리는 누렇게 익어가고 조는 이미 누르러 이삭을 드리웠고 유자는 노랗게 익어가고 있었다. 그 시기이면 우리나라에서는 보리가 아직 푸르고 조는 파종도 하지 않을 때인데 이방익은 보리가 누렇고 조 이삭이 드리운 중국 남쪽의 따뜻한 기후를 실감했고 특히 제주에서 주로 경작하는 보리와 조를 보며 고향생각에 잠겼을 것이다.

또한 이방익은 지나가면서 우연히 본 장례행렬의 화려함을 묘사하고 있다. 수백 명이 붉은 줄을 잡고 운구하는 행렬과 용머리 봉황머리로 장식한 명정대, 각종 악기를 연주하며 행렬 앞에 나가는 사람들, 수레를 타고 뒤쫓는 여인들의 모습은 우리나라에 비하여 화려한 모습이었던 것 같다.

이방익은 황제가 보낸 호송관을 따라 복주를 떠나 남정현을 거쳐 건녕부의 건안현을 향하는 길고 긴 여로를 밟는다. 복주에서 건녕부 건안까지는 주로 육로를 이용했지만 더러는 배를 타기도 했는데 총 42일이 걸렸다. 그들, 표류객들은 〈조선인호송〉이라는 깃발을 휘날리며 보무도 당당히 걸었고 강을 휘저었다. 가는 곳마다 구경꾼들이 남녀 무론하고 몰려들어 주찬으로 대접하니 그 은근한 마음 씀씀이와 순후한 인정은 잊을 수가 없는 것이다.

복주에서 건안까지 가는 길이 길고 지루했지만 그런 중에도 이방익은 구경하고 관찰한 특이한 몇 가지를 기록해 놓았다.

그들은 복건성 서문을 나와 황진교에서 배를 타고 민청현閩淸縣을 지나 수구진水口鎭까지 100여 리를 달렸는데 이 지역은 옛날부터 생강의 산지로 유명하다. 민강閩薑이라고도 부르는 이 생강은 고려초 신만석이 그 뿌리를 얻어와 한국에 전래되었다. 이 지역은 토질이 세사細沙의 사질토라 생강이 육후肉厚하고 뿌리가 큰 방석만 하였다.

이방익이 산간지역을 지나면서 보니 산비탈을 깎아 층층이 다랑

이논을 만들어 벼농사를 짓는데 꽤 높은 논에까지도 수기水機를 써서 물을 대고 있었다. 이방익은 이 기술을 배워 가면 비탈이 많은 우리나라에서 요긴하게 쓰련마는 그럴 시간이 없어 안타까워했다.

최부는 소흥부를 지나면서 어떤 농부가 수차水車를 이용하여 높은 논에 물을 대는 것을 목격하고 수차 만드는 법을 배워왔고 이를 성종에게 보고하자 성종은 최부에게 수차 제작을 지시했다. 이방익이 본 수기와 같은 것인지 알 수가 없다.

건안현에서 배를 타고 긴긴 강을 따라가니 무이산 기슭에 닿는다. 본문에서 무애산無礙山은 무이산武夷山을 지칭한 듯하다. 무이산은 복건성 북단에 위치한 산인데 그다지 높은 산은 아니지만 36개의 봉우리와 99개의 기암괴석이 솟아있어 수려한 산세를 자랑한다. 무이산맥을 따라 굽이굽이 굽이치는 계곡은 장장 10km에 이어지며 9번 굽이친다 하여 구곡계곡이라고 부른다. 계곡의 하류에는 아홉 간의 긴 석교가 있는데 석교 아래로 상고선商賈船이 왕래하고 물가에 층층이 세워진 누대는 단청이 아름답고 누대 위에는 인가가 즐비하게 서있으며 강에서 보는 산천의 경개가 장관이다.

주자는 이 계곡에 무이정사武夷精舍라는 서원을 지어 주자학 즉 성리학을 일으켰고 많은 제자들을 배출했다. 조선 초기에 안평대군은 주자를 흠모하는 의미로 서울 도성의 북문 밖에 무이정사武夷精舍를 지어 선비들을 모으기도 했다.

방익은 무이계곡을 지나면서 '고기 잡는 초강楚江 어부 푸른 물에 희롱하네' 라고 읊고 있다. 초강은 원래 양자강을 이른다. 춘추전국시대 중국의 거반을 차지하고 있던 초나라를 가로지르는 강이라 해서 양자강과 그 지류를 통틀어 초강이라고 불렀다. 우리나라 조선 시대의 선비들은 강에서건 바다에서건 고기 잡는 어부들을 빗대어 '초강어부'라고 부르곤 하였기에 방익은 무이계곡에서 고기 잡는 어부를 초강어부라 부른 것 같다.

14.
자릉조대

〈원문〉

寶華寺에 暫間 쉬여 玄武嶺 너머가니

楚나라 녯 都邑이 天界府에 雄壯하다

益州府 進德縣은 嚴子陵의 녯터이라

七里灘 긴 구뷔에 釣臺가 놉핫스니

漢光武의 故人風采 依然이 보압는 듯

〈풀어쓰기〉

보화사에 잠간 쉬어 현무령 넘어가니

초나라 옛 도읍이 천계부에 웅장하다

익주부 진덕현은 엄자릉의 옛 터라

칠리탄 긴 구비에 조대가 높았으니

한나라 광무제의 옛 사람 풍채 의연히 보이는 듯하구나

〈평설〉

이방익은 복건성을 뒤로 하고 험준한 고개를 넘어 절강성으로 들어간다. 복건성과 절강성의 경계에 있으면서 산정에 보화사가 자리하고 있는 산은 선하령仙霞嶺[17]임에 틀림이 없으나 자료마다 다르게 표기되고 있다. 본문에서는 현무령이라 했고 「표해록」에서는 서양녕, 『승정원일기』, 「서이방익사」에서는 서양령西陽嶺, 「이방인표해록」에서는 석양령夕陽嶺이라 했다. 아마도 이방익이 기억을 더듬는 과정에서 혼동을 일으킨 것 같다.

험준한 요새로 유명한 이 선하령은 옛날 금나라가 질풍노도같이 송나라를 치고 내려올 때 재상 사호史浩가 양자강을 포기할 수 없다며 항주에서 맞서 싸우고자 여기 복건성으로 넘어오는 길목인 선하령에 산성을 쌓았던 곳이다. 또 명나라가 멸망하자 정성공이 군사를 일으켜 청나라 군대를 맞아 싸우던 곳이기도 하다. 정성공이 아버지 정지룡의 전쟁포기선언과 항복으로 인해 진용이 약화되면서 선하령을 포기하고 남쪽으로 후퇴하지 않을 수 없었던 곳이기도 하다.

이방익 일행이 선하령을 오르는데 산봉우리는 하늘에 닿은 듯하고 험악하기가 검각劍閣과 비길 만하다. 검각은 삼국시대 촉한으로 들어가는 입구로 촉을 지키는 견고한 요새인데 산맥이 100km나 이어져 있으며, 절벽으로 되어 있는 문이 있어 그 곳으로만 통행이 가능한 곳이다. 이방익 등은 각자 노끈으로 허리를 매어 연결하고 앞으로 끌고 뒤에서 밀면서 간신히 고개를 올랐다. 산정에 오르니 정신이 황홀하여 마치 몸이 신선이 되어 하늘에 둥둥 떠 있는 듯하였다.

산정에 보화사라는 절이 있는데 사면에 대나무가 울울창창하고 기이한 새들이 지저귀며 이상한 짐승들이 숲 사이로 한가롭게 왕래한다. 이방익은 「표해록」에서 보화사의 정경을 다음과 같이 묘사한다.

17) 臧勵龢 等 編, 『중국고금지명대사전』, 상해상무인서관, 1931, 178면.

"중들의 복색을 보면 장삼은 아닌데 우리나라 도포 같고 고깔은 유건 같되 그 모양은 괴이하다. 중들이 먼저 읍하고 나중에 절을 하는데 극진하고 공손하였다. 송경하는 중은 엄숙히 단좌하여 본체만체하고 면벽한 그 모습이 득도한 듯하다. 절에서 나와 산정을 내려올 때 중들이 절문 밖으로 나와 술과 소찬을 마련하고 무사히 가라며 전송한다."

방익은 배를 타고 양자강의 지류인 서안강西安江을 지나면서 초나라의 옛 도읍지인 천계부의 웅장한 모습을 바라본다. 춘추전국시대의 초나라는 넓은 강역을 차지하고 있었고 동서의 여러 국가와 합종연횡을 하는 과정에서 필요에 따라 도읍지를 옮기곤 했다. 서안강가의 강산현 제하관은 초나라의 일시적인 도읍지였다.

이방익 일행이 배를 타고 강산현을 지나며 보니 어떤 노인이 작은 배를 타고 '푸른 오리' 십여 마리를 풀어 고기를 낚는 모습을 목격하게 되는데 조선에서는 보지 못한 희한한 장면이었다. 연암은 고기를 잡아오는 것은 '청둥오리(靑鳧)'가 아니라 가마우지라고 바로잡는다. 이어서 가마우지는 일명 오귀烏鬼라고도 한다면서 두보의 시에 '집집마다 오귀를 기르니 끼니마다 황어를 먹는다(家家養烏鬼 頓頓食黃魚)'라고 한 것이 이를 두고 한 말이라고 했다.

이방익은 강산현에서 배를 타고 용유현을 지나 진덕현으로 들어간다. 익주부 진덕현(절강성 동려현(桐廬縣))에 이르러 엄자릉이 낚시를 즐겼다는 칠리탄을 찾았다.

엄자릉은 본명이 엄광嚴光으로 왕망王莽의 신新나라를 멸하고 한

나라를 회복시킨 후한 광무제光武帝 유수劉秀의 친구다. 엄광은 어린 시절 유수와 더불어 서당에서 공부하던 죽마고우로 유수가 불과 3,000명의 군사로 왕망의 43만 군사에 맞서 승리를 거둔 곤양昆陽 대전에 참여하기도 하였다.

광무제는 등극하자마자 엄광을 찾기 위하여 백방으로 수소문했다. 청계강가의 부춘산 기슭 칠리탄의 낚시터에서 낚시를 하는 사람이 바로 자릉 엄광이라는 소문을 듣고 광무제는 자릉을 불렀다. 여러 차례 차사를 보내 자릉을 부르자 엄광은 마지못해 황성으로 가서 광무제를 만났다.

광무제를 알현한 자리에서 엄광은 예전의 친구처럼 대했고 황제에 대한 예를 갖추지 않았다. 광무제는 엄광과 더불어 밤새 이야기를 나누다가 얼싸안고 한 이불을 덮고 잠을 잤다. 그때에 한 점성관이 황제의 별에 객성이 침범하는 괘를 보고 깜짝 놀라 황제에게 고하였다. 광무제는 그가 바로 내 친구일 뿐이라며 아무렇지도 않게 여겼다.

엄자릉은 광무제가 높은 벼슬인 간의대부諫議大夫에 봉하려 했지만 끝내 거절하고 칠리탄으로 돌아와 낚시질로 소일하며 80세까지 살았다. 후세사람들은 엄자릉이 낚시하던 여울을 칠리탄, 그가 낚시하던 낚시터를 자릉조대라고 부르며 은거한 선비의 고아한 풍모와 빛나는 절개를 칭송하여 왔고 이백 등 많은 시인들이 여기에 들러 시를 남겼다. 이방익은 엄자릉의 풍모뿐만 아니라 광무제의 관후함과 의연한 풍채를 흠모하고 있다.

자릉조대에 대하여 연암의 설명을 들어보자.

"조대(釣臺)는 바로 엄광이 은거한 곳으로써 양쪽 언덕이 우뚝 솟아 있고 그 사이에 흐르는 물은 검주와 무주에서 흘러와 동려현으로 내려가는데 꾸불꾸불 헤엄치는 용의 형세로 7리를 뻗어 있으며 물이 불어나면 물살이 부딪치는 것이 화살과 같습니다. 산허리에 두 개의 바위가 우뚝하니 마주 서서 기울어져 있는데 이곳이 그대로 천연적으로 그렇게 된 것입니다. 호사자가 왼편 바위 위에 정자를 짓고 백 척의 낚싯줄을 드리웠고 오른편 바위에는 세 갈래로 줄을 만들어 놓고 한 줄로 올라가도록 했는데 대에 올라가 굽어보면 깊은 연못에 쪽빛의 녹옥 같은 물이 고여 있고 산록에는 수많은 나무들이 빽빽하고 아래에는 십구천(十九川)이 있는데 육우(陸羽)의 품평을 거친 셈입니다."

당나라 때 장우신張又新은 육우가 『다경多慶』에서 차와 어울리는 20등급의 물을 선정한 것을 기록했는데 이곳 십구천의 물도 그 안에 들어간다. 만약 육우가 한라산 물을 맛보았다면 어떤 품평을 했을까?

15.
항주에서

〈원문〉

船上에서 經夜하고 荊州府로 드러가니

綠衣紅裳 무리지어 樓上에서 歌舞한다

天柱山은 東에 잇고 西湖水는 西便이라

錢塘水 푸른 물에 彩船을 매엿는대

朝鮮人 護送旗가 蓮꼿 우에 번득인다

皓齒丹脣 數三美人 欣然이 나를 마자,

纖纖玉手로 盞드러 술 勸하니

鐵石肝腸 아니어니 엇지 아니 즐기리오

〈풀어쓰기〉

배 안에서 밤을 지새우고 형주부로 들어가니

연두저고리 다홍치마 무리지어 누상에서 가무한다

천주산은 동쪽에 있고 서호수는 서편이라

전당수 푸른 물에 채선을 매었는데

조선인 호송기가 연꽃 위에 번득인다

호치단순 서너 미인 흔연히 나를 맞아

섬섬옥수로 잔 들어 술 권하니

철석간장 아니니 어찌 아니 즐기리오

〈평설〉

위 문장에서 형주는 항주杭州의 오기임이 분명하다. 천주산과 전당수가 주변에 있을 뿐만 아니라 절강성에서 형주까지의 거리는 일천 리 가까이 되기 때문이다.

전당수 즉 전당강은 양자강 하류로 바다에 연해 있으며 밀물 때 강 하구에 몰려오는 너울은 예나 지금이나 장관을 이룬다. 서호수는 항주에 있는 서호를 가리킨다.

천주산天柱山이라는 뜻은 하늘을 떠받히는 산이다. 중국이나 우리나라에 그 이름을 가진 산들이 여럿 있다. 그 중에서 중국 5대 명산의 하나인 안휘성 잠산현의 천주산은 항주에서 멀리 있어 여기의 천주산과는 관련이 없다. 본문에서 말하는 천주산은 절강성 여항현余杭縣에 우뚝 서 있는 산을 이르는데 사면이 절벽이고 가운데에 하나의 봉우리가 빼어나게 솟아있다. 도가道家에서는 이 산을 중국내 57 복지福地 중의 하나라고 한다.[18]

항주는 남쪽으로 양자강의 하구인 전단강 북단에 접해 있으며 서쪽으로는 서호를 끼고 있다. 진시황이 양자강 하구에 항구를 건설하고 전단현을 설치하여 해양진출의 교두보로 삼고자 했는데 당나라 때부터 이곳을 항주라고 불렀다. 수나라 양제는 항주에서 북경까지 연결하는 대운하를 건설하여 해외의 문물과 주변의 곡창에서 생산되는 곡물을 북경 등 내지로 보내도록 하였다. 특히 남송은 한때 항주를 수도로 삼고 임안臨安이라 불렀으며 이때 동남아와 아라

---

18)『중국고금지명사전』, 135면.

비아의 진귀한 물건들이 항주에 부려졌다.

고려 때는 항주와 개경을 왕래하는 무역이 성황을 이루었다. 특히 항주 인근에서 생산된 월요越窯라는 값비싼 도자기가 고려로 들어와 고려청자의 기원이 되기도 하였다. 송나라 때 항주는 중국에서 가장 번화한 도시의 하나로 발전하였다. 당시 인구는 100만을 넘었으며 상업이 발달하고 상인들과 여행객이 몰려드는 바람에 식당과 유흥가가 북새통을 이루었다.

항주는 춘추전국시대부터 미인이 많이 나기로 유명한 지방으로 알려져 있다. 월나라의 미인계로 오나라 부차夫差의 왕비가 되어 오나라를 멸망으로 이끌었던 경국지색 서시西施가 항주 출신이어서 그렇게 알려진 점도 있지만 상업도시로 성황을 이뤄온 관계로 유곽과 기녀가 헤아릴 수 없을 정도로 많기 때문이었을 것이다.

원나라 때 중국을 방문했던 마르코 폴로는 『동방견문록』에서 항주의 기생에 대하여 장황하게 설명함으로써 유럽인들의 호기심을 자극하기도 하였다.

거리에는 기녀들이 살고 있는데 그 수가 얼마나 많은지 말하기도 힘들 정도다. 그녀들은 지정된 구역인 광장 근처뿐만 아니라 시내 전역에 흩어져 있다. 그녀들은 고급 향수를 쓰고 여러 명의 하녀들을 거느리며 집을 온통 장식한 채 호화로운 생활을 하고 있다. 그녀들은 영리하고 노련해서 갖가지 사람의 비유를 맞춰주고 그럴듯한 말로 기분 좋게 구어 삶는다. 그래서 그녀들에게 한번 빠져버린 외래인들은 황홀경을 경험하고 그녀들의 애교와 매력에 온 정신을 잃는 바람에 그 후로는 결코 그녀들을 잊지 못하게 된다. 그래서 그들은 고향으로 돌아간 뒤에도 '천상의 도시'에 있었다고 말하면서 다시 돌아갈 날만을 손꼽아 기다린다.[19]

이방익은 항주에서 보고 느낀 점과 경험한 일들을 좀더 세세히 「표해록」에 남겨두었다.

(사월) 초팔일 항주부에 이르니 여기는 절강 순무부가 있는 곳이다. 강 좌우에 화각이 영롱한데 녹의홍상을 입은 계집들이 누상에 올라 혹은 악기를 연주하고 혹은 노래를 부른다. 강의 물을 성안으로 끌어들여 남북의 성문을 열었으니 성내 화각들이 더욱 기이하고 배들이 강구에 미만(彌滿-널리 퍼져 가득함)하여 왕래하니 서로 선유(船遊)를 다투어 날이 저무는 줄 알지 못한다. 천주산은 동편에 있고 서호강은 서편에 있고 선당은 남편에 있으니 산천도 광활하고 물색도 번화하다. 한없는 경개를 눈으로 보거니와 다 기록하기 어렵구나. 문밖에 나가보니 강구에 채선을 매었기에 올라가 보니 배안에 황칠하고 배 위에 이층 누각을 지었는데 좌우에 유창(乳窓-젖빛 유리창)을 냈고 배 앞에는 기치와 창검이 정제하고 〈조선국번 호송선〉이라 크게 쓴 비단 깃발이 펄럭인다. 배 안에는 4,5명의 창기가 있는데 응장성식과 호치단순으로 흔연히 영접한 후 차를 먼저 권하고 큰 상을 차려와 섬섬옥수로 권하는 거동이 피차 초면이라도 구면인 것처럼 친한 사람 같으니 아무리 철석간장이라도 아니 즐길 수 없구나.

---

19) 마르코 폴로 지음, 김호동 역주, 『동방견문록』, 2000, 378-379면.

이방익은 연암에게 "항주부 북관의 대선사에 이르니 산천이 수려하고 인구가 번성하며 누대가 웅장하여 눈이 휘둥그레졌습니다. 큰배가 출렁이는 물 위에 떠있어 여러 명의 기녀들이 뱃머리에서 유희를 하고 있었는데 차고 있는 패옥 소리가 낭랑하였습니다"라고 말한다.

　이방익은 전단강의 선상누각에서 유희를 하고 있는 기녀들에 대하여 녹의홍상, 호치단순, 섬섬옥수 등 온갖 미사여구를 사용하여 감탄사를 아끼지 않았다. 호방한 무인기질을 가진 방익은 오랜만에 세상 시름을 잊고 밤새워 질탕하게 놀았을 것이다.

16.
동정호

〈원문〉

岳陽樓 遠近道路 護行에게 무러 알고
順風에 도츨 다니 九百里가 瞬息이라
採蓮하는 美人들은 雙雙이 往來하고
고기잡는 漁父들은 낙대 메고 나려오네
鄂州南城 十里 밧게 岳陽樓 놉핫스니
十字閣 琉璃窓이 半空에 소사낫다
洞庭湖 七百里에 돗달고 가는 배는
瀟湘江을 向하는가 彭蠡湖로 가시는가

〈풀어쓰기〉

악양루 원근도로 호송관에게 물어 알고
순풍에 돛을 다니 구백리가 순식간이라
채련하는 미인들은 쌍쌍이 왕래하고
고기 잡는 어부들은 낚싯대 메고 내려오네
악주남성 십리 밖에 악양루 높았으니
십자각 유리창이 반공에 솟아낫다
동정호 칠백리에 돛 달고 가는 배는

소상강을 향하는가 팽려호로 가시는가

〈평설〉

이방익은 악양루를 찾아 나선다. 그 자세한 전말은 「표해록」에 전해진다.

항주에서 밤을 지새우며 꿈같은 시간을 보낸 이방익이 항주북관의 대선사를 관람하고 하룻밤을 보내고 나니 호송관 마송길이 만나기를 청했다. 마송길이 은근히 묻는다.

"혹시 동정호로 가서 악양루를 구경할 생각은 없으신지요? 나도 사실은 악양루를 본 적이 없어 보고 싶긴 합니다. 그러자면 귀공이 고국으로 가는 행로가 많이 늦어지는데 의향은 어떤지요?"

방익이 일행과 상의한 끝에 대답했다.

"우리가 비록 만 리 밖의 외국 사람이지만 악양루가 좋다는 말은 고서古書를 통하여 알고 있습니다. 우리의 행보가 늦어지더라도 이번에 꼭 보고 싶습니다. 직로直路로 몇 백 리나 됩니까?"

호송관이 대답하기를,

"바로 가면 300리요 돌아가면 900리라 합니다."

호송관 마송길과 이방익 일행은 곧장 황성인 북경으로 올라갈 생각은 뒤로 하고 양자강을 따라 동정호를 향하여 서쪽으로 9백리 길을 항진한다. 때는 4월 망간, 보름날이다.

특히 이방익은 옛날부터 이백李白, 두보杜甫 등 유명한 시인이 다녀가며 시를 읊었던 동정호와 호반에 우뚝 선 악양루를 보고 싶었고 삼국시대에 조조·손권·유비의 각축장이 되었던 무창武昌 일대와 적벽강을 보고 싶었던 것이다.

바람은 화순하고 물결은 잔잔한데 배는 삼승(三乘) 돛 높이 달고 지국총지국총 바람같이 달린다. 앞을 바라보니 녹음방초 자욱하고 천봉만학은 다가오는 듯 지나간다. 물가에는 연을 뜯는 여인들이 그림 같고, 정자에서 고기 낚는 어부들이 셋씩 다섯씩 짝을 지어 왕래하니 풍경도 좋을시고 산천도 번화하다.

방익은 감격한다. 무변대해 중에 풍랑 따라 출몰하다 천우신조로 살아남은 우리들이 천하제일의 강산을 눈앞에 놓고 보니 꿈인가 생시인가? 배를 탄 지 5일 만에 악주성 북문 밖에 배를 댔다. 이곳이 곧 동정호 초입이다.

악주성 남문에서 십 리나 떨어져 있는 악양루를 바라보니 십자로 된 누각은 오색 기와로 덮여 있고, 붉은 기둥과 유리창은 동정호에 비춰 장관을 연출한다. 대청마루 밑에는 연못을 파서 오색 붕어를 기르고 있다. 방익은 악양루에 올라 사방을 둘러본다.

동정호는 호남성에 있는 중국에서 두 번째로 큰 호수로 상강湘江, 소강瀟江 등 네 개의 하천에서 물이 흘러 큰 호수를 이루었고 동북쪽으로 양자강과 연결된다. 동정호는 길이가 700리에 이르는 바다 같이 넓은 호수로 볼거리가 많고 수산물이 풍부하고 주변의 평야는 최적의 쌀 생산지다.

호수 가운데 있는 군산도君山島는 그다지 넓지는 않지만 문화유적이 많고 유명한 은침차銀針茶의 산지이다. 은침차는 군산도에서 나는 은침이라는 찻잎을 우려 만든 차인데 향기가 맑고 맛은 부드럽고 달고 상쾌하며, 차의 빛깔은 밝은 등황색이다.

동정호는 조선시대 여러 작품에서 꿈의 유토피아로 그려지고 있다. 춘향은 변사또에 의하여 감옥에 갇혀있는 동안 이도령과 더불어 동정호에서 노니는 꿈을 꾸곤 하였고 심청은 인당수로 가는 길에 동정호를 지나갔다.

흥부전에서 박씨를 문 제비는 강남을 떠나 소상강, 동정호를 지나 양자강을 거치고 중국대륙을 한 바퀴 돌고 압록강을 건너 흥부 집에 도달했다. 수궁가에서 별주부는 토끼 화상을 들고 동정호 700리, 소상강과 양자강 1,000리를 지나 오악산 · 태산 · 숭산 · 항산을 헤매면서 각종 동물들에게 물어 토끼를 찾아다녔다.

악양루는 호북성 무한의 황학루黃鶴樓, 강서성 남창의 등왕각滕王閣과 더불어 강남의 3대 명루로 알려져 왔다. 악양루에서 바라보는 동정호의 풍광은 꿈에 본 듯 장쾌하고 아름답다. 악양루는 삼국시대에 오나라의 명장 노숙魯肅이 동정호 호반을 낀 성루 위에 지은 삼층 누각이다.

노숙은 오나라의 손권과 촉나라의 유비가 형주를 놓고 각축을 벌일 때 여기 동정호와 전략적 요충지인 파구巴丘 호반에서 수군을 훈련시키면서 진법을 지휘하던 곳이다. 당시에는 열군루閱軍樓 또는 열병루閱兵樓라 불렀으나 당나라 때 장열張說이 대대적으로 보수하면서 악양루라 불렀다.

노숙은 주유와 더불어 오나라 손권의 명재상이며 명장으로 제갈량의 계책에 따라 적벽강에서 조조를 패퇴시킨 일로 유명하다. 3세기 초 한나라의 국운이 쇠잔한 틈을 타서 한의 재상 조조가 승승장구하여 오나라를 겁박할 때 노숙은 촉의 제갈량의 계책에 따라 적벽강에서 조조를 무참하게 패퇴시켜 천하삼분의 계기를 만들었던 사람이다. 맹호연孟浩然·이백·두보·한유韓愈·백거이白居易 등의 시인들이 악양루에 대하여 주옥같은 시를 남겼다.

이들의 작품과 일화는 조선 선비들의 입에 오르내릴 만큼 유명했다. 일찍이 조선에서는 아무도 발을 들이지 못하고 시에서만 만나던 이상향, 동정호를 이방익은 실제로 편답하여 글로 남긴 것이다.

『승정원일기』에 따르면 이방익은 임금을 만난 자리에서 악양루에 다녀온 사실을 말하고 있고 「표해가」, 「표해록」에서도 악양루에 다녀온 사실을 썼다. 또 이방익이 의주부윤에게 고한 이야기를 한문으로 번역했다는 「이방인 표해록」에서는 다음과 같이 생생하고 실감나게 묘사하고 있다.

> … 악양루가 나타나는데 누대의 기둥은 구리로 되어 있고 창호와 벽체는 모두 유리이며 누대 밑에는 연못을 팠는데 영롱한 오색의 물고기가 뛰놀고 있었지만 그 이름을 알 수가 없습니다. 동정호 700리가 앞에 보이고 동정호 한 가운데 자리 잡은 군산 12봉은 그림같이 아름다웠습니다.

그러나 연암 박지원은 고개를 설레설레 흔든다. 이방익이 악양루를 보았다고 말하는 것은 꿈 이야기를 하는 것으로 사실과 다르다고 치부해 버린다.

> 그리고 그가 악양루에 대하여 말하는 것은 사뭇 꿈 이야기를 하는 것 같습니다. 태호(太湖)는 동동정(東洞庭)이라 부르기도 하는

데 태호 가운데 포산이 있어 이를 또 동정산이라 부르기도 합니다. 이 동정이라는 이름 때문에 그가 악주성 서문루를 함부로 들먹이며 태호를 동정호로 착각하고 있습니다. 이제 태호와 관련된 여러 기록을 부기하여 그가 근거 없이 하는 이야기를 논파하고자 합니다.(而其曰岳陽樓者 殆如說夢 蓋太湖有東洞庭冤之名 中有包山 又名洞庭山 以此洞庭之名 遂冒岳州西門樓之稱 則太遜庭矣 今附太湖諸記 以破耳食之論)

그런데 연암이 지은 「서이방익사」의 이본인 「남유록」의 번역문(김익수 역)에는 특히 논란이 되고 있는 이 대목에서 도무지 내용을 파악할 수 없게 번역했다.

그리고 그는 말하기를 '악양루란 것이 거의 꿈에서나 말하던 것 같았습니다'고 하였다. 무릇 태호는 동쪽에 있는 동정이라고 이름이 나있고, 가운데에는 포산이 있어, 또한 동정산이라고 한다. 이 때문에 동정이란 이름은 드디어 악주성의 서문루를 잘못 부르게 되어 태경정이 된 것이다. 지금 태호에 붙은 여러 가지 설은 귀가 터질 만큼 풍성하다.

태호太湖는 파양호, 동정호에 이어 중국에서 세 번째로 큰 담수호로 호수 가운데 72개의 섬이 있다. 태호는 동정호와 빗대어 동동정호, 또는 그냥 동정호라 부르기도 하는데 연암은 이방익이 동정호를 가보았다고 한 것은 이 이름으로 인해 착각을 일으킨 것이라고 강변한다. 해박한 지식의 소유자인 연암 박지원은 이방익의 언문기록에 대하여 부분적으로는 믿으려하지 않았다.

　연암은 1780년 44세의 나이로 삼종형 박명원이 건륭황제의 만수절(70세 생일) 축하사절로 갈 때 북경에 동행했다. 그때의 6개월 장정을 기록한 책이 『열하일기』다. 연암이 이방익을 만난 때는 62세였다. 연암은 압록강을 건너 만주를 거쳐 북경에 이르렀고 거기서 열하熱河에도 다녀왔다. 그가 다녀온 길은 상시적으로 조선의 사신이 다녀서 조선에 잘 알려진 길일 뿐, 조선인에게 알려지지 않은 생소한 길이거나 탐험의 길이거나 개척의 길은 아니었다. 조선인이 가보지 않은 길도 아니었다. 그러나 이방익의 여정은 달랐다.

　연암은 임금의 명으로 이방익의 일을 기록하면서 몇 가지 선입견을 가지고 있었다. 남송시대부터 이어온 남중국의 문화와 풍습도 깊이 알지는 못했다.

　문관이면서 실학의 대가인 연암은 무관인 이방익이 한학을 잘 모르며 한문자를 알기는 하지만 문장을 지을 줄은 모른다는 전제 하에 자신이 알고 있거나 문헌상에 나타난 사실을 부각시키려 했다. 박지원은 자신의 처남에게 보낸 편지에서 다음과 같이 술회하고 있다.

　　이방익이 말한 것은 상세하지 않고 눈으로 본 것이 무엇인지도 모르고 있다. 사물의 이름에 어긋난 것이 많고 사실에 대한 서술이 적절치 못하다. 또한 산천, 누대, 지나온 주군(州郡)의 도리(道里)에 틀린 것이 많을 것 같으므로 언문기록을 모두 따라서는 안된다. 『일통지』와 전기에 수록된 사실을 초록하고 서술해서 눈으

로 본 것처럼 쓴다. 옛 사람의 글을 인용하여 근거로 삼는다.[20]

이방익이 말한 대로 믿기보다는 다른 글에서 본 것을 근거했다는 말이니 이는 연암이 스스로 거짓말을 하고 있다고 고백한 것이나 다름이 없다. 소위 지식인의 오만이다.

연암은 이방익이 양자강을 거슬러 올라가 동정호를 찾고 악양루를 오르고 구강九江을 지나고 삼국지의 전적지를 방문한 일을 강력하게 부정한다.

연암은 말한다. 방익이 창문閶門에서 옷을 털고 태호太湖에서 갓끈을 씻었을 뿐 악양루를 보았다는 것은 사뭇 꿈 이야기를 하는 것 같다고 말한다. 창문은 오나라 합려가 초나라와 대치하기 위하여 세운 소주의 성문이고, 태호는 소주에 있는 호수로 동동정이라고 부르기도 한다. 이방익이 실은 그 곳에서 옷을 털고 갓끈을 씻었을 뿐이라고 곧 목욕재계하고 옷을 단정히 입었다고 주장하는 것이다.

연암은 소주의 태호는 동동정東洞庭이라는 별호를 가지고 있고 섬 가운데 있는 산을 동정산이라고 부르는데 이방익이 이를 보고 태호를 동정호로 착각한 것이라고 단정하고 있다. 그는 태호를 장황하게 설명하면서 이방익의 부질없는 이야기를 논파하겠다고 나선다.

가보지 않은 사람의 주장이 더 설득력을 갖는 경우가 있지만 방익이 실제로 동정호에서 고기 잡는 어부들과 채련하는 어부들을 보았고 악양루의 십자각이 반공에 솟은 것을 바라보았고 배를 타고

---

20) 박지원 저, 정민, 박철상 역, 『연암선생서간첩』, 대동한문학, 2005, 380-383면.

가면서 무산 12봉을 손으로 가리키기도 하였으며 동정호를 구경하면서 꿈인가 생시인가 하면서 감격한 것으로 보아 이방익의 행적을 믿을 수밖에 없다.

17.
동정호에 얽힌 이야기들

〈원문〉

巫山十二峰을 손으로 指點하니

楚襄王의 朝雲暮雨 눈압혜 보압는 듯

蒼梧山 점은 구름 시름으로 걸녓스니

二妃의 竹上冤涙 千古의 遺恨이라

十里明沙 海棠花는 불근 안개 자자잇고

兩岸漁磯 紅桃花는 夕陽 漁父 나려오네

杜工部의 遷謫愁는 古今에 머물넛고

李淸蓮의 詩壇鐵椎 棟樑이 부서졋다

〈풀어쓰기〉

무산 12봉을 손가락으로 가리키니

초양왕의 애틋한 사랑 이야기 눈앞에 보는 듯

창오산 검은 구름 시름으로 걸렸으니

두 왕비의 댓잎에 얽힌 눈물 천고에 남은 한이라

명사십리 해당화는 붉은 안개에 잦아들고

강둑에 홍도화 피니 석양어부 내려오네

두공부의 고달픈 귀양살이 고금에 머물었네

이청련의 시단을 때려부수는 쇠망치로 대들보가 부서졌다

〈평설〉

이방익이 바라본 무산 12봉은 악양루에서 동쪽으로 멀리 바라보이는, 절경을 이루는 산봉우리들로 춘추전국시대 초나라의 양왕襄王에 대한 고사로 유명한 곳이다. 초나라는 진시황의 진나라에 망하기 전까지 중국에서 가장 큰 영토를 가지고 있었고 동정호를 비롯한 수많은 호수와 양자강의 양안을 끼고 있었기 때문에 물화가 넘치는 나라였다. 그러나 양왕은 정사를 소홀히 하고, 4명의 간신과 여인들의 품속에서 주지육림과 음탕한 나날을 보냈다. 충신들은 떠나고 민심은 이반하여 결국 나라를 진나라에게 송두리째 넘겨주었다.

하루는 양왕이 동정호에서 연회를 즐기던 중 만취하여 잠을 자다가 꿈을 꾸었는데 무산의 신녀神女가 찾아와 동침을 하게 되었다. 그 신녀와의 뜨거운 사랑은 아침에 피어오르는 구름 같고 저녁에 내리는 보슬비와 같았다. 꿈을 깨니 신녀는 온데 간 데 없고 무산 12봉에는 안개만 자욱이 피어올라 있다. 양왕은 무산 기슭에 조운묘朝雲廟라는 사당을 지어놓고 그 달콤한 꿈을 다시 꾸기를 기대했지만 죽을 때까지 신녀는 꿈에 보이지 않았고 양왕의 꿈은 현실로 이루어지지 않았다. 남녀상열지사男女相悅之事를 뜻하는 '운우지정雲雨之情'이라는 말이 이 고사에서 나왔다.

본문에서 창오산은 옛날 순舜임금이 강남지방을 순행하던 중 사냥하러 나갔다가 불의의 사고로 죽음을 맞이한 곳이고 이비二妃는 순임금의 두 왕비 아황蛾黃과 여영女英을 이른다. 순임금은 요堯임금과 더불어 성군聖君으로 알려져 있으며 중국에서 태평성대의 대명사로, 이상적인 군주상으로 여겨온 전설적인 임금이다.

그 두 왕은 왕위를 자식에게 물려주지 않고 우수한 인재를 찾아 선양했던 일로 높게 칭송을 받아왔다. 요임금은 비록 비천한 가정에서 태어났으나 효성이 지극한 순에게 자신의 두 딸 아황과 여영을 출가시키고 얼마 안 있어 자신은 은둔하면서 임금 자리를 순에게 양위한다. 순임금은 인재등용에 공평했으며 나라의 지경을 넓히고 치수사업을 벌여 백성들의 삶의 터전을 공고하게 한 임금으로 알려져 있다.

순임금이 사냥을 떠날 때 동정호 안의 군산도君山島에 남겨져 있던 아황과 여영은 남편이 비운에 죽었다는 사실을 듣고 통곡하면서 서로 두 손을 부여잡고 호수에 뛰어들었고 소상강의 흐르는 물살에 휩싸여버렸다. 지금도 군산도와 소상강 연안에 자라는 대나무는 잎사귀에 붉은 반점이 있어 반죽斑竹이라고 부르는데 전설에 의하면 이 반점은 아황과 여영의 원한의 피눈물이 어린 것이라고 한다.

두공부杜工部는 당나라 시인 두보杜甫의 별명이다. 두보는 여러 번 과거에 낙방하고 떠돌이생활을 하면서 곤궁한 삶을 살았다. 늦은 나이에 그는 지방의 말단관직인 공부원외랑工部員外郞 자리를 얻었는데 이를 빗대어 두공부杜工部라 부르기도 한다.

이백과 더불어 중국 최고의 시인으로, 시성詩聖으로 추앙을 받는 그는 끼니조차 해결할 수 없는 빈궁함에 시달리면서도 명산대천을 찾아다니며 시를 썼다. 그는 사회의 밑바닥에 있는 사람들의 고초와 사회의 모순을 사실적으로 표현했고 인간의 심리에 깊이 다가갔다. 그는 진정 자유를 사랑했으며 무엇엔가 결박당한 인간성의 해방을 갈구했고 자연의 아름다움에 심취했던 시인이다.

이방익은 두보가 어디에도 정착하지 못하고 방황의 길을 걸어온 사정을 천적수遷謫愁 즉 귀양살이의 근심어린 삶으로 표현했다. 두보는 말년에 동정호에 머물면서 가난과 병약한 몸으로 강과 호수를 떠돌며 시를 썼다. 그럼에도 그의 시는 힘이 있고 신선 같은 경지에 이르고 있었다. 그는 악양루에 올라 시를 썼다.

登岳陽樓

昔聞洞庭水	옛날 동정호 소문 들었는데
今上岳陽樓	오늘에야 악양루에 올랐다
吳楚東南坼	오초가 동남으로 갈라져 있고
乾坤日夜浮	건곤이 밤낮으로 호수에 떠 있다
親朋無一字	친한 친구들 소식이 감감한데
老病有孤舟	늙고 병든 몸은 배 한 척뿐이다
戎馬關山北	융마가 관산 북쪽에서 날뛰니
憑軒涕泗流	난간에 기대 눈물 콧물 흘린다[21]

이방익은 '이청련의 시단철추詩壇鐵椎 동량이 부서졌다'고 읊고 있는데 다음의 일화에서 유래되었다. 청련青蓮은 이백李白 즉 이태백李太白의 호다. 이백이 무창武昌 서쪽의 황학루黃鶴樓를 찾아갔을

---

21) 손수, 장섭 엮음, 신동준 옮김, 『당시삼백수』, 인간사랑, 2016, 394면.

때의 일이다. 이백은 황학루에서 바라보는 경치에 취하여 시를 읊었고 이를 시단詩壇[22]에 새겨놓았다. 하지만 무명시인 최호崔顥가 쓴 시를 본 후 자신의 시가 새겨진 시단을 쇠망치로 쳐서 없애고 붓을 꺾고는 한 동안 시를 쓰지 않았다고 한다.

이는 중국 시단의 일대 변혁을 상징한다. 이백 이전의 시단은 『시경』에서처럼 민요의 집대성이었고 악부나 가사처럼 노랫말에서 벗어나지 못했다. 인간의 불안과 고뇌를 화려한 필치로 쓰면서 동시에 지나치게 율격을 중시하고 인간의 삶과 심리에 매달려 섬세하게 표현하는 시풍에 천착하고 있었다.

그러나 이백은 달랐다. 이백의 시는 감각과 직관에서 비롯되었고 주체할 수 없는 시심을 쏟아낸 것이었다. 이백은 뛰어난 서정성을 발휘하여 시를 썼고 상상력의 날개를 무한의 세계까지 펼쳐나갔다. 이백의 시풍은 호방하며 낭만적이었고 인간세상을 초월한 도교적인 색채를 띠었다.

이백은 현실세계에서 정치적인 출세를 시도했으나 번번이 실패와 좌절을 겪었고 결국에는 방황의 길을 걸었다. 그는 자연을 사랑했고 술을 좋아했다. 두보가 시성詩聖이라면 이백은 시선詩仙이었고 주선酒仙이었다. 이백은 두보보다 11년 연상이었지만 그들은 젊었을 때 조우하여 한 이불을 덮고 잠을 자며 지내기도 했다. 두보는 그 시절을 생각하며 이백을 그리워하는 시를 쓰기도 했지만 다시 만날 기회는 없었다. 이백 또한 말년에 동정호와 양자강 주변에 머물렀었다. 이백은 악양루에 올라 시를 썼다.

---

22) 과거 중국에서는 명소에 거대한 단을 설치하여 시인들이 자유자재로 시를 써서 새겨놓을 수 있도록 했는데 나중에 시인들의 활동분야로 불려졌다.

與夏十二登岳陽樓

樓觀岳陽盡	악양루에 올라 악양을 두루 보니
川迴洞庭開	강물은 동정호로 향해 열려 있구나
雁引愁心去	기러기는 수심을 끌어가고
山銜好月來	산은 좋은 달을 머금어 오는구나
雲間連下榻	구름 사이로 걸상을 늘어놓고
天上接行杯	하늘 위에서 술잔을 주고 받네
醉後凉風起	취한 뒤에 시원한 바람 불어오니
吹人舞袖回	옷깃도 바람 따라 춤추네[23]

---

23) 윤석우, 「이백의 등람시 연구」, 『중국어문학논집』 제45호, 2007, 297-320면.

18. / 소상팔경

〈원문〉

이 江山 壯탄 말을 녯글에 드럿더니

萬死餘生 이 내 몸이 오늘날 구경하니

꿈결인가 참이런가 羽化登仙 아니런가

西山에 日暮하고 東嶺에 月上하니

煙寺暮鍾 어대매뇨 金樽美酒 가득하다

十九日 배를 띄워 九江으로 올나가니

楚漢적 戰場이오 鏡浦의 孤棹로다

〈풀어쓰기〉

이 강산 장하단 말을 옛글에 들었더니

만 번 죽어 살아난 몸이 오늘날 구경하니

꿈결인가 참인가 우화등선 아니던가

서산에 해저물고 동산에 달 떠오르니

어느 절에선가 저녁연기 속에 종소리 들려오는데

금 항아리에 향기로운 술 가득하다

19일 배를 띄워 구강으로 올라가니

초한적 전장이요 경포의 외로운 배라

〈평설〉

초양왕의 사랑의 전설이 서려있는 곳, 아황과 여영의 원통한 눈물이 대나무에 묻어 있는 동정호와 소상강, 이백과 두보가 별유천지로 여겨 말년에 머물며 시를 쏟아냈던 이상향인 동정호를 찾아 악양루에 오르면서 그 감회를 이기지 못한 이방익은 이 구절을 쓰면서 〈소상팔경瀟湘八景〉을 떠올렸다.

瀟湘夜雨	소상강에 내리는 밤비
洞庭秋月	동정호의 가을밤에 뜨는 달
遠浦歸帆	먼 포구에서 돌아오는 돛단 배
平沙落雁	모래 벌에 내려앉는 기러기
煙寺晚鍾	저녁연기 속 절간의 종소리
漁村夕照	어촌에 비치는 석양
江天暮雪	저녁나절 강 위에 내리는 눈
山市晴嵐	산마을에 깔린 푸른 아지랑이[24]

〈소상팔경도〉는 송나라 이적李迪이 처음으로 그렸다고 하는데 이 그림이 고려에 알려지자 화가들은 앞 다투어 이를 모방하여 그렸고 학자들은 덩달아 시를 썼고 조선시대에 들어와서는 더욱 유행하여 안견, 정선 등 굵직한 화가들이 이 그림을 즐겨 그렸다. 소상팔경을 그린 민화도 수두룩하며 이를 소재로 쓴 글들도 많다. 그러나 그림을 그렸건 글을 썼건 동정호에 가본 사람은 아무도 없다. 다만 중국을 흠모하고 동정호를 이상향으로 생각하여 그린 상상화에 지나지

---

24) 송나라 심괄(沈括)의 『몽계필담』에서.

않는다.

중국의 강토를 막연히 흠모하고 중국의 시인들과 학자들을 받들고 흉내 내던 조선의 유림들은 가보지도 않은 소상팔경을 경탄하여 마지않았다. 더욱이 우리나라의 빼어난 경치를 〈관동팔경〉, 〈단양팔경〉, 〈송도팔경〉 등으로 부르며 〈팔경〉이란 말도 모방했다. 빼어난 경치가 꼭 여덟 가지인 것처럼 꾸민 것은 모방이 지나친 것이다.

조선의 어떤 사람도 가보지 않은 곳, 가볼 여유도 없었던 저 전인미답의 땅을 밟으며 이방익은 자신의 글에 팔경을 교묘하게 풀어넣었다. '동정호 칠백 리에 돛 달고 가는 배' '조운모우', '십리명사 해당화', '석양어부 내려오네', '서산에 일모하고', '동령에 월상하니', '연사모종' 등은 소상팔경을 운치 있게 시적으로 재구성한 구절들이다.

이방익이 옛글에서만 보고 듣던 동정호를 실제로 구경한 것은 참으로 의미 있는 추억이며 이방익이 감탄사를 연발했듯이 꿈인가 생시인가 경이로울 뿐인 것이다.

보름 동안 동정호를 편답한 방익은 양자강을 따라 되짚어온다. 그는 초한 때의 전적지인 구강九江에 들른다. 구강은 중국에서 두 번째로 큰 호수인 파양호에서 양자강으로 흐르는 강으로 아홉 개의 물줄기를 이룬다고 하여 붙여진 이름이다.

『초한지』에 의하면 진시황이 죽고 옛 진나라 땅에 항우項羽와 유방劉邦이 천하의 제패를 노리고 치열한 전투를 벌일 때 경포(鏡浦, 黥布 또는 영포)라는 청년은 도적떼의 두목이 되어 양자강을 넘나들다 항우에게 발탁된다.

그는 항우의 명으로 꼭두각시 임금 초나라의 회왕懷王을 죽이기도 하였으며 가는 곳마다 혁혁한 전공을 세워 항우로부터 양자강 이남을 통할하는 구강왕九江王에 임명된다. 그러나 그는 유방과의 전쟁에서 미적거리더니 문득 등을 돌려 유방의 휘하로 들어간다. 항우가 유방에게 패멸한 후 천하통일을 이룬 유방은 그를 논공행상의 일환으로 구강·여강·형산·예장을 아우르는 회남왕淮南王에 봉한다.

그러나 한고조 유방은 천하통일의 대업을 이루자 대원수였던 한신韓信이 더 이상 쓸모없게 됨을 알고 그를 죽인다. 토사구팽兎死狗烹이라는 말이 여기서 나왔다. 연이어 대장군이었던 팽월彭越마저도 유방에게 죽임을 당하자 경포는 한나라에 반기를 든다. 한때 양자강 이남에서 승승장구하던 경포는 구강 전투에서 유방에게 대패하고 단신으로 쫓기다가 결국 농부의 손에 암살된다. 유방도 이때 화살을 맞아 환도한 후 며칠 후에 죽는다. 방익은 스스로 노를 저으면서 외롭게 쫓겨가는 경포의 모습을 '경포鏡浦의 고도孤棹'라고 표현하고 있다.

19.
전적지를 찾아서

〈원문〉

虎丘砥柱 다 지나서 蘇州府에 배를 매니

孫仲謨의 壯한 都邑 數萬人家 버려잇고

東門밧 五里許에 赤壁江이 둘넛스니

武昌은 西에 잇고 夏口는 東便이라

山川은 寂廖하고 星月이 照耀한데

烏鵲이 지져괴니 千古興亡 네 아는가

〈풀어쓰기〉

호구사 지주사 다 지나서 소주부에 배를 매니

손중모의 장한 도읍 수만 인가 벌려 있고

동문 밖 오리쯤에 적벽강이 둘렀으니

무창은 서에 있고 하구는 동편이라

산천은 고요하고 별과 달이 밝게 비치는데

새들이 지저귀니 천고흥망 너 아는가

〈평설〉

긴 여행을 마치고 소주蘇州로 돌아온 이방익은 삼국시대 적벽대전의 현장을 방문한다. 소동파蘇東坡가 뱃놀이를 하며 〈적벽부赤壁賦〉를 쓴 적벽강은 소주에서 무창 사이에 이르는 황강의 일부이거나 지류로 소주에서 배를 타고 양자강을 거슬러 올라가면 멀지 않은 곳이다.

중국에서나 우리나라에서도 원나라 말에 나관중이 쓴 『삼국지연의』를 읽거나 들어보지 않은 사람은 거의 없을 것이다. 거기에 나오는 사건들이 역사적 사실이건 아니건 간에 사람들은 그 소설에 나오는 이야기를 진실이라고 믿고 있으며 구절구절 흥미진진하게 이목을 집중한다. 특히 적벽대전에서 조조가 참패를 당하는 장면은 너무나 통쾌하다. 이 적벽대전으로 욱일승천하던 조조의 세가 꺾였고 오나라는 더욱 강건해졌으며 유비는 촉한을 세워 천하정세에 얼굴을 내밀게 됨으로써 천하삼분의 발판을 쌓게 되었다. 방익은 그 현장을 둘러본다.

적벽강의 실제 위치에 대하여는 여러 설이 있다. 조조가 주유에게 대패한 곳이 무한武漢의 서쪽 가어현嘉魚縣에 위치한 적벽강 또는 근처의 오림烏林이라는 설[25]도 있지만 송나라 때 시인 동파東坡 소식蘇軾은 황주에서 유배생활을 할 때 황강黃江에 배를 띄워 놀며 그곳을 적벽강이라고 불렀다. 이방익이 방문한 적벽강이 바로 그곳이다. 이방익은 서쪽에는 무창이 있고 동쪽에는 하구가 자리 잡고 있다고 썼으며 호구사의 칠층탑에 올라서 적벽강과 남병산을 바라보았다고 했다. 그는 적벽강은 소주와 무창 사이에 있다고 확신하고 있다.

---

25) 臧勵龢 , 앞의 책. 416면

20.
소주에서

〈원문〉

玲瓏이 달인 石橋 그 아래 배를 타니

含嬌含態 嬋娟美人 날 爲하야 올넛스며

大風樂을 울렷스니 그 소래 嘹亮하다

虎丘寺 黃金塔에 南屛山을 指點하니

七星壇 諸葛祭風 歷歷히 여긔로다

寒山寺 金山寺를 차례로 다 본 뒤에

탓던 배 다시 타니 蘇州差使 護行한다

楊州府 江東縣은 五湖水 合流處라

그 가온대 三里石山 百餘丈이 놉핫스니

造化의 無窮함을 測量키 어렵도다

汪家庄 또 지나니 어느덧 五月이라

〈풀어쓰기〉

영롱하게 달린 석교 그 아래 배를 타니

곱고 애교스런 미인 날 위하여 올려 보내며

대풍악을 울리니 그 소리 영롱하다

호구사 황금탑에서 남병산을 가리키니

제갈량이 바람을 빌던 칠성단이 역력히 여기로다

한산사 금산사를 차례로 다 본 뒤에

탔던 배 다시 타니 호주차사 호행한다

양주부 강도현은 다섯 호수 합류처라

그 가운데 삼리석산 백여 장 높았구나

조화가 무궁함을 측량키 어렵도다

왕가장 또 지나니 어느덧 5월이라

〈평설〉

　소주蘇州는 춘추전국시대 오나라의 수도였고 수나라 때에는 항주와 더불어 북경으로 연결되는 대운하가 여기에 건설되어 해양실크로드를 거쳐 동중국해를 통해 들어오는 각종 보화 그리고 양자강으로부터 들어오는 물산과 곡물이 속속 북경으로 실려 갔다. 소주는 각종 물산의 집산지로 일찍부터 문물이 발달하고 주민의 생활이 풍부한 도시였다.

　소주는 서쪽으로는 양자강, 동쪽으로는 태호太湖와 접한 삼각주다. 사방이 운하로 둘러싸여 있고 운하와 운하를 연결하는 아름다운 다리가 수없이 건설되어있다. 자연미와 인공미가 조화된 대단히 매력적인 곳이 소주다. 명·청대에 소주의 번영은 최고조에 달해 수많은 부자들의 근거지였고 또한 학문과 예술의 중심지가 되기도 하였다.

　연암은 소주에 대하여 다음과 같이 술회한다.

　　중국 사람들이 말하기를 강산이 아름답기로는 항주가 제일이요, 번화하기로는 소주가 제일이라 하였고, 또 여자의 머리는 소주 여인의 모양새를 제일 알아준다고 하였습니다. 무릇 소주는 한 주의 부세(賦稅)만 보더라도 다른 고을에 비하여 항상 10배가 더하니 천하의 재물과 부세가 소주에서 나온다는 것을 알 수 있습니다.

이방익이 「표해록」에 적은 소주의 정경을 보자.

성문 밖에는 무지개가 공중에 걸린 듯 한데 나아가 보니 석교였다. 석교 위에 돌로 사자와 호랑이 상을 만들어 좌우 난간에 놓았으니 인재도 기이하고 물역도 장하다. 강의 너비가 우리나라 한강보다 넓고 다리를 돌로 깔았는데 돌 사이에 틈이 보이지 않으니 인력인가 천신의 조화인가 이상하고 기이하다.

다리 아래에서 배를 타니 기녀 수십 명이 웅장성복으로 배에 오르고 또 삼현(三絃-거문고 가야금, 비파 등 삼종 현악기)을 울리고 나팔과 비파와 해금과 북을 한꺼번에 연주하며 화음을 이루니 듣기에 청아하다. 큰 배와 작은 배가 지나가는데 이층 누각에서 연연한(아름답고 사랑스러운) 미인들이 유리창과 청사(靑紗)발을 반쯤 열고 내다보고 있다. 강좌우 물가에 있는 층층한 누각은 녹음 속에서 은은하게 비친다. 구경하는 남녀들이 강구에 가득하니 청홍색의 옷과 장식이 강물에 반사되어 보기에 찬란하다.

물산이 풍부하고 도시가 번화하면 환락이 따르는 법, 이방익은 선상에서 미인들과 더불어 풍악을 울리면서 시름을 잊기도 하였다.

또한 방익은 소주차사의 안내로 호구사, 한산사, 금산사를 차례로 구경한다. 차사는 황제가 특별한 임무를 맡겨 임시로 임명하는 관리이니 소주차사는 황제가 파견하여 소주로 보냈거나 소주의 관리를 특별히 발탁하여 차사로 임명한 관리일 것이다.

호구사虎邱寺가 있는 호구산은 일명 해용봉海湧峰이라 불리며 거기에 오나라의 왕 합려闔閭의 무덤이 있다. 합려는 춘추전국시대 오나라의 제24대 임금으로 신하인 손무, 오자서 등의 도움을 받아 오나라를 강국으로 성장시키고 패자霸者를 꿈꾸었다.

그러나 월왕 구천에게 패배하여 아들 부차夫差로 하여금 복수를 맹세하게 하고 죽는다. 부차는 3년 후 아버지의 유언대로 월나라에 복수를 한다. 그러나 승리에 도취한 부차는 월나라 범여范蠡가 꾸민 미인계에 빠져 경국지색 서시西施의 꾐으로 결국 나라를 잃는다. 합려를 장사지낸 산마루에 백호가 쭈그리고 앉아 있었다 하여, 또는 그 산이 호랑이를 닮았다 하여 호구산이라고 불렀다고 한다.

호구사에는 7층의 황금탑이 위용을 자랑하고 그 탑을 돌아 남쪽으로 내려가면 일천 명이 앉을 만한 넓고 큰 너럭바위가 있는데 진晉 나라 때 신승神僧 축도생竺道生이 여기에서 사람들을 모아 설법을 했다고 한다. 축도생은 동진(東晉-4세기경의 왕조)시대의 승려로 불교와 노장사상을 접목시켰으며 세속의 사람도 득도하면 성불할 수 있다고 주장했다.

또 여기에서 구불구불 뻗은 돌길을 따라 내려가면 송나라 때 화정和靖 윤순尹焞이 글 읽던 화정사가 있다. 윤순은 북송 때의 학자이다. 북송이 금나라와 화친을 도모하고자 할 때 악비岳飛장군의 편을 들어 북벌을 주장하다 자신의 주장이 먹혀들지 않자 세속을 떠나 호구산에 은거했다.

이방익이 소주차사 왕공의 안내로 배를 타고 호구사를 향해 가는 데 홀연 황금색의 7층탑이 반공에 솟아 있고 배에서 내려 절문으로 들어가니 수십 명의 중들이 비단신을 신고 목에 28염주를 걸고 고깔을 쓰고 있었다. 중들의 영접을 받아 들어가니 현판에 황금색으로 호구사라 쓰여 있고 문밖에는 많은 사람들이 모여 있는데 음식과 과일 파는 소리가 어찌나 시끄러운지 짐승 소리 같았다.

법당과 익랑에는 누런 기와를 이었으며 법당은 30여 간이다. 누런 탑 위에 앉힌 부처는 키가 두 길이나 되고 몸통은 여남은 아름이나 되며 비단가사를 왼편 어깨에 둘렀는데 보기에 장엄했다. 7층탑 위에 올라서서 사방을 둘러보니 천지가 광활하고 산천이 기이하며 적벽강이 지척에 보이고 남병산이 눈에 들어왔다.

이방익은 다시 배에 올라 왕공에게 치사했다.

"우리들 만 리 밖의 사람이 천우신조로 이 땅에 이르러 천하승경을 다 보고 가니 어찌 즐겁지 않으리오."

이방익은 왕공과 더불어 한산사寒山寺로 향했다. 이 절은 평지에다 지었는데 웅장함은 호구사와 한 가지이며 누런 기와와 단청이 찬란했다. 한산사는 당나라 때 자유분방하고 광적인 기행을 일삼던 무위도인無爲道人 한산과 습득이 머물렀다고 해서 이름 붙여진 절이다. 선화禪畵 한산습득도寒山拾得圖로도 유명하며 예로부터 이 절을 찾아오는 속세인에게는 부귀와 장수를 누리게 하고 온갖 번뇌를 사라지게 하는 영험이 있다고 알려져 있다.

　한산사는 당나라 때 시인 장계張繼의 「풍교야박楓橋夜泊」이라는 유명한 시로 인하여 우리나라에 널리 알려져 있지만 조선 사람으로 실제로 이곳을 다녀온 사람은 없었다고 연암은 단언한다.

月落烏啼霜滿天　　달 지고 까마귀 우짖는데
　　　　　　　　　하늘에 서리 가득
江楓漁火對愁眠　　물가 단풍과 어화는
　　　　　　　　　시름에 겨워 잠이 들고
姑蘇城外寒山寺　　고소성 밖 적막한 한산사
夜半鍾聲到客船　　한밤의 종소리 객선에 와 닿네[26]

　양자강 한가운데 있는 금산사金山寺에 관하여 「서이방익사」에 실린 이방익의 말을 빌리면 오색의 채와로 지붕을 덮었으며 절 앞에는 인공으로 쌓은 석가산이 있는데 높이가 백 길은 됨직하고 또 섬돌을 5리나 빙 둘렀으며 이층 누각을 세웠는데 아래층은 유생 수천 명이 거주하면서 책을 파는 것으로 생업을 삼고 있고 위층에는 노랫소리 피리소리가 하늘을 뒤덮었으며, 낚시꾼들이 낚싯대를 잡고 열을 지어 앉아 있다. 석가산 위에는 십자형의 구리기둥이 가로놓이고 석판으로 대청을 만들었으니 바로 법당이었으며, 또 종경鍾磬 14개가 있는데 목인(木人-나무인형)이 때에 맞추어 저절로 치게 되어 있어 종 하나가 울면 뭇 종이 차례로 다 울었다.

　한산사, 금산사를 차례로 들른 방익은 소주차사의 호위를 받으며

―――――――――

26) 『당시삼백선』 앞의 책 669면, 심규호 번역.

배를 타고 양주부 강도현으로 향한다. 본문에 나오는 양주부楊州府 강동현江東縣은 양주부揚州府 강도현江都縣의 오기인 것 같다. 강도현은 태호太湖에서 흘러나오는 물이 양자강과 회하가 만나는 합수처合水處로 각종 물산의 집산지이며 많은 사람들이 몰려들어 물건의 매매가 이루어지던 곳이다. 강도현에서 둘러보는 경치는 자연의 무궁한 조화를 보는 듯하여 이방익은 감탄사를 연발한다.

오호五湖는 태호의 다른 이름인데 삼국시대 오나라 학자 우중상虞仲翔은 '태호는 동으로 송강과 통하고 남으로 삽계와 통하고 서로 형계와 통하고 북으로 격호와 통하고 동으로 구계와 이어짐'으로 오호라 부른다고 말했다.

이방익은 양자강을 오르내리면서 명승지와 유적지를 돌아보고 가끔은 기녀들의 교태와 풍악, 그리고 산해진미로 극진한 대접을 받은 후 양자강을 건너 산동성으로 향하니 때는 어느덧 5월에 접어들었다.

21.
양자강을 건너 산동으로

〈원문〉

江南을 離別하고 山東省 드러오니

平原曠野 뵈는 穀食 黍稷稻粟뿐이로다

柴草는 極貴하야 수수대를 불따이고

男女의 衣服들은 다 떨어진 羊皮로다

지져귀며 往來하니 그 形狀 鬼神 같다

豆腐로 싼 수수 煎餠 猪油로 부쳣스니

아모리 飢腸인들 참아 엇지 먹을소냐

죽은 사람 入棺하야 길가에 버럿스니

그 棺이 다 썩은 後 白骨이 허여진다

夷狄의 風俗이나 참아 못보리로다

〈풀어쓰기〉

강남을 이별하고 산동성 들어오니

평원광야에 보이는 곡식 기장과 벼와 메밀뿐이로다

땔감은 몹시 귀해 수수대로 불을 때고

남녀의 의복들은 다 떨어진 양피로다

떠들어대며 왕래하는 모습이 귀신 같구나

두부로 싼 수수전병 돼지기름으로 부쳤으니

아무리 굶주린 창자인들 어찌 차마 먹을소냐

죽은 사람 입관하여 길가에 버렸으니

그 관이 다 썩은 후 백골이 허옇구나

이적의 풍속이라지만 차마 못 보리로다

〈평설〉

이방익 일행은 양자강 북안에서 출발하여 북경을 향해 출발했다. 그들은 말이 끄는 수레를 타고 산동을 지나가고 있었다. 산동에는 드넓은 평야가 펼쳐져 있으나 벼는 거의 재배하지 않고 수수와 기장과 조를 심었기 때문에 주민들은 주로 거친 곡식을 먹으며 땔감 또한 몹시 귀해서 수숫대로 불을 때고 있었다. 집 또한 수숫대를 엮어 세우고 그 위에 흙이나 회를 발라서 지었다.

또한 풍속이 비루하여 강남지역과는 비교도 되지 않았다. 사람들의 몰골을 보니 다 떨어진 양피로 옷을 해 입어 보기에 귀신같았고 음식은 수수전병을 돼지기름에 부쳐서 먹는 게 고작이었으니 그런 음식을 대접받은 방익은 차마 먹을 수가 없었다.

이방익은 산동에서 본 장례습관, 즉 시신을 넣은 관을 땅에 묻지 않고 아무렇게나 노출시키는 장면을 보고 오랑캐들의 장례문화를 강남 및 조선과 비교하면서 비웃고 있다.

이 대목에는 이방익의 자긍심이 강남지역을 벗어나면서는 다소 다른 양상으로 표출되고 있는데 산동성에서 이방익이 목도한 광경은 의복이 다 떨어진 양피이고 그 모습 또한 귀신 같아서 참혹하다고 할 만큼 강남과 대조적이다.

이방익이 어느 정도 객관적 사실을 토대로 썼다 하더라도 의복, 음식, 주거, 장례 등의 문화에 거부감을 갖는 것은 강북지역 사람들을 오랑캐로 간주하여 그 풍속까지도 비하하고 있기[27] 때문으로 이는 당시 조선이 청나라에 대하여 갖고 있는 인식이 가미되어 있다 할 것이다.

300년 전 최부가 몸소 겪고, 보고 들었던 사실도 이방익이 경험한 일들과 거의 비슷하다. 최부의 『표해록』에서 언급한 내용을 일부 발췌, 요약하면 다음과 같다.

대략 양자강으로 남북을 나누어 본다면 강남은 작은 관부라도 그 소재지 주변에는 여염이 가득하고 상점이 즐비했으며 누대는 서로 바라다보이고 배는 쭉 이어져 있으며 금은보화와 농축산물과 각종 과일이 풍부하여 옛날 사람도 강남을 살기 좋은 아름다운 땅으로 여겼다. 그러나 강북에는 관부 주변도 인가가 그다지 번성하지 않고 마을도 쓸쓸하였다. 주택의 경우 강남에서는 기와를 얹고 벽돌을 깔고 다듬은 돌로 계단을 만들고 돌기둥을 세워 모두 웅장하고 화려하였으나 강북에는 조그마한 초가가 거반이었다.

복식의 경우 강남 사람들은 모두 넓고 큰 바지를 입고 비단이나 양모로 만든 옷을 입고 관인은 사모를 쓰고 상인은 백포건이나 추포건을 쓰고 다녔으며 신은 가죽신이나 장화를 신은 반면 강북에서는 짧고 좁은 흰옷을 입기를 좋아하고, 가난하여 해진 옷을 입은 이가 10명에 3, 4명은 되었다. 강남의 여인들은 머리모양을 둥글면서 길고 크게 하고 금은으로 장식하여 보는 사람의 눈을 현란하게

---

27) 김윤희, 앞의 논문. 41면.

하였으나 강북에서는 머리모양이 둥글면서 뾰족하여 소뿔처럼 생겼다.

인심과 풍속은, 강남은 온화하고 유순하여 8촌 이내의 가족이 한집에 살기도 하였지만 강북에서는 부자는 친척과 멀리하였다. 강남에서는 남녀노소를 막론하고 의자에 걸터앉아 한가롭게 일을 하는 모습이었으나 강북에서는 인심이 사나워서 한 집안에서도 화목하지 못하여 싸우는 소리가 끊어지지 않았으며, 약탈하고 도적질하여 사람을 죽이는 일도 많았다.

강남 사람들은 글 읽기를 즐겨하여 어린아이나 뱃사람, 부두노동자도 모두 문자를 알았으며 최부가 글자를 써서 물어보면 산천과 고적, 그리고 그 연혁까지도 상세하게 일러주었다. 그러나 강북은 배우지 못한 사람이 많았기 때문에 무얼 물어보면 모두 '나는 글자를 모른다'고 하였다. 또 강남의 부녀들은 모두 문밖을 나오지 않고 주루朱樓에 올라 주렴을 걷고 밖을 바라볼 뿐 길을 다니거나 밖에서 일하는 사람이 없었는데, 강북은 밭 매는 일이나 노 젓는 일들을 모두 부녀자들이 직접 하였다.[28]

청나라가 거듭되는 전쟁과 반란의 진압으로 북경에서 가까운 산동의 주민들은 혹은 군사로 혹은 잡역으로 동원되었다. 청나라가 북경을 중심으로 나라를 다스리는 동안 기존의 한족들이 양자강 유역이나 남쪽으로 대거 이주하였고 또한 황하 유역의 홍수로 인해 근처의 농토가 초토화되었기 때문에 산동 주민들은 피폐한 생활을 할 수밖에 없었던 것 같다. 반면에 양자강 유역이나 남쪽은

---

28) 최부, 앞의 책. 340-343면.

각종 농사도 풍요롭고 특히 남송시대의 찬란한 문명과 문호개방을 통한 해외무역의 영향을 받아 각종 물산도 풍부하여 풍요로운 생활을 해왔다.

22. 연경에서

〈원문〉

夏五月初三日에 燕京에 다다르니

皇極殿 놉흔 집이 太淸門에 소사낫다

天子의 都邑이라 雄壯은 하거니와

人民의 豪奢함과 山川의 秀麗함은

比較하야 볼작시면 江南을 따를소냐

寶貨 실흔 江南배는 城中으로 往來하고

山東에 심은 버들 皇都에 다핫스니

三伏에 往來行人 더운 줄 이젓서라

禮部로 드러가서 速速治送 바랏더니

皇帝게 알왼 後에 朝鮮館에 머물나네

이 아니 반가온가 절하고 나와보니

鋪陳飮食 아모리 極盡하나

江南에 比較하면 十倍나 못하고나

온갓 구경 다한 後에 本國으로 가라 하니

이 아니 즐거우냐 우슴이 절로 난다

<풀어쓰기>

여름 오월 초삼일에 연경에 다다르니
황극전 높은 집이 태청문에 솟아났다
천자의 도읍이라 웅장은 하거니와
인민의 호사함과 산천의 수려함은
비교하여 보자면 강남을 따를소냐
보화 실은 강남배는 성중으로 왕래하고
산동에 심은 버들 황도에 닿았으니
삼복에 왕래하는 행인 더운 줄 잊었구나
예부로 들어가서 빨리 보내주길 바랐더니
황제께 아뢴 후에 조선관에 머물라 하네
이 아니 반가운가 절하고 나와 보니
차린 음식 접대예절 아무리 극진하나
강남에 비교하면 십 배나 못하구나
온갖 구경 다한 후에 본국으로 가라 하니
이 아니 즐거우냐 웃음이 절로 난다

<평설>

이방익은 표류를 시작한 지 7개월 반 만에 청나라 수도 연경 곧 북경에 도착한다. 그가 귀국하기 위해서는 황제의 허락을 받아야 하기 때문이다. 북경에 관련하여 최부의 『표해록』, 연암의 『열하일기』를 참조하여 설명하면 다음과 같다.

북경은 순 임금 시절 유주幽州의 땅으로 진秦나라 때는 어양漁陽, 한나라 때는 연국燕國, 탁군涿郡 또는 광양廣陽이라 하였고 당나라 때는 범양范陽이라 하였는데 안녹산이 난을 일으킬 때는 이곳을 본 거지로 삼았다. 북경은 요나라 이후 북방민족의 수도로 자리 잡았으며 요나라는 남경南京, 금나라는 연경燕京, 원나라는 대도大都라고 했다.[29]

원나라를 멸망시키고 중원을 회복시킨 명나라는 수도를 여기에 정하여 북경이라 불렀다. 그러나 청나라 2대 황제 태종 홍타이시는 명나라를 멸망시키고 수도를 옮겨 순천부順天府라 불렀는데 그럼에도 중국 사람들은 북경 또는 연경이라 부르고 있었고 우리나라에서도 마찬가지로 그렇게 불렀다.

황극전皇極殿이라는 궁궐에 자리 잡은 이는 천자요 황제이며 그 직책은 하늘을 대신하여 만물을 다스리는 일이다. 스스로 일컬을 때는 짐朕이라 하고 온 나라가 그를 높여 폐하라 하며 말씀을 내면 조詔라 하고 호령을 내리면 칙勅이라 했다. 북경성은 둘레가 40리로 아홉 개의 문이 있고 성안에는 자금성이 있는데 둘레가 17리이고 자금성 안에 황극전이 있는데 거기에는 5개의 문이 있고 그 남문을 태청문太淸門이라 부른다.[30]

이방익이 북경에 이른 때는 가경제嘉慶帝 원년으로 건륭제乾隆帝가 61년간 치세하고 바로 전 해에 아들에게 황위를 물려주고 태상황으로 섭정을 하고 있었던 해다.

명나라 때, 중국에 표착한 사람을 조선으로 돌려보낼 경우에는

---

29) 최부, 앞의 책, 287면.
30) 박지원 저, 고미숙 길진숙 김풍기 엮고 옮김, 『열하일기(하)』, 북드라망, 2015, 97면.

표착지의 군사령부는 병부에, 해당관청은 예부에 각각 자문(咨文-부서간 오가는 문서 또는 외교문서)을 보내 취조한 내용을 알리고 병부에서는 예부에 자문을 보내며 예부는 황제에게 상주하여 쇄환(刷還-유랑하는 외국인을 돌려보냄)의 재가를 받는데 고위직 관리의 경우 황제가 직접 접견하여 결정하곤 했다.

예부에서는 황제에게 보고하기 전에 그 사실을 조선에 통보하는데 일정은 예측할 수가 없다. 이런 절차는 유독 중국과, 조선 및 유구와의 사이에 국한된 것 같다. 조선에서는 표류자의 신원이 밝혀지면 사신을 보내거나 북경에 머물러 있는 사신으로 하여금 안동하여 돌아오게끔 했고 추후에 사은사를 보낸다. 사은사는 정3품 이상의 고급관료로 정했다. 사은사를 보낼 때는 각종의 사은품을 바리바리 실어보내기 때문에 중국으로서는 얻는 것이 많았다. 사은사도 이를 틈타 서적이나 비단 등의 진귀품과 더불어 회사품(廻謝品-답례품)을 가져올 수 있고 또한 중국을 다녀왔다는 경력도 쌓을 수 있어 좋았다.

수행원도 많았다. 최부가 쇄환될 때는 사은사인 지중추부사를 포함하여 16명의 관리가 일행을 이루었으니 부대인원을 포함하면 쇄환인보다 많다고 볼 수 있다. 조선시대만 해도 제주를 왕래하다가 표류하여 중국에 표착한 후 북경을 거쳐 귀환한 사람들이 부지기수였는데 조선에서는 그때마다 어김없이 고관을 발탁하여 사은사로 보냈다.

1470년(성종 원년) 8월 제주사람 김배회金杯廻 등 7명은 공물을 싣고 서울에 다녀오다가 나주 인근 바다에서 폭풍을 만나 13일간 표류하여 중국 절강의 어느 해안에 표착했었는데 북경에 호송되었다가 다음해 1월 마침 북경에 성절사(황제 또는 황후의 생일축하사절)로 가 있던 한치의韓致義가 안동하여 왔고 그 후 행상호군(行上護軍-정3품 무관직) 이수남李壽男이 조선 임금의 표문表文을 들고 사은사로 다녀 왔다.

정의현감 이섬李暹은 성종14년 2월 29일 임기를 마치고 서울로 귀임하던 중 추자도 인근에서 폭풍을 만나 10일간 표류하던 중 승선인원 47명 중 14명이 굶어죽고 33명이 살아남아 중국 양주의 장사진에 표착했으며 6월10일 북경에 호송되었다. 그때 북경에 천추사(千秋使-중국 황태자 생일축하사절)로 와 있던 박건朴楗을 만나 돌아왔고 파릉군坡陵君 윤보尹甫가 사은사로 파견되었다.

성종 19년 윤1월3일 제주에 경차관으로 와 있던 최부가 부친상을 당하여 서울로 돌아가던 중 초란도에서 폭풍을 만나 14일간 표류하다 승선인원 43명 전원이 중국 영파에 표착했고 북경에 호송되어 황제를 알현하여 귀환을 허락받았으며 그가 압록강을 건널 때는 6월 4일이었다. 이에 성종은 동지중추부사 성현成俔을 사은사로 보냈다.

표류인의 쇄환의 답례로 명나라에 사은사를 보내는 번거로운 행사는 광해군 때에 폐지되었고 이후 청나라와의 관계에서는 나중에 사신을 보낼 일이 있을 때 사례하거나 중국의 국경 책임자에게 표문을 보내는 것으로 바뀌었다.

이방익의 경우 그들 8명이 청나라의 배려로 무사히 귀국하자 조선 정부는 이에 감사하는 회자回咨를 작성해 파발마를 통해 의주로 전달했고, 의주부에서는 이를 봉황성 성장에게 보내어 북경으로 전

하도록 했다.[31]

이방익 일행은 5월 3일 순천부 즉 연경에 도착한다. 순천부에 가까이 가니 북경 외성의 성첩(城堞-성가퀴)이 웅장하고 주변에 여염집이 즐비하게 들어서 있다. 남쪽 관문인 영정문永定門이 크고 아름다운 모습을 하고 있다. 성안으로 들어가 관영문冠英門을 지나 바라보니 정양교 건너에 있는 황제 전용의 정양문正陽門이 이마에 닿고 정양문 안에는 궁성인 자금성이 화려하고 웅장하게 자리 잡고 있다. 황성의 남쪽 문인 태청문太淸門을 지나며 눈을 들어 바라보니 황제가 머무는 황극전皇極殿이 멀리 반공에 솟아 웅위를 자랑하고 있었다. 황성 안에는 강물이 흐르는데 양자강에서 황하를 지나 북경까지 뚫린 대운하가 황성까지 연결된 것이다. 이방익이 보니 강남에서 오는 큰 배들이 농산물과 보화를 하역하고 있었다.

예부 시랑侍郞이 이방익을 따로 불러 음식을 푸짐하게 차려 대접했다. 그 대접이 융숭한데도 이방익은 강남이 10배는 좋았다고 술회했다. 시랑은 연로에 음식 접대는 어떠했으며, 만여 리를 왔으니 아픈 데는 없었느냐, 행리行李에 서운한 일은 없었느냐 등등을 물었다. 이에 이방익이 대답했다.

"우리가 운수불행하여 풍랑으로 죽을 목숨이 십생구사하여 다행히 황도까지 무사히 왔으니 이는 대국의 은혜이거니와 아무쪼록 속히 돌아가게 하여 주십시오."

시랑이 말하기를,

"그대들이 이미 여기까지 왔고 여기서도 그대 나라가 멀지 않으

31) 『일성록』 1797년 윤6월 20일.

니 조금도 염려하지 말라. 황상께 품의한 후 치송할 것이니 그 사이 통관과 더불어 구경이나 하면서 마음을 너그럽게 가지라."고 했다.

예부 시랑은 이방익 등에게 통관(通官-통역관)을 붙이고 조선관에 묵으라고 한다. 조선관朝鮮館은 일명 회동관會同館 또는 옥하관玉河館이라 하는데 명나라 때부터 조선 사신들의 공적 활동의 거점으로서, 때로는 환영식과 환송식이 열리기도 했으며 중국 학자들이 이곳에 찾아와 필담으로 교유하기도 하였고 사신의 수행원들과 역관들이 중국 상인들과 은밀히 교역을 행하던 후시後市의 장소이기도 했다. 최부도 23일간 여기 조선관에 머물면서 황제의 치송허가를 받아야 했다.

이방익 등 8명은 귀국은 기정사실이나 마찬가지이고 통역도 붙여주었고 그 동안 여행하면서 여러 관청에서 받은 돈으로 주머니도 묵직한 터라 귀국선물도 사고 관광도 하면서 느긋한 마음으로 시간을 보냈다. 이방익이 이때 처음 본 낙타를 묘사한 글이 흥미롭다.

큰 산덩이가 온다 하기에 나가보니 약대 등 위에 숯과 소금을 싣고 가는데 큰 산더미만 하니 그 실은 것이 몇 바리인지 알 수가 없다. 약대 모양은 말 같은데 등이 말 길마같이 생겼으며 발이 말굽이 없이 살로만 된 발이며 갈기와 목의 털은 한 자가 넘었다.

또한 이방익은 태평차太平車를 다음과 같이 묘사하고 있다.

노새를 둘 또는 셋씩 묶어 수레 위에 교자를 꾸미고 주렴을 오색 구슬로 얽어 4면에 드리우고 주렴 밖에는 여종이 앉아 있는데 그 수레를 태평차라 이른다.

박지원은 『열하일기』에서 다음과 같이 설명한다.

바퀴의 높이는 팔꿈치에 닿을 정도고, 바퀴살은 서른 개다. 대
추나무로 바퀴 테를 만들고, 쇳조각을 바퀴에 둘러쳐서 쇠못을 박
았다. 바퀴 위에 둥근 가마를 올리는데, 세 사람 정도 탈 수 있다.
가마에는 푸른 베나 능단 또는 우단으로 휘장을 친다. 때로는 은
단추를 달아 여닫게 한 주렴을 드리우기도 하며 좌우에는 유리창
을 낸다. 가마 앞에 가로로 널판을 걸쳐 놓아서 마부가 앉게 하며,
뒤에도 역시 널판을 걸쳐 놓아 하인이 앉게 한다. 보통 나귀 한 마
리가 끌지만, 먼 길을 갈 때는 말이나 노새를 더 매기도 한다.[32]

---

32) 박지원, 고미숙 등 옮김, 『열하일기(상)』, 243-244면.

23.
귀국길

〈원문〉

太平車 各各 타고 山海關 나와보매

萬里長城 여긔로다 瀋陽으로 드러오니

鳳凰城將 나를 마자 江南구경 하온 말삼

차례로 다 무른 後 欽歎不已하는고나

그대는 奇男子라 이런 壯觀 하엿스니

本國에 도라감을 엇지 다시 근심하리

이곳을 떠나오니 無人之境 七百里라

鴨綠江 바라보고 護行官 離別한다

〈풀어쓰기〉

태평차 각각 타고 산해관 나와 보니

만리장성 여기로다 심양으로 들어오니

봉황성 장군 나를 맞아 강남구경 한 이야기를

차례로 물어본 후에 찬탄하기 끝이 없네

그대는 특별한 남자라 이런 장관 보았으니

본국에 돌아감을 어찌 다시 근심하리

이곳을 떠나오니 무인지경 칠백 리라

압록강 바라보고 호행관 이별한다

〈평설〉

6월 1일 드디어 기다리고 기다리던 황제의 재가가 떨어진다. 황성에 도착한 지 22일 만이다. 황공하게도 황제께서는 여덟 사람 각자에게 은자 2냥씩을 하사하고 태평차까지 배려해 주며 호송관까지 붙여 조선까지 치송하라고 분부한다.

6월 2일 이방익 일행은 조선관을 떠나 태평차를 타고 산해관山海關으로 내닫는다. 북경에서 산해관까지는 500리 길, 최부는 1489년 4월 24일 북경을 출발하여 5월 5일에 산해관에 도달했고 박지원은 1780년 북경으로의 사행길에 나선 박지원은 7월 24일 산해관을 떠나 8월 5일에 북경에 닿았다. 그들 모두 태평차를 타고 10일 만에 주파했으니 이방익 또한 10일 정도 달려 산해관에 이르렀을 것이다.

이방익은 산해관에 이르러 만리장성을 둘러보았다. 만리장성은 쌓은 지 2,000년이 흘렀으나 성가퀴가 완연하고 견고하여 무너진 곳이 한 군데도 없었다. 산해관은 만리장성이 시작되는 곳으로 한쪽은 바다에 접해 있고 다른 한 쪽은 태항산太行山을 따라 띠를 두르고 있다. 역대 중국에서 북방민족을 방비하는 군사요충지였다. 산해관은 옛날의 유관榆關이라는 곳으로 순 임금이 중국과 북방민족의 경계로 삼았고 천하통일을 이룬 진시황은 몽염蒙恬 장군을 시켜 만리장성을 쌓았다.

산해관 밖 한구석에 망부석이 서있는데 맹강녀의 전설이 묻어 있는 비석이다. 범랑이라는 사람이 만리장성 축조공사에 강제로 동원되어 3년이 지나도록 돌아오지 않자 그의 처 맹강녀는 솜옷을 지어

가지고 몇 달에 걸쳐 공사현장에 찾아갔으나 남편은 이미 죽어 있었다. 맹강녀가 열흘간 슬피 우니 그 울음소리로 성이 무너졌고 거기서 많은 해골들이 우르르 쏟아져 나왔다. 그녀는 남편의 시체를 찾아 고향에 묻어준 뒤 무덤가에서 굶어죽었다고 한다.

명나라 말기에 이자성李自成이 난을 일으켜 북경으로 쇄도할 때 장군 오삼계吳三桂는 50만 대군을 이끌고 북경으로 진군했으나 북경이 이미 함락되고 황제가 자살했다는 소식을 듣고 그는 다시 산해관으로 말머리를 돌린다. 그러나 오삼계는 아버지와 애첩이 이자성에게 체포되었다는 소식을 듣고 철옹성인 산해관을 청나라 군대에 열어주고 만다. 그러자 청나라 군사는 산해관을 넘어 물밀 듯이 몰려가 명나라를 멸망시켰다. 산해관을 지나면서 연암은 '아아! 몽염이 장성을 쌓아 오랑캐를 막으려 하였건만 진나라를 망친 오랑캐는 오히려 집안에서 자라났고 명의 장수 오삼계는 이 관문을 활짝 열어 적을 맞아들이기에 급급하였구나!' 하며 탄식했다.[33]

산해관을 나온 이방익은 허허벌판이요 무인지경인 만주 벌판을 달린다. 산해관으로부터 심양까지는 600리, 다시 심양으로부터 봉황성까지는 600리, 봉황성에서 압록강까지는 무인지경 300리다. 북경에서 압록강까지는 도합 2,000리 길이다.

산해관까지 이어지는 만주 벌판은 본래 고조선의 영토였고 고구려의 영토였는데 고구려가 당나라에 망한 후 대조영이 고구려 유민과 말갈족을 이끌고 이 땅에 발해를 건국하였다. 옛날 우리의 땅 요동은 발해가 망한 후 요·금·원나라에 차례로 병탄되어 버렸다.

---

33) 박지원, 위의 책, 312면.

고려 말 최영, 조선 초 정도전은 요동을 정벌하여 우리의 고토故土
를 되찾으려 했으나 뜻을 이루지 못했다.

심양瀋陽에 있는 봉황성鳳凰城은 고구려 때 요새의 하나인 오골성
烏骨城이었는데 18세기 실학파 학자들이나 중국을 오가는 사신들은
봉황성을 안시성安市城으로 인식했다. '안시'는 고구려말로 '큰 새'
를 뜻하며 당태종의 눈알을 쏘아 맞춘 양만춘楊萬春으로 인하여 조
선 사람들이 자부심을 가졌기 때문이다. 연암은 고구려 때 평양이
만주 중심에 위치했고 그 평양이 바로 봉황성이라는 의미있는 주장
을 펼쳤다.[34] 조선시대에 봉황성은 중국의 동쪽 관문으로 중국으로
오가는 장사꾼을 상대로 세관 역할을 했다.

봉황성에 이르니 봉황성장이 일행 중 이방익과 호송관을 따로 불
러 예를 갖추고 이것저것 물었다. 이방익이 표류했던 일과 대만과
하문으로부터 여러 성을 거치며 산천경개를 관람하고 북경에 이르
기까지 모든 전말을 자세히 이야기하니 성장이 감탄을 금치 못하며
치하했다.

"귀공은 비록 여러 번 위태로운 지경에 이르기도 했으나 과연 남
아로다. 중원 사람들도 복건성을 편답한 사람이 있다는 이야기를
들어본 적이 없거늘 오늘날 그 많은 곳을 거쳐 여기까지 무사히 왔
으니 어찌 조선으로 갈 여정을 근심하리오."

성장은 주찬을 내어오라 하여 방익을 극진히 대접하고 또 치하하
여 마지않았다.

"그대 신상을 보니 장차 경대부(卿大夫-높은 관직)에 오를 것이고

---

34) 박지원, 위의 책, 97-98면.

중국에 사신으로 올 수도 있으니 앞날 다시 보기를 바라노라."

북경에서 압록강까지의 거리는 2천여 리. 수천 년간, 수백 년간 양국의 사신이 오가고, 장사꾼이 다니던 그 길은 호송관에게는 익숙한 길이었다. 하지만 수없이 강을 건너고 인가도 없는 무인지경을 지나는데다가 여름엔 땡볕과 억수 같은 폭우를 겪어야 하고 겨울에는 변화무쌍한 기상이변에 맞서야 한다.

이방익 일행은 6월 2일 북경을 떠나 윤6월 4일 압록강에 도착한다. 산해관에서부터는 줄곧 말을 탔으나 짐을 실은 노새의 걸음은 느리기만 했고 말도 하루에 몇 차례씩 풀을 뜯고 여물을 먹으며 쉬어가야 했다. 최부는 4월 24일 북경을 출발하여 40일 만인 6월 4일에 압록강을 건넜다. 반대로 북경으로의 사행길에 나선 연암은 6월 24일에 압록강을 건너 41일 만인 8월 5일에 북경에 이르렀다. 그러나 이방익 일행은 그보다 훨씬 여정을 단축시켜 32일 만에 만주 벌판을 주파한 것이다.

압록강가에 이르러 고국산천을 바라보며 일행은 기쁜 마음을 이기지 못하여 눈물로 옷깃을 적셨다. 이를 본 호송관이 추연해지며 말하기를, "그대들 여기까지 무사히 왔으니 어찌 비창한 마음을 갖는가? 이 세상에 태어난 이상 사생궁달死生窮達이 오로지 하늘에 달렸는데 이제 고국으로 돌아가 위로 충효를 베풀고 아래로 처자를 양육할 것이니 어찌 남아로 태어난 보람이 아니리오. 마음을 견고히 먹고 몸 보중하기를 생각하라."고 하였다.

만주 벌판을 다 지나서 압록강 강변에 이른 이방익 일행은 강 건너 의주를 향하여 연기를 피워 알린다. 저쪽 고국의 땅에서 배가 건너오니 이방익은 실로 8개월 24일 만에 고국 땅을 밟은 것이다.

24. 부자상봉

〈원문〉

閏六月初四日에 義州府로 건너왓다

府尹이 그 뉘신고 沈知縣이 慰問한다

醫官으로 問病하고 衣服一襲 보내엿다

三日을 묵은 뒤에 次次로 轉進하야

臨津江 다다르니 오는 사람 그 뉘신고

家親의 一封書를 마조와서 전하엿네

손으로 바다쥐니 가슴이 抑塞한다

半晌을 鎭定하야 눈물로 떠여보니

밋친 듯 어린 듯 精神이 恍惚하야

因하야 배를 건너 晝夜에 倍道하니

延秋門이 여긔로다 畿營 압헤 말을 나려

巡相게 뵈온 後에 雇馬廳에 물너오니

惶悚홉다 우리 家親 몬져 와 기다리네

절하야 뵈온 後에 두 손목 서로 잡고

脉脉히 相對하니 하올 말삼 전혀 업네

〈풀어쓰기〉

윤6월 초4일에 의주부로 건너왔다

부윤이 그 누군가 심지현이 위문한다

의관을 보내 문병하고 의복 일습 보내왔다

3일을 묵은 뒤에 이곳저곳 옮겨가며

임진강에 다다르니 오는 사람 그 누군가

부친의 편지 한 통 마주 와서 전하였네

손으로 받아 쥐니 가슴이 메어진다

한 나절을 진정하여 울면서 눈을 뜨니

미친 듯 어린 듯 정신이 황홀하여

배를 타고 강을 건너 주야로 달려가니

연추문이 여기로다 경기감영 앞에 말을 내려

순상에게 뵈온 후에 고마청으로 물러오니

황송하다 우리 부친 먼저 와서 기다리네

절하여 뵈온 후에 두 손목 마주 잡고

맥맥히 상면하니 여쭐 말씀 전혀 없네

〈평설〉

압록강을 건너 의주에 도착하니 의주부윤 심진현沈晉賢이 의원을
대동하고 위문한다. 이방익 일행은 건강진단을 마치고 3일간 휴식
을 취한다. 심 부윤은 이방익에게 저간의 사정을 듣고 기록한 장계
를 파발마를 띄워 임금에게 급히 전한다. 앞에서 말한 〈의주부윤심
진현이제주표인이방익등종대국출래치계(義州府尹沈晉賢以濟州漂人李
邦翼等從大國出來馳啓)-의주 부윤 심진현은 표류인 제주사람 이방익

등이 대국을 거쳐 돌아온 내용을 보고합니다〉로 시작하는 이 장계는 『일성록』에 고스란히 실려 있다. 이 기록에 대하여는 전술한 바 있지만 일행이 중국에서 가져온 물품 중 이방익이 소지한 것에 대하여 부연하면 다음과 같다.

무명이불 1건, 양피저고리 4건, 청색조각전(靑片氈) 1건, 공단 20자, 모단(帽緞) 10자, 잡향 6개, 바늘 1봉, 두청(斗靑) 4자, 석경 1면, 담뱃대 15개, 가위 3개, 모자 2닢, 붓 3자루, 색실 1냥, 당묵 1정, 색주머니 1개, 반포 보자기 1습, 피포 2자, 청색 무명장의 3건, 화자피 저고리 1건, 언서일기 3권 등이다.

위 물목들은 조선에서는 흔치 않은 귀중품이다. 특히 이방익이 중국 여러곳을 돌아다니며 쓴 한글일기 3권이 있음을 명백히 밝히고 있다. 지금 어딘가에 누군가가 보관하고 있다면 매우 귀중한 자료일 것이다.

이방익이 의주에서 말을 빌려 밤낮으로 달려 윤6월 18일 임진강에 다다르니 아버지의 서찰을 들고 달려오는 전령이 마침 임진강을 건너오고 있었다. 서찰을 받아든 이방익은 가슴이 메어질 듯 먹먹하고 마음이 비창悲愴하여 봉서를 뜯어볼 생각도 않고 반나절이나 마음을 진정시키고 있었다. 서찰의 내용은 대략 다음과 같다.

네가 작년 9월 20일 우도에 다녀오다가 풍랑을 만나 실종되었고 두 달이나 되어도 소식이 없자 네 아이, 즉 내 손자가 12월에야

내게 알려왔구나. 그 사이 사생존망을 어찌 알았겠는가? 남이라도 이런 소식을 들으면 놀랄 일인데 부자지간의 마음은 어떠했겠는가? 날마다 일월을 향하여 살아 돌아와 상면하기를 빌었더니 하늘이 도우사 네가 무사히 돌아왔다는 소식을 의주 파발을 통해 들으니 이 기쁨을 어찌 측량하리오. 또 함께 표류한 7인이 별 탈 없이 함께 돌아온다 하니 그들에게도 축하의 말을 전하라.

지난해 9월 먼저 돌아가신 어머니의 묘를 이장하겠다며 휴가를 얻어 서울의 아버지 곁을 떠나 고향 제주에 내려갔던 아들이 한 동네 사람 5명 그리고 사환 2명과 더불어 풍랑에 휩쓸려 행방불명되어 죽은 줄만 알았는데 8개월 24일 만에 그들 모두가 중국을 거쳐 돌아왔으니 아버지와 가족들은 꿈인가 생시인가 얼떨떨했을 것이다. 그들이 조난을 당하여 실종되었을 때는 동네사람들 남녀노소 가릴 것 없이 인근 바다를 온통 뒤지고 혹여 시체를 찾을까, 흔적이라도 찾을까 해안가와 이웃 섬들을 샅샅이 살폈을 것이다. 행여 연로한 이방익의 부친이 알까봐 쉬쉬하다가 2개월이 지나자 가족들은 이 실종사건을 부친과 조정에 알렸을 것이다. 세월이 흐르면서 실종을 애통해 하던 시간도 지나고 아버지와 가족들은 방익이 물고기밥이 되었다고 생각했을 것이다. 그런데 그 이방익과 일행이 돌아온 것이다.

이방익은 강을 건너 밤낮을 가리지 않고 서울로, 서울로 쏜살같이 달렸다. 서울도성에 이르러 경복궁 서문인 연추문延秋門에 도착하여 순상에게 보고하고 말을 반납하기 위하여 고마청에 도착하니 아버지가 먼저 와서 기다리고 있었다. 방익은 아버지께 큰절하고 아버지는 살아 돌아온 아들을 얼싸안고 재회의 기쁨을 하염없이 나눴다. 이 얼마나 큰 감격의 순간인가!

25.
정조 알현

〈원문〉

聖上의 命을 바다 相府로 드러오니

어느덧 傳敎하사 五衛將 시기시고

肅拜를 못하여서 全州中軍 相換敎旨

차례로 맛기시니 聖恩도 罔極할사

明日에 謝恩하고 因하야 入侍하니

中國의 山川 險阻 江南의 人心 厚薄

이목의 듯고 본 것 細細히 무르시고

또 傳敎 나리오사 장부 赴任하라시니

殿陛上 咫尺間에 玉音이 丁寧하다

〈풀어쓰기〉

성상의 명을 받아 상부로 들어오니

어느덧 전교하사 오위장 시키시고

부임인사 못했는데 전주중군 맞바꾸라는 교지

차례로 맡기시니 성은도 망극하다

다음날 사은하고 인하여 입시하니

중국의 산천 험조 강남의 인심 후박

눈귀로 보고 들은 것 세세히 물으시고
또 전교 내리시어 부임하라 하시니
섬돌 위 지척 간에 옥음이 쟁쟁하다

〈평설〉

1797년 윤6월 10일, 정조 임금은 의주부윤이 파발을 통해 올린 장계를 받는다. 바로 이방익이 제주에서 표류하다 구사일생으로 목숨을 부지하여 팽호도에 표착했고 대만과 중국대륙을 거쳐 8개월 24일 만에 돌아왔다는 내용을 실은 장계였다. 더욱이 그 장계에는 아직 조선에 알려지지 않은 대만의 사정과 강남의 풍물이 소개되어 있었다.

임금은 방익을 만나보기에 앞서 절차상 비변사에 보내 표류에 관련된 전후사정을 심문하게 하고 그 보고서를 읽은 즉시 이방익을 오위장으로 임명하고 전주중군을 제수하여 겸직하게 하였다. 정조가 이방익을 만난 날은 윤6월 21일인데 이방익에 대한 발령 날짜는 윤6월 20일이었다.

오위는 오위도총부의 약칭으로 중앙군사조직으로 용양위, 의흥위, 호분위, 충좌위, 충무위를 두고 위마다 위장을 두었으며 각 위는 지방군을 지휘, 감독하는 권한을 가졌다. 그 중에서 충좌위는 전라도와 경상도의 지방군을 관리하였다.

평소에 오위장은 5위의 군사편제에 소속되어 있으면서 임금 주변에 배치된다. 임금을 보호하고 궁궐을 순행하며 조정의 각종행사에서 소속군사를 거느리고 궁성에 정렬하는 군대조직의 장이다. 종2

품의 무관이며 무엇보다 임금이 낙점하여 선발하였다.

　이방익이 겸직한 전주중군은 전라감사에 버금가는 직책으로 전주감영의 군사업무를 총괄하는 무관직이다. 이방익은 이 두 개의 직을 겸직하도록 교지를 받았다. 조선시대 오위의 장은 지역방위군의 장군을 겸임하는 사례가 많았다. 이방익은 멀리 탐라에서 온 사람임에도 이처럼 정조의 신임과 총애를 한 몸에 받았던 것이다.

　다음날(윤6월 21일) 아침 일찍 정조는 성정각誠正閣으로 이조원李肇源 등 여러 승지들과 더불어 이방익을 들게 하고 이방익의 견문한 내용을 청취했다. 미지의 세계에 관심이 많았던 정조는 이방익이 아뢰는 경험담에 흥미를 가졌다. 이 나라에 당쟁과 공리공론에 사로잡혀 백성의 삶을 돌아보지 않는 지식인들의 행태를 비판하고 새로운 질서를 확립하고 나라를 바로 세우며 국리민복을 실현하고자 불철주야 애써왔던 정조는 이방익이 경험한 대만과 중국 남부의 잘 사는 모습을 들으며 조선의 밝은 내일을 꿈꾸었을 것이다.

　정조는 이방익이 부친 이광빈과 더불어 부임인사차 입시한 자리에서 아버지를 모시고 전주로 출발하라고 일렀다. 당시에는 벼슬을 마쳤어도 임금의 허락 없이는 서울을 떠날 수 없는 터라 이광빈이 고향으로 돌아가고자 여러 번 진언했을 것인데 이때에 이르러 이광빈이 전주를 거쳐 고향 제주로 내려온 것이다.

26. / 종결부

〈원문〉

어화 이 내 몸이 遐鄕의 一賤夫로

海島中 죽을 목숨 天幸으로 다시 사라

天下大觀 古今遺蹟 歷歷히 다 보고서

故國에 生還하야 父母妻子 相對하고

또 이날 天恩 입어 非分之職 하엿스니

運數도 奇異할사 轉禍爲福 되엿도다

이 벼슬 瓜滿하고 故土로 도라가서

父母게 孝養하며 지낸 實事 글 만들어

豪壯한 漂海光景 後進에게 니르과져

天下에 危險한 일 지내노니 快하도다

〈풀어쓰기〉

어화 이 내 몸이 시골의 일개 천한 몸으로

바다에서 죽을 목숨 천행으로 다시 살아

천하의 좋은 경치와 고금의 유적을 역력히 다 보고서

고국에 생환하여 부모처자 상봉하고

또 이날 천은 입어 분에 넘치는 관직을 얻었으니

운수도 기이하여 전화위복 되었도다
이 벼슬 임기를 마치고 고향으로 돌아가서
부모님께 효양하면서 지나온 실제 이야기를 글로 만들어
호장한 표해광경 후진에게 이르고자
천하에 위험한 일 지냈으니 쾌하도다

〈평설〉

　정조는 이방익이 생환하여 전주중군을 제수 받은 3년 후인 1800
년 이름 모를 병으로 급서했다. 정조는 해묵은 당파싸움을 척결하
고 채제공蔡濟恭, 이가환李家煥, 정약용丁若鏞, 박지원 같은 개혁세
력을 앞장세워 나라를 부강하게 하고 민생을 안정시키는 일에 몰두
하였으나 끝내 꿈을 이루지 못하고 죽었다. 정조가 등창으로 죽었
다고 하나 개혁을 고깝게 여기던 자들이 독살했다는 소문도 들렸
다. 정조가 승하한 후 박지원은 붓을 꺾고 서책을 던져버리고 술만
벗하며 살다가 순조 5년에 죽었다. 정조의 총애를 받던 이방익은 이
때에 관직을 사임하고 고향으로 돌아간 것 같다.

　그는 전주 중군으로 있는 동안 자신의 일기를 참조하여 순 한글
기행문인 「표해록」을 썼고 고향 탐라에서 부모님을 효양하고 가족
과 더불어 살면서 가사歌詞 「표해가」를 썼다. 그는 망망대해에서 표
류하던 중 기적 같은 일이 일어나 목숨을 건진 사실을 쓰고 싶었고
본의 아니게 이국 세계에 가서 신기한 풍물과 기이한 풍광을 구경
하고 온 일들을 후진에게 남기고 싶었을 것이다. 이방익은 무관 출
신인지라 한자 문장에 익숙하지 않았지만 중국의 역사에 대하여 해
박한 지식을 가졌고 당시에 유행하는 가사歌詞를 즐겨 읽고 익혔기

에 자신이 겪은 여정과 체험을 달필로 적었던 것이다. 이방익의 체험은 당시 세계에 대하여 눈을 뜨기 시작한 정조와 학자들에게 크게 자극이 되었을 것이며 이방익 자신도 후세 사람들이 큰 눈을 뜨고 세상을 바라보길 원했기에 「표해가」를 써서 남겼던 것이다.

이방익은 고향 제주로 돌아가 「표해가」의 집필을 끝내놓고 '호장한 표해광경'과 '천하에 위험한 일'을 글로 써서 후진에게 알리고 '쾌快'한 마음으로 45세의 나이(1801년 8월)로 생을 마감했다. 아마도 표류와 긴 세월의 여독으로 병을 얻은 것 같다.

정조가 일찍 죽지 않고 더 오래 임금의 자리에 있었으면, 이방익이 일찍 죽지 않았으면 그는 무인으로 승승장구하여 조선의 간성 역할을 했을 것이며 봉황성장의 말대로 중국을 오가며 보다 선진화된, 세계화를 향한 외교활동을 펼쳤을 것이다.

부록

1. 「표해가」 원문

耽羅居人 李邦翼은 世代로 武科로서
이 몸에 이르러서 武科出身 쏘 하였다
聖恩이 罔極하야 忠牤將 직명 씌고
受由어더 覲親하니 병진구월 念日이라
秋景을 사랑하야 船遊하기 期約하고
茫茫大海 潮水頭에 一葉漁艇 올나타니
李有甫等 일곱 船人 차례로 조찻고나
風帆을 놉히 달고 바람만 조차가니
遠山에 빗긴 날이 물 가운대 빗최엿다
靑紅錦緞 千萬匹을 匹匹이 헷쩌린 듯
하날인가 물빗인가 水天이 一色이라
陶然히 醉한 후에 船板치며 즐기더니
西北間 一陣狂風 忽然이 이러나니
泰山갓흔 놉흔 물결 하날에 다핫고나
舟中人이 慌忙하여 措手할 길 잇슬소냐
나는 새 아니어니 어찌 살기 바라리오
밤은 漸漸 깁허가고 風浪은 더욱 甚타
萬頃蒼波 一葉船이 가이업시 써나가니

슬프다 무삼 罪로 하직업슨 離別인고
一生一死는 自古로 例事로대
魚腹속애 永葬함은 이 아니 冤痛한가
父母妻子 우는 擧動 생각하면 목이 멘다
죽기는 自分하나 飢渴은 무삼 일고
明天이 感動하샤 大雨를 나리시매
돗대 안고 우러러서 落水를 먹음이니
渴한 것은 鎭定하나 입에서 성에 나네
발그면 낮이런가 어두으면 밤이런가
五六日 지낸 後에 遠遠히 바라보니
東南間 三大島가 隱隱히 소사낫다
日本인가 짐작하야 船具를 補輯하니
무삼 일로 바람형셰 쏘다시 변하는고
그 섬을 버서나니 다시 못 보리로다
大洋에 飄盪하야 물결에 浮沈하니
하날을 부르즈져 죽기만 바라더니
船板을 치는 소래 귀가에 들니거늘
물결인가 疑心하야 蒼黃이 나가보니
자넘는 검은 고기 舟中에 쒸어든다
生으로 토막잘나 八人이 논하먹고
頃刻에 싣을 목숨 힘입어 保全하니
皇天의 주신겐가 海神의 도음인가
이 고기 아니러면 우리 엇지 살엇스리
어느덧 十月이라 初四日 아츰날에

큰 섬이 압헤 뵈나 人力으로 엇지하리

自然이 바람결에 섬 아레 다핫고나

八人의 손을 잡고 北岸에 긔어올라

驚魂을 鎭定하고 탓던 배 도라보니

片片히 破碎하야 어대 간 줄 어이알리

夕景은 慘憺하고 精神은 昏迷하니

世上인 듯 九天인 듯 해음업는 눈물이라

한 食頃 지낸 後에 水伯이 오는고나

네 비록 지져귀나 語音相通 못하리라

나는 비록 짐작하나 저 七人은 모르고서

風浪에 놀낸 魂魄 오히려 未定하야

저런 人物 또 만나니 우리 死生 모를배라

慰勞하야 내 이르되 丁未歲 勅行에

내 그쌔 武兼이라 侍衛에 드럿더니

中國人의 衣服制度 저러하데 念慮마소

붓드너니 쯰으너니 護衛하야 다려가니

五里밧 瓦家大村 鷄犬牛馬 繁盛하다

飢渴이 滋甚하니 엇지하면 通情하리

입 버리고 배 쑤드려 주린 形狀 나타내니

米飮으로 勸한 後에 저진 衣服 말니우네

恩慈한 저 情眷은 我國인들 더할손가

一夜를 지낸 후에 精神이 頓生하니

죽을 마음 전혀 적고 故國생각 懇切하다

눈물을 머금고서 窓밧게 나와보니

크나큰 公廨집에 懸板이 걸녓는대
黃金으로 메운 글자 配天堂이 分明하다
붓으로써 무르니 福建省澎湖府라
馬宮大人 무삼 일로 우리 八人 불넛던고
使者 서로 인도하야 彩船에 올니거늘
船行 六七里에 衙門에 이르럿다
眼目이 眩況하니 화도중이 아니런가
서너 門 지나가서 高聲長呼 한 소래에
나오너니 그 누군가 前後擁衛 恍惚하다
身上에는 紅袍입고 불근 日傘 압헤 섯다
端正하고 雄威할사 진실로 奇男子라
그 집을 돌나보니 左右翼廊 宏壯하다
臺上에 뫼신 사람 庭下에 無數軍卒
黃綾旗竹棍杖이 雙雙히 버럿스니
威儀는 肅肅하고 風采도 凜凜할사
그 官人 뭇자오니 어느 나라 사람인고
一杯酒로 慰勞한 後 저 七人은 다 내보내고
나 혼자 부르거늘 쏘다시 드러가니
官人이 斂袵하고 무슨 말삼하옵는고
그대 비록 飢困하나 七人동무 아니로다
무삼 일로 漂流하야 이 싸에 이르신고
眞情으로 뭇잡나니 隱諱말미 엇더한고
知鑑도 過人할사 긔일 길이 잇슬소냐
朝鮮國末端에서 風景싸라 배탓다가

이 따에 오온 일을 細細히 告한 後에
故國에 도라감을 눈물로 懇請하니
官人이 이 말 듯고 酒饌내어 待接하며
長揖하야 出送하니 큰 公廨로 가는구나
中門 안에 드러가니 큰집 한 間 지엿는대
關公 塑狀 크게 하야 儼然히 안첫고나
左右를 둘너보니 平床이 몃몃친고
平床 우에 白氈 펴고 白氈 우에 紅氈이라
繡노흔 緋緞이불 花床에 버린 飮食
生來에 初見이라 날 위하야 베프럿네
十餘日 治療後에 澎湖府로 가라거늘
行狀을 收拾ᄒ야 밧겻헤 나와보니
華麗한 불근 수레 길가에서 待候한다
使者와 함긔 타고 十里長亭 올나가니
文熙院 놉흔 집에 懸板이 두렷하다
金銀綵緞 輝煌하고 唐橘蕰薑 豊盛하다
女人衣服 볼작시면 唐紅치마 草綠당의
머리에 五色구슬 花冠에 얼켜잇고
허리에 黃金帶는 노리개가 자아젓다
金釵에 緋緞곳츨 줄줄히 쒸엿스니
艶艶한 저 態度는 天下에 無雙이라
澎湖府 드러가니 人家도 稠密하다
層層한 樓臺들은 丹靑이 玲瓏하고
隱隱한 대수풀은 夕陽을 가리윗다

나무마다 잣나비를 목줄매여 놀녓스니
구경은 조커니와 客愁가 새로와라
官府長이 傳令하되 그대 等 緣由를
臺灣府에 移文하니 아즉 暫間 기다리소
日氣는 極寒하고 갈 길은 萬餘里라
舘中에 早飯하고 마궁에 배를 타니
餞送하는 行者飮食 眼前에 가득하다
風勢는 和順하고 日色은 明朗하니
臺灣府가 어대매뇨 五日만에 다닷거라
선창좌우에는 丹靑한 漁艇이요
長江上下에는 無數한 商船이라
鍾鼓와 笙歌소래 곳곳이서 밤새오니
四月八日 觀燈인들 이 갓흘 길 잇슬소냐
탓던 船人 離別하고 層城門 달녀드니
琉璃帳 水晶簾이 十里에 連하엿다
官府를 다시 나서 상간부에 下處하고
冬至밤 긴긴 새벽 景없이 누엇더니
오는 선배 그 뉘런가 盞드러 慰勞한다
兵符使者 부르거늘 衙門 압헤 나아가니
黃菊 丹楓 百鳥聲이 遠客愁心 돕는고나
상산병부층슈거를 두렷이 세웟는대
千軍萬馬 擁衛하고 劍戟儀仗 森嚴하다
軍容을 整齊한 후 三大門 드러가니
꼿 사이에 靑鳥白禽 넙풀면서 소래하고

나무 아래 麋鹿猿獐 무리지여 往來하네
景槩도 絶勝할사 그림속이 아니런가
十餘層甓階上에 士官 將帥 뵈온 後에
五行船 올나타니 西皇城이 一萬里라
丁巳 正月初四日에 廈門府에 드러가니
紫陽書院 네 글자를 黃金으로 메웟는대
甲紗帳 둘너치고 左右翼廊 奢麗하다
내 비록 區區하나 禮儀之國사람이라
이 書院 지나가며 엇지 瞻拜 아니리오
拜禮를 畢한 後에 殿밧게 나와보니
數百 儒生 갈나안져 酒饌으로 推讓한다
念七日 轎子 타고 福建으로 發行하니
天聚府가 어대매뇨 이 또한 녯국도라
城郭은 依舊한 대 人物도 繁華할사
使者의 뒤를 싸라 層閣에 올나서니
唐紅緋緞 繡方席이 안기가 恍惚하다
杯盤을 罷한 後에 舍處로 도라오니
六千里 水路行役 疲困키도 滋甚하다
鳳城縣 路文 놓고 北門밧게 나와보니
丹靑한 큰 碑閣이 漢昭烈의 遺蹟이라
저긔 잇는 저 무덤은 엇던 사람 뭇쳤는고
石灰 싸하 封墳하고 墓上閣이 燦爛하다
兩馬石神道碑를 水石으로 삭엿스니
卿相인가 하엿더니 尋常한 民塚이라

돌다리 五十間에 무지게 門 멋치런가
다리 우에 저자 안고 다리 아래 行船한다
婦女들의 凝粧盛服 畫閣에 隱映하니
鸚鵡도 戲弄하며 或彈或歌하는고나
鳳城縣 길을 써나 法海寺 구경하고
布政司에 글을 올녀 治送하기 바랏더니
皇帝게서 下敎하사 護送官을 定하엿다
淸明時節 못되여서 보리가 누르럿고
夏四月이 來日인데 조이삭이 드리웟다
黃津橋 지나와서 水軍府로 드러오니
泰山갓치 오는거슨 멀리 보니 그 무엇고
數百人이 메엿는대 불근 줄로 쓰으럿다
돗대가튼 銘旌대는 龍頭鳳頭 燦爛하다
帳 안에서 哭聲이오 가진 三絃압헤섯다
無數한 별 輦獨轎 喪家婢子 탓다 하네
行喪하는 저 擧動은 瞻視가 고이하다
南劍縣 太淸舘과 建寧府 다 지나서
建安縣 긴긴 江에 石橋를 건너가니
無礙山 그림자는 물 가온대 잠기엿고
고기 잡는 楚江漁父 푸른 물에 戲弄하네
寶華寺에 暫間 쉬여 玄武嶺 너머가니
楚나라 녯 都邑이 天界府에 雄壯하다
益州府 進德縣은 嚴子陵의 녯터이라
七里灘 긴 구뷔에 釣臺가 놉핫스니

漢光武의 故人風采 依然이 보압는 듯
船上에서 經夜하고 荊州府로 드러가니
綠衣紅裳 무리지어 樓上에서 歌舞한다
天柱山은 東에 잇고 西湖水는 西便이라
錢塘水 푸른 물에 彩船을 매엿는대
朝鮮人 護送旗가 蓮꼿 우에 번득인다
晧齒丹脣 數三美人 欣然이 나를 마자
纖纖玉手로 盞드러 술 勸하니
鐵石肝腸 아니어니 엇지 아니 즐기리오
岳陽樓 遠近道路 護行에게 무러 알고
順風에 도츨 다니 九百里가 瞬息이라
採蓮하는 美人들은 雙雙이 往來하고
고기잡는 漁父들은 낙대 메고 나려오네
鄂州南城 十里 밧게 岳陽樓 놉핫스니
十字閣 琉璃窓이 半空에 소사낫다
洞庭湖 七百里에 돗달고 가는 배는
瀟湘江을 向하는가 彭蠡湖로 가시는가
巫山十二峰을 손으로 指點하니
楚襄王의 朝雲暮雨 눈압헤 보압는 듯
蒼梧山 점은 구름 시름으로 걸녓스니
二妃의 竹上冤淚 千古의 遺恨이라
十里明沙 海棠花는 불근 안개 자자잇고
兩岸漁磯 紅桃花는 夕陽 漁父 나려오네
杜工部의 遷謫愁는 古今에 머물넛고

李淸蓮의 詩壇鐵椎 棟樑이 부서졋다
이 江山 壯탄 말을 녯글에 드럿더니
萬死餘生 이 내 몸이 오늘날 구경하니
꿈결인가 참이런가 羽化登仙 아니런가
西山에 日暮하고 東嶺에 月上하니
煙寺暮鍾 어대매뇨 金樽美酒 가득하다
十九日 배를 씌워 九江으로 올나가니
楚漢적 戰場이오 鏡浦의 孤棹로다
虎丘砥柱 다 지나서 蘇州府에 배를 매니
孫仲謨의 壯한 都邑 數萬人家 버려잇고
東門밧 五里許에 赤壁江이 둘녓스니
武昌은 西에 잇고 夏口는 東便이라
山川은 寂廖하고 星月이 照耀한데
鳥鵲이 지져괴니 千古興亡 네 아는가
玲瓏이 달인 石橋 그 아래 배를 타니
含嬌含態 嬋娟美人 날 爲하야 올넛스며
大風樂을 울렷스니 그 소래 嘹亮하다
虎丘寺 黃金塔에 南屛山을 指點하니
七星壇 諸葛祭風 歷歷히 여긔로다
寒山寺金山寺를 차례로 다 본 뒤에
탓던 배 다시 타니 蘇州差使 護行한다
楊州府 江東縣은 五湖水 合流處라
그 가온대 三里石山 百餘丈이 놉핫스니
造化의 無窮함을 測量키 어렵도다

汪家庄 또 지나니 어느덧 五月이라

江南을 離別하고 山東省 드러오니

平原曠野 뵈는 穀食 黍稷稻粟뿐이로다

柴草는 極貴하야 수수대를 불싸이고

男女의 衣服들은 다 떨어진 羊皮로다

지져귀며 往來하니 그 形狀 鬼神 같다

豆腐로 싼 수수 煎餅 猪油로 부첫스니

아모리 飢腸인들 참아 엇지 먹을소냐

죽은 사람 入棺하야 길가에 버렷스니

그 棺이 다 썩은 後 白骨이 허여진다

夷狄의 風俗이나 참아 못보리로다

夏五月初三日에 燕京에 다다르니

皇極殿 놉흔 집이 太淸門에 소사낫다

天子의 都邑이라 雄壯은 하거니와

人民의 豪奢함과 山川의 秀麗함은

比較하야 볼작시면 江南을 싸를소냐

寶貨 실흔 江南배는 城中으로 往來하고

山東에 심은 버들 皇都에 다핫스니

三伏에 往來行人 더운 줄 이졋서라

禮部로 드러가서 速速治送 바랏더니

皇帝게 알왼 後에 朝鮮舘에 머물나네

이 아니 반가온가 절하고 나와보니

鋪陳飮食 아모리 極盡하나

江南에 比較하면 十倍나 못하고나

온 갓 구경 다한 後에 本國으로 가라 하니

이 아니 즐거우냐 우슴이 절로 난다

太平車 各各 타고 山海關 나와보매

萬里長城 여긔로다 瀋陽으로 드러오니

鳳凰城將 나를 마자 江南구경 하온 말삼

차례로 다 무른 後 欽歎不已하는고나

그대는 奇男子라 이런 壯觀 하엿스니

本國에 도라감을 엇지 다시 근심하리

이곳을 써나오니 無人之境 七百里라

鴨綠江 바라보고 護行官 離別한다

閏六月初四日에 義州府로 건너왓다

府尹이 그 뉘신고 沈知縣이 慰問한다

醫官으로 問病하고 衣服一襲 보내엿다

三日을 묵은 뒤에 次次로 轉進하야

臨津江 다다르니 오는 사람 그 뉘신고

家親의 一封書를 마조와서 젼하엿네

손으로 바다쥐니 가슴이 抑塞한다

半晌을 鎭定하야 눈물로 써여보니

밋친 듯 어린 듯 精神이 恍惚하야

因하야 배를 건너 晝夜에 倍道하니

延秋門이 여긔로다 畿營 압헤 말을 나려

巡相게 뵈온 後에 雇馬廳에 물너오니

惶悚홉다 우리 家親 몬져 와 기다리네

절하야 뵈온 後에 두 손목 서로 잡고

脉脉히 相對하니 하올 말삼 전혀 업네
聖上의 命을 바다 相府로 드러오니
어느덧 傳敎하사 五衛將 시기시고
肅拜를 못하여서 全州中軍 相換敎旨
차례로 맛기시니 聖恩도 罔極할사
明日에 謝恩하고 因하야 入侍하니
中國의 山川 險阻 江南의 人心 厚薄
이목의 듯고 본 것 細細히 무르시고
또 傳敎 나리오사 장부 赴任하라시니
殿陛上 咫尺間에 玉音이 丁寧하다
어화 이 내 몸이 遐鄕의 一賤夫로
海島中 죽을 목숨 天幸으로 다시 사라
天下大觀 古今遺蹟 歷歷히 다 보고서
故國에 生還하야 父母妻子 相對하고
또 이날 天恩 입어 非分之職 하엿스니
運數도 奇異할사 轉禍爲福 되엿도다
이 벼슬 瓜滿하고 故土로 도라가서
父母게 孝養하며 지낸 實事 글 만들어
豪壯한 漂海光景 後進에게 니르과져
天下에 危險한 일 지내노니 快하도다

2. 「표해록」 원문[1] 및 주해

탐나 북촌셔 사눈 니방악[2]은 셰터 무과로 급제ᄒ여 츙익쟝[3]을 디 내고 슈유[4]바다 집의 도라왓더니 가경원년 병진[5] 츄구월이십팔일[6] 의 츄경을 ᄯ라 션한 니뉴보등 칠인[7]으로 더부러 져녁조슈의 어졍 을 ᄐ고 동남으로 향ᄒ여 풍셕[8]을 놉히 달고 잔잔흔 ᄇ람을 조차가 더니 셕양은 원산[9]의 빗최엿고 믈비츤 깁[10]을 편듯ᄒ니 ᄇ야흐로 팔 인이 즐겨ᄒ더니 홀연 셔븍간으로셔 일진광풍이 이러나매 태산ᄀᆺ튼 믈결이 하눌의 다하시니 쥬듕인이 황망ᄒ여 밋쳐 손을 놀니디 못ᄒ

---

1) 원문은 붙여 쓰기로 되어 있음.
2) 이방익의 오기(誤記). 이로 미루어 이 글은 이방익이 쓴 원본을 베낀 것으로 판단되나 내용으로 미루어볼 때 이방익이 쓴 진본이 존재했었다는 증거가 되 는 것이며 그나마 이 글이 남겨져 있음은 이방익 연구에 큰 보탬이 된다.
3) 충장장의 오기라고 할 수는 없다. 당시 위(衛)의 구분이 명백하지 않아 이 두 호칭이 혼용되고 있었다.
4) 수유(受由): 휴가를 얻음, 말미를 얻음.
5) 가경(嘉慶)은 청나라 가경제의 연호이며 그 원년 병진해는 1796년(정조 20)이 다.
6) 9월 20일의 오기이다.
7) 선한(船漢) 이유보는 선주이고 동승한 사람은 같은 마을에 사는 이은성, 김대 성, 윤성임, 이방언(재종제), 그리고 사환 김대옥, 임성주임을 『일성록』에서 밝히고 있다.
8) 풍석(風席)은 돛 또는 돛의 재료.
9) 여기서는 한라산.
10) 깁: 거칠게 짠 비단.

니 아모리 용밍ᄒ들 엇디 살기을 ᄇ라리오.[11]

졈졈 야심ᄒ고 풍낭은 갈ᄉ록 흉심ᄒ니 일엽어졍은 ᄇ람과 믈결을 조차 ᄀ업시 가니 슬프다 ᄎ신이[12] 젼생의 무슴죄로 하직업ᄂ 니별인고. 사롬의 죽으믄 예ᄉ로뎌 어복의 영장ᄒ믄 이 아니 지원[13]ᄒᆫ가. 부모쳐ᄌ 손곱아 도라오믈 기ᄃ리ᄂ 거동을 ᄉᆼ각ᄒᆯᄉ록 망극ᄒ다. ᄒ로이틀 굴머가니 긔갈은 ᄌ심ᄒ고 살 길히 망연ᄒ다.

수일이 디난 후의 명텬이 감동ᄒ샤 대우롤 ᄂ리오시니 팔인이 풍셕의 돌니여 낙슈을 닙으로 ᄲ먹으니 조갈은 진졍ᄒ나 입의셔 피가 나며 복통이 ᄌ심ᄒ니 죽기ᄂ ᄌ분[14]ᄒ거니와 향ᄒ야 갈 바롤 아디 못ᄒ니 날이 새면 낫진 줄 알고 어두오면 밤인 줄 아라 동남을 향ᄒ여 가더니 수일 후의 먼니셔 ᄇ라보니 큰 셤 세히 동남간으로 은은이 뵈거ᄂᆯ ᄆ음의 ᄉᆼ각ᄒ되 일본국인가 ᄒ며 남은 졍신을 츌혀 힘을 다ᄒ여 가더니 졈졈 갓가이 오매 날이 임의 어둡고 풍셰 졈졈 변ᄒ야 동남으로 거ᄉ리[15] 달힐 길 업고 경긱[16]간의 셤을 버셔나니 또 셤은 보디 못ᄒ고 대양의 표탕ᄒ여 믈결의 츌몰ᄒ니 잇ᄊ의 식음을 젼폐ᄒ연디 임의 오뉵일이라.

져즌 의복을 동히고 하ᄂᆯ을 부르지져 죽기만 ᄇ라더니 홀연 션두로셔 션판치ᄂ 소리 나거ᄂᆯ 비가 믈결의 다질녀 ᄊ어지ᄂ 소린가 급히 나가보니 ᄌ 남은 고기 ᄲᅱ여드럿거ᄂᆯ ᄉᆼ으로 급히 버혀 팔인이

---

11) 본문에는 띄어쓰기와 마침표가 없으나 필자가 임의로 표기한다.

12) 이 내 몸이.

13) 지원(至冤): 매우 원통함.

14) 자분(自分—분수에 맞음)의 오기.

15) 거슬려.

16) 경각(頃刻).

눈화먹으니 경긱의 면ᄉᆞ[17]혼 후 서로 정신을 슈습ᄒᆞ니 이샹홈도 이샹ᄒᆞ다. 챵텬이 도으신가 히신이 주신 것가 이곳[18] 아니면 죽을 낫다 우리 팔인이 얻디 살니 ᄒᆞ고 서로 울며 치샤ᄒᆞ더니,

십월초ᄉᆞ일[19]의 됴일[20]이 놉흐며 큰섬이 뵈거놀 팔인이 혼가지로 ᄀᆞᄅᆞ쳐 이제는 우리 사라나리로다. 비돗딕와 키롤 일헛ᄂᆞᆫ디라 인력으로 엇지 ᄒᆞ리오. 풍낭의 님의로 츌몰ᄒᆞ여 계유[21] 섬 북언덕의 다히고 졍신을 슈습ᄒᆞ여 서로 붓들고 언덕의 긔여올나 도라보니 비는 믈결의 셰여지고 셕경은 춤암[22]혼딕 졍신이 혼미ᄒᆞ여 셰샹인 듯 구쳔인 듯 팔인이 언덕을 의지ᄒᆞ여 누엇더니 이윽고 졍신을 출혀 ᄉᆞ면을 도라보니 고국은 망망ᄒᆞ고 안하의 뵈는 거시 만경챵파의 무인지경이오 외로온 섬뿐이라.

히음업슨[23] 눈믈이 비오듯 ᄒᆞ고 인가을 엇디 ᄒᆞ면 ᄎᆞᄌᆞᆯ고 서로 보며 니ᄅᆞ더니 홀연 혼 사롬이 먼니셔 여허보고[24] 가더니 식경이 남은 후의 수빅인이 혼가지로 니어오며 므슨 말을 지져괴며 갓가이 다ᄃᆞ거놀 다시 보니 나는 듕국사롬인 줄 아되 칠인은 서로 울며 니로되 이ᄯᅡ흔 어닉 나라히며 져 오는 사롬은 엇던 사롬인고? 우리 ᄉᆞ셩을

---

17) 면사(免死): 죽음을 면함.
18) 이것.
19) 이방익이 표착한 때를 여기서 그리고 「표해가」에서도 10월 초4일이라고 한 반면 이방익이 정조를 만난 자리에서 그리고 박지원을 만나서는 10월 6일이라고 말하고 있는데 이방익이 16일간 표류했으니 10월 6일에 표착했다고 보아야 할 것이다.
20) 조일(朝日): 아침에 뜨는 해.
21) 겨우.
22) 참암(巉巖): 가파르고 험함.
23) 하염없는.
24) 엿보고.

오히려 아디 못ᄒ리로다. 내 니로디 뎡미년의 무겸션뎐관으로 시위의 셔실 새²⁵⁾ 듕국사ᄅ롬의 의복 모양을 보니 시방 뎌 오는 사ᄅ롬과 ᄒ 가지니 죠곰도 의심티 말고 이시라 ᄒ엿더니 수빅인이 와 둘너셔셔 서로 보며 므ᄉ 말을 이ᄅ들 엇디 알니오.

우리 팔인의 의지ᄒ여 젼부 ᄒ는 거동을 보고 혹 붓들며 혹 ᄭᆞ으러가니 위ᄒ고 영거ᄒ여²⁶⁾ 가는 ᄯ시 감샤ᄒ더라. 삼니는 가더니 삼십여호 대촌이 다 기와집이오, 계견우마가 다르미 업더라. 구경ᄒ는 사ᄅ롬이 길이 메여시나 긔갈이 ᄌ시ᄆ매 서로 통졍홀 길이 업ᄂ디라. 즉시 집으로 드리거ᄂ놀 입을 ᄀ르치고 비ᄅ롤 두ᄃ려 긔갈을 이긔디 못ᄒ는 거동을 뵈니 즉시 미음을 나오고 져즌 옷ᄉ 벗겨 말뇌여 닙히니 은근ᄒ 거동이 아국사ᄅ롬과 ᄀᆮ더라.

일야ᄅ롤 디닌 후 졍신이 졈졈 나으니 죽을 ᄆᆞᆷ은 젹고 언제나 고국의 도라갈고 반반²⁷⁾ᄒ 눈믈이 옷시 졋더니 느즌 후 방 밧긔 나와 보니 큰 공ᄒ집의 현판이 문 우히 잇ᄂ디 곤덕빅쳔당²⁸⁾이라 ᄒ엿거ᄂ놀 글노ᄡᅥ 므른즉 답ᄒ되 이곳ᄌᆫ 듕국 복건셩 밧셤 펑호부지경이라 ᄒ더라. 졉디ᄒ는 것과 공궤ᄒ는 거시 다 극진ᄒ니 졈졈 소복²⁹⁾ᄒ여 눅칠 일을 머믄 후의 팔인이 다ᄒᆡᆼ이 여샹³⁰⁾하믈 보고 ᄉ재³¹⁾와 글노ᄡᅥ

---

25) 정미년은 1787년(정조 11)이며 당시 이방익은 무겸선전관으로 청나라 사신이 왔을 때 임금을 호위하였기 때문에 청나라 사람의 복장을 익히 알고 있었다.

26) 영거(領去)하다: 함께 데리고 가다.

27) 반반(斑斑): 얼룩지다.

28) 곤덕배천당(坤德配天堂): 마조교(媽祖教)의 교리로 땅과 하늘의 은덕을 기리는 집이라는 뜻.

29) 소복(蘇復)하다: 원기가 회복되다.

30) 여상하다: 평소와 같다.

31) 사자(使者): 명령을 받아 시중드는 사람.

니로딕 마궁딕인[32]이 너희롤 불너 문목ᄒᆞ려[33]ᄒᆞ니 나오라 ᄒᆞ거ᄂᆞᆯ 즉시 나가니 붓드러 치면의 올니고 오리롤 가니 마궁아문이라. 당 좌우의 수빅 치션[34]을 미엿고 치션 우희 그림집이 단쳥이 영농ᄒᆞ여 믈 속의 빗최니 눈이 현황ᄒᆞ여 그림 속으로 가ᄂᆞᆺ 듯ᄒᆞ더라.

스재 인도ᄒᆞ여 세 문을 디나 소리롤 세 번 놉히 부르매 일인을 옹위ᄒᆞ여 나오거ᄂᆞᆯ ᄌᆞ시 보니 몸의 홍포롤 닙고 압히 홍일산을 밧고 교위의 단졍이 안ᄌᆞ시니 모양이 엄연ᄒᆞ고 위풍이 늠늠ᄒᆞ니[35] 진짓 긔남ᄌᆞ[36]러라. 대인 잇ᄂᆞᆫ 집을 솔펴보니 층층ᄒᆞᆫ 화각이오 좌우힝각은 몃 간인지 모롤너라. 딕샹 뫼신 사롬 팔십여 인이 오ᄉᆡ문비단군복을 닙고 흉비 붓치고 환도 ᄎᆞ시며 뎡하의 수업슨 군졸들은 홍의와 황의롤 닙고 듁곤댱을 집고 능쟝[37]을 가져스며 머리의 쁜거슨 아국 각소 셔리승두[38] 갓트되 홍젼으로 ᄡᅡ고 두셕증ᄌᆞ[39]을 붓치고 빅노깃슬 달고 황농긔 두 ᄡᅡᆼ 뉴졍[40] 두 ᄡᅡᆼ 좌우의 버러시니 위의 엄슉ᄒᆞ고 풍치 동탕[41]ᄒᆞ더라.

대인이 팔인을 블너 므르딕 여등이 어딕 사롬이며 무ᄉᆞᆷ 일을 인연ᄒᆞ여 어늬 돌 어늬 날의 비롤 타며 어늬 날 풍낭을 만나 몃날 만의 이

---

32) 마궁(馬宮 또는 媽宮)은 마조신을 모시는 사당인 듯하며 마궁대인은 그 우두머리.
33) 문목(問目)하다: 조목조목 심문하다.
34) 채선(彩船): 아름답게 단청한 배.
35) 늠늠하다: 마음이 너그럽고 활달하다.
36) 기남자(奇男子): 기이한 남자.
37) 능장(稜杖): 대궐문의 출입을 막고자 어긋나게 세우는 장대.
38) 각서리 승두: 동냥하는 중이 쓴 모자.
39) 두석증자: 모자에 붙이는 금속제 장식품.
40) 유쟁(鍮錚): 징.
41) 동탕하다: 보기 좋게 살이 찌고 잘 생기다.

곳에 왔는다 ㅎ거놀 답왈 됴션국 젼쥬부 사룸[42]으로서 무미[43]츠로 구
월이십일의 비룰 툿너니 듕야의 니르러 풍낭을 만나 파도듕의 츌몰
ㅎ연지 십삼일만[44]의 다힝이 대국디경의 이르러 대인의 권애ㅎ시는
덕을 닙어 니예 사라소오니 밧비 도라보니샤 부모쳐즈을 다시 샹면
케 ㅎ쇼셔 답ㅎ딕 너희 경상이 블샹ㅎ니 아딕 믈너가 편히 머믈나 ㅎ
고 차룰 권혼 후 소쟈로 인도ㅎ거놀 쏘라오더니 다시 브르는 소리 나
거놀 도라보니 칠인은 보니고 너만 부른다 ㅎ거놀 드러가니 셔벽의
나즌 교위에 남문대단방석[45]을 노코 안즈라 ㅎ거놀 수양티 못ㅎ여
안즈니 대인이 므로딕 네 비록 긔곤ㅎ나 칠인의 동뉴 아니라 응당
낭유로 비에 올낫다가 풍낭의 쪼치인 배 되여 이예 왓도다. 긔이[46]
디 말라 ㅎ니 그 지감이 과인ㅎ매 긔이디 못ㅎ여 벼슬하던 말과 고
향의 도라가 츄경을 쏘라 노다가 풍낭의 쪼치인 바룰 낫낫치 니르
니 대인이 ㄱ로딕 귀공이 나의 명감을 긔이려 ㅎ는다.[47] 즉시 가졍[48]
을 명ㅎ야 차룰 권ㅎ고 안흐로셔 소찬을 내여주며 왈 이 쏟흔 남방
극변히도 듕이라 조급히 말고 안심ㅎ여 잇다가 도라가기을 원ㅎ라.

소쟈로 인도하여 읍ㅎ고 내여보니니 혼 큰 공희로 향ㅎ여 가는디

---

42) 옛적 안남상선이 제주에 표착했을 때 보물을 빼앗기고 목숨까지 잃은 일이
   있어 제주사람들은 타국에 가서 전주 등 육지 사람으로 둘러대곤 한다.
43) 쌀장사.
44) 16일만으로 이해하여야 할 것이다.
45) 남색 무늬의 대방석이라 사료됨.
46) 기이다: 속이다.
47) 이방익이 전주사람으로 쌀장사하러 배를 탔다가 풍랑을 만났다고 거짓말을
   하였으나 마궁대인은 이방익이 속이는 말임을 알아차렸고 이를 추궁하자 이
   방익은 마궁대인의 지감(직감)에 놀라며 자신이 여차여차한 벼슬을 했고 고향
   제주에서 추경을 즐기다가 풍랑을 만났다고 이실직고했음을 알 수 있다.
48) 가정(家丁): 집에서 일하는 남자 일꾼.

라. 샅라가며 ᄌ셰이 보니 좌우의 슈노흔 삿ᄌ리[49]로 좌우헝각을 덥
허 음식 민드는 사롬을 안쳐 셕탄을 픠오고 어육을 노코 치소 등믈을
무수이 뽓핫더라. 듕문을 드러가니 큰집 흔 간의 관왕[50]금샹을 크게
ᄒ여 안치고 좌우의 평샹을 느러노코 빅젼을 펴고 그 우히 홍젼과
유록단포진[51]을 펴고 죽침과 슈금을 각각 펴시니 눈이 찬란ᄒ여 안
즐 곳을 뎡치 못홀너라. 이윽고 미음과 계고을 권ᄒ고 큰샹을 화샹
압희 노코 음식을 ᄎ례로 나오니 본 바 처음이오 손이 썰여 먹을 바
ᄅ 아디 못홀너라. 쌔쌔마다 산슈뉵군ᄌ탕을 지어 먹이니 이는 풍낭
의 샹ᄒ고 주린 긔운을 화슌케 ᄒ미라. 엇디 감격디 아니리오.

십여일을 구료흔 후의 ᄉ재 굴오디 이제 너희롤 평호부로 더브러
갈 거시니 힝장을 수습ᄒ라 ᄒ거놀 힝장을 다ᄉ려가지고 ᄉ쟈롤 쌋
라 문의 나가니 발셔 문밧긔 수레을 디령ᄒ엿눈더라. 사재 흔가지로
오ᄅ고 칠인은 아니올니거놀 병든 니뉴보을 계유 올니고 오리눈 가
니 큰집이 잇눈디 현판의 문희원이라 좌우거리의 오셕삿ᄌ리로 길
우히 히를 ᄀ리왓고 금은치단 미포지젼[52]을 ᄎ례로 버러시니 보기의
찰난ᄒ고 향긔쵹비ᄒ더라. 구경ᄒ눈 사롬이 ᄀ득ᄒ여 황셩강민강과
귤유지속을 술위[53]로 채오니 남방풍속이 순후인ᄌᄒ믈 가지러라.

녀인의 의복은 쇼년은 홍샹의 분홍당의을 닙고도 홍씨을 씌고 머
리의 화관 쁘고 구슬을 얼거 오셕비단 쏫츨 금줌의 쌔여 흔 편의 셋
식 쏫고 압희는 금거복을 만드러 온갓 노리개를 드라미엿고 단초의

---

49) 갈대를 여러 가닥으로 줄지어 매거나 묶어서 만든 자리.
50) 관운장.
51) 유록단포진(柳綠段鋪陳): 버드나무잎 색깔의 비단으로 만든 방석이거나 자리.
52) 미포지전(米布紙錢): 쌀과 피륙 그리고 종이돈.
53) 수레.

줄향을 충충이 ᄃ라시니 거름마다 징영소리와 염염ᄒ 틱도의 혹 노시 도투며[54] 우산도 밧치며 혹 교ᄌ의 구슬발도 드리오고 ᄒ 빵 아희를 곱게 ᄭᆷ여 아러 셰워시니 녀인의 녜모도 다르미 업더라.

펑호부의 니른즉 놉흔셩이 십댱이나 ᄒ고 인가도 뇨밀[55]ᄒ여 다 와가요 큰길좌우의 수음[56]이 은은ᄒ여 해빗츨 ᄀ리오고 나모마다 잔나비을 쇠줄로 ᄆᆡ여셔 얽켜 지조ᄒ니 보매 이샹ᄒ고 ᄉᆞᄉ집이 충충ᄒ 누뎍의 단청이 영농ᄒ고 노릭소리 쳐쳐의 나더라.

그 ᄭᆞ히 감졔[57]라 ᄒᆞᄂᆞᆫ 거시 무우 갓흐되 맛시 돌고 먹으면 비도 부로디 긔운을 나리오고 ᄯ 화싱[58]이라 ᄒᆞᄂᆞᆫ 것슨 콩 ᄀᆞᆺ고 마시 비린 거술 복가 기름을 내여 아국 진유[59] ᄡᅳ듯 ᄒ더라.

일삭[60]이나 머믈매 고국으로 도라올 ᄆᆞᄋᆞᆷ이 삼츄 ᄀᆞᄐᆞ니 이런 가려ᄒ[61] 경쳐도 구경홀 ᄆᆞᄋᆞᆷ이 업셔 밧비 도라가기를 쳥ᄒ니 답ᄒ되 연일 악풍이 니러나니 엇디 가리오. 잠간 풍셰을 기ᄃᆞ려 발ᄒᆡᆼᄒᆞ라 ᄒ니 홀일 업셔 ᄯ 수일을 머무더니 일일은 의복을 ᄒ여 왓거ᄂᆞᆯ ᄌ시 본즉 두루막이와 휘향[62] 보션이니 졔도는 다르나 죡히 어한[63]은 ᄒᆞᆯ너라. ᄯ 도라가믈 ᄀᆞ쳥ᄒ니 관부가 졍냥명영이디 왈 너희 표풍ᄒ여 이리 온 연유를 몬져 이문ᄒ여 틱만부로 보니여시디 이제 너ᄒᆡ

---

54) 같으며.
55) 요밀(要密): 빈틈없음.
56) 수음(樹蔭): 나무그늘.
57) 고구마로 추정됨.
58) 낙화생.
59) 진유(眞油): 참기름.
60) 일삭(一朔)은 한 달.
61) 가려(佳麗)한: 경치가 곱고 산뜻함.
62) 휘항(揮項): 머리에서 목덜미까지 덮는 방한모로 휘양이라고도 함.
63) 어한(禦寒): 추위를 막음.

톨 몰[64]이 아니오니 아딕 유ᄒ라 ᄒ더니 십일월이십뉵일[65]의 관부의
셔 은ᄌ 이십 냥과 젼문[66] 이십 냥을 주며 닐오대 너히 힝니롤 이럿
ᄐ시 ᄌ별이 ᄒ니 북향길이 만여 리오 ᄯ 텬귀 극한ᄒ니 어한지졀을
초솔이[67] 못ᄒᆯ거시니 오래 머믈미 이 연괴라. 금일은 일긔 화슌ᄒ니
힝션ᄒ염즉 ᄒ다라, 식후의 힝ᄒ라 ᄒ고 즉시 호송관을 쳥ᄒ여 ᄯ나날
시 우왈 명츈으로ᄂ 고국의 도라가리니 몸을 각별 보듕ᄒ라 ᄒ고 젼
문 넉 냥식 주고 셜연[68] 젼송ᄒ니 은근ᄒ 졍이 감샤ᄒ더라.

이날 마공 앏히셔 비을 ᄐ고 셔븍간[69]을 향ᄒ여 갈시 일긔 명낭ᄒ
고 풍셰 화슌ᄒ니 비가 ᄲ르기 살가듯 ᄒᄂ지라. 무변대하를 오일
만[70]의 득달ᄒ니 ᄯ호 셤이로디 슈구 좌우 너른 션챵의 단쳥ᄒ 어졍
과 샹고의 비드리 강을 막아시니 그 수를 아지 못ᄒ너라. 화각이 믈
가온디 소사시니 증븍[71]소리 밤이 시고 등쵹을 셋 식 넷 식 드라시니
ᄉ월초팔일 관등이 엇디 이러ᄒ리오. 지화의 풍죡홈과 인믈의 번셩
ᄒ믄 본 바 처음이오 좌우의 구경ᄒᄂ 사룸은 호샤을 비길디 업더라.

---

64) 탈 것.
65) 이방익 등이 바람이 잦아들 때까지 기다려 11월 26일에 대만으로 출발하였
   으니 그들은 팽호도에서 50일을 묵었다는 계산이 나온다.
66) 젼문(錢文): 돈. 여기서는 은화보다 가치가 낮은 금속화폐인 듯함.
67) 초솔하다: 보잘 것 없이 여기다.
68) 셜연(設宴): 연회를 베풀다.
69) 동남간의 오기.
70) 본문과 「표해가」에서는 팽호도에서 대만까지 5일만에 당도한 것으로 표기
   되었으나 이방익은 정조 앞에서 그리고 박지원에게는 2일만에 대만에 도착했
   다고 말했다. (『승정원일기』 및 「서이방익사」) 팽호도에서 대만 서안까지가
   직선거리로 약 20km이고 대북까지는 약 120km, 하문까지 약 120km인데
   나중에 대북에서 팽호도를 거쳐 하문으로 이동할 때 10일이 걸린 점을 감안
   하면 5일이 걸린 것이 맞을 것이다.
71) 종북: 종과 북.

호송ᄒᆞ는 수쟈 왕감과 진번이 몬져 비의 ᄂᆞ려 니로디 나는 즉금 틱만부의 문부 드리라 가니 아딕 기ᄃᆞ리라 ᄒᆞ고 가더니 밤신 후 진번이 도라와 비을 다히며 가쟈 ᄒᆞ거ᄂᆞᆯ 핑호부 션인을 니별ᄒᆞ고 오리ᄂᆞᆫ 가니 이ᄂᆞᆫ 틱만부 북문 밧기라.

누대의 통챵[72]홈과 셩쳡이 웅쟝ᄒᆞ더라. 좌우 져지마다 오식유리등을 다라 쥬야로 블을 혀고 셩안 관부 오리 스이에 인가 연쇽ᄒᆞ엿ᄂᆞᆫ디 오식기와로 니어시며 집집이 치롱을 믿드러 이샹ᄒᆞᆫ 새들을 너허 경경이 소릭ᄒᆞ고 토산은 인솸, 녹용, 비단, 피물[73]이라. 관부의 다ᄃᆞ라니 층문누 우희 샹산부라 ᄒᆞ엿고 익낭 좌우의 뉵조을 버렷ᄂᆞᆫ디라. 이ᄂᆞᆫ 비에 거쳐 ᄒᆞ는 집이라. 이집의 햐쳐ᄒᆞ고 칠일을 유숙ᄒᆞ니 공궤지졀이 다 진슈미찬일너라. 수쟈 등기산으로 ᄒᆞ여곰 ᄆᆡ일 ᄆᆡ 명의 빅미 두 되 소젼 ᄒᆞᆫ 냥식 차하ᄒᆞ니[74] 식도ᄂᆞᆫ 넉넉ᄒᆞ나 밤은 길고 긱수ᄂᆞᆫ 새로오니 고향싱각이 날로 더으니 히음업시 병이 되여 침셕의 좀좀ᄒᆞ여 경업시[75] 누엇더니 션비[76]라 ᄒᆞ는 사룸 소오인이 드러오ᄂᆞᆫ디 의관은 다르나 거동이 단졍ᄒᆞ더라. 따라온 사룸으로 두어 봉 믈죵[77]을 가지고와 주며 위로 왈 그디 우리로 더브러 각각 텬이[78]의 이셔 금일 서로 ᄒᆞᆫ 자리의 안즈니 엇디 텬연[79]이 아니리오. 이제 귀공의 병을 보니 신병이 아니오 슈희로 난 병이니 엇디 심녀을 과히 ᄒᆞ여 병이

---

72) 통창하다: 시원스럽게 넓고 환하다.

73) 가죽제품.

74) 차하하다: 돈을 대주거나 뒤를 대주다.

75) 경황없이.

76) 선비.

77) 물종(物種): 물건 또는 물건의 종류.

78) 천애(天涯): 아득하게 멀리 떨어진 낯선 곳.

79) 천연(天緣): 하늘이 맺어준 인연.

되게 ᄒᆞ리오. 오래지 아녀 우리 관부로셔 출ᄒᆞ 슌풍을 기ᄃᆞ려 치송ᄒᆞᆯ 거시니 너모 과려치 말고 십분 관회[80]ᄒᆞ여 수이 도라가 부모의게 효양ᄒᆞ믈 싱각ᄒᆞ라. 수작을 종일 ᄒᆞ니 대국사름의 관곡[81]ᄒᆞ미 다르더라.

십이월초 십일의 본부 왕공이 쳥혼ᄃᆞ ᄒᆞ거늘 칠인을 ᄃᆞ리고 아문의 가니 이ᄉᆡ 귤유 만명ᄒᆞ고 황국과 단풍이 서로 빗츨 다토ᄂᆞᆫ 온갖 새소리ᄂᆞᆫ 원긱의 수심을 도으니 히음업시 눈믈이 의금에 젓ᄂᆞᆫ 줄 ᄉᆡ닷디 못ᄒᆞᆯ너라.

도총 병부ᄉᆞ쟈 와 ᄀᆞᆯ오ᄃᆡ 우리 삼 대인이 여등을 샹ᄉᆞᄒᆞ랴 부른다 ᄒᆞ거놀 쥭님을 디나 먼니 ᄇᆞ라보니 빅사당 광야의 큰 아문이 이시ᄃᆡ 문밧긔 긔ᄃᆡ을 놉히 셰우고 긔에 ᄡᅥ시ᄃᆡ 샹산졔 즉 병부총수 긔라 ᄒᆞ엿고 쳔병만마 ᄎᆞ례로 버러시니 검극이 슘엄ᄒᆞ고 일셩방포의 졔쟝이 교위ᄅᆞᆯ 놉히 노코 군졸을 호령ᄒᆞ니 군용이 엄슉ᄒᆞ더라. 인ᄒᆞ여 셰 운문을 디나니 ᄉᆞ면의 우믈도 이스며 석가산石假山[82]을 무어 그 우희 화초를 심거시니 오쇠미화 가지가지 ᄭᅩᆺ치 픠엿고 쳥됴와 와 빅금은 ᄭᅩᆺ 스이의 섯도라 소리ᄒᆞ고 미록과 쟝원[83]은 무리지어 오쇠와가 속으로 이리져리 왕ᄂᆡᄒᆞ니 경기 졀승ᄒᆞ여 그림속 갓더라. 졈졈 드러가니 향긔ᄂᆞᆫ 습의[84]ᄒᆞ고 층층ᄒᆞᆫ 벽계의 화각이 소삿ᄂᆞᆫᄃᆡ ᄇᆞ라보니 화양당이라 현판 ᄒᆞ엿더라.

ᄒᆞᆫ 간 교위 우희 홍젼과 홍문단을 걸치고 네 관쟝이 안ᄌᆞ시니 좌

---

80) 관위(寬慰-너그럽게 마음을 가짐)의 오기.
81) 관곡: 간곡의 오기.
82) 작은 돌들을 쌓아 조그만 산처럼 만든 정원.
83) 미록장원(麋鹿獐猿): 사슴과 노루와 원숭이.
84) 옷에 스며듦.

우 졔장이 ᄎ례로 버러 군법을 다ᄉ리니 위엄이 심히 엄졍ᄒ더라. 뎨일은 안찰ᄉ겸 퇴만죠 뉴디공이오 뎨이ᄂ 퇴만부 냥초긔오 뎨삼은 무수졔독퇴만진퇴쟝이오뎨 ᄉᄂ 퇴만현령 문최러라.[85] 팔인을 블너 당젼 갓가이 안치고 문왈 네 고국의셔 무ᄉ 벼슬 ᄒ여시며 ᄒ가지로 온 사ᄅᆷ은 무ᄉ 품직이며 무ᄉ 일을 인연ᄒ여 비의 올나 풍낭을 만나 몃 날만의 펑호부 밧 셤의 오시며 샹호 사ᄅᆷ이나 업ᄂ다 ᄒ거ᄂᆯ 답왈 나ᄂ 본국의 이신즉 통졍무신의 션젼관을 디내고 그 남은 사ᄅᆷ은 직품이 업고 금년 구월십일[86]의 무미ᄎ로 승션ᄒ엿다가 풍낭을 만나 십삼일[87]만의 팽호부의 드러왓노라 ᄒ니 왈 너희 졍경이 가련ᄒ니 은ᄌ와 식믈노 졍표홀 거시니 아직 나가 평안이 이시라 ᄒ거ᄂᆯ 도라 오ᄂᆫ 길히 본셩 총수 슌무 대인이라 ᄒᄂᆫ 사ᄅᆷ을 본즉 그 대인이 왈 너희ᄅᆯ 잘 치송홀 거시니 염녀 말라. 답왈 표류ᄒ연지 삼 삭이 디나 시니 도라갈 ᄆᆞ음이 급ᄒᆫ지라 엇디 일시 머믈 ᄯᅳ시 이시리오. ᄇ라 건디 수이 도라갈 도리ᄅᆯ ᄒ여 주쇼셔. 답왈 ᄇ람을 기ᄃ리니 염녀 말라 ᄒ고 관부로 은ᄌ 삼십이 원과 양찬을 후히 ᄒ고 날마다 ᄉᄌᆞᄅᆯ 보내여 안부을 뭇더라.

ᄂᆔ칠 일을 머문 후의 션쳑을 등디ᄒ고[88] 본현ᄉᄌᆞ 금명의 발ᄒᆡᆼᄒ리 라 ᄒ거ᄂᆯ 뎡도[89]ᄅᆯ 무른즉 답왈 퇴만부로브터 하문본부의 가기 슈 로로 십일 일뎡이오 하문부에셔 복주셩셩이 이십삼일뎡이오 게셔

---

85) 네 관장은 안찰사 유대공, 대만부 양초기, 무수제독 진태장, 대만현령 문최 로 대만의 최고 통치자들임을 알 수 있다.
86) 9월 20일의 오기 또는 오답.
87) 13일의 오기 또는 오답.
88) 선책을 등대하다: 배(船隻)을 마련(等待)하다.
89) 정도(程道): 노정.

황성이 뉵쳔팔빅니라 ᄒ거늘 드르매 졍신이 아득ᄒ여 도라갈 ᄯᅳᆺ이
업셔 눈물이 시암솟둣 ᄒᄂᆫ디라. 소쟈 등기산을 불너 수이 ᄒᆡᆼ션홀 도
리롤 쳥ᄒᆫ즉 답왈 귀공의 톨 몰을 아딕 ᄼᅮ미디 못ᄒ엿노라 ᄒ거늘 즐
왈⁹⁰⁾ ᄇᆞ람을 기ᄃᆞ려 발션ᄒ리라 ᄒ더니 이제ᄀ디 아니 ᄼᅮ몃노라 ᄒ니
엇진 말고. 비록 슌풍을 만나시나 가디 못ᄒ고 이실가 시브냐 기산
이 디왈 ᄒᆞᆫ갓 션구도 ᄼᅮ미디 못홀 ᄲᅮᆫ아녀 아딕 풍셰불슌ᄒ니 귀공은
안심ᄒ여 근심말나 ᄒ더니 이십오일의 위관이 봉산현 슾검ᄌ 환쟝
으로 ᄒ여 치송ᄒ라 ᄒ고 의복 일습과 냥찬을 주고 쟝막을 믈ᄀ의
베플고 쥬육을 셩비이 ᄒ여 젼송ᄒ더라.

금일 묘시량⁹¹⁾의 승션ᄒ여 셔북을 향ᄒ여 ᄒᆡᆼ션홀 시 비의셔 냥일을
디낸 후 풍셰 끈쳐지고 슈셰 잔잔ᄒ니 ᄒᆡᆼ션홀 길히 업셔 도로 마궁
젼양의 다히니 듕군 뇌공이라 ᄒᄂᆫ 사룸이 일엽쇼션을 ᄐᆞ고와 은근
이 무러 왈 너희가 명년 삼ᄾᆞ월간으로야 가히 귀국으로 도라갈 거시
니 죠곰도 수뢰티 말고 가는 길히 듕국 승경이나 잘 보고 가라 ᄒ거
늘 말을 밋쳐 답디 못ᄒ여셔 핑호관 샹공이 글로 써 소쟈을 블너 이
르디 너희ᄂᆞᆫ 외국 만니 밧 사룸으로 표류ᄒ여 이리 와시니 그 간신ᄒ
졍샹이 실노 가긍ᄒᆞᆫ디라. 쟝ᄎᆞᆺ 여간 박믈⁹²⁾노 졍표코쟈 ᄒᄂᆞ니 원컨
대 잠간 오라 ᄒ거늘 칠인을 ᄃᆞ리고 쇼션의 ᄂᆞ려 핑호관 아문의 가니
댱공이 당샹의 ᄂᆞ려 마자드러가 쥬찬을 셩비히 대졉ᄒ고 향초 너 근
과 디엽 두 봉과 젼문 일빅뉵십 냥을 주고 평안이 가믈 당부ᄒ거늘
감샤ᄒᆞᆫ ᄯᅳᆺ을 빅빅 치샤ᄒ니 댱공이 집슈함 누왈⁹³⁾ 오년이 님의 ᄼᅳ십

---

90) 즉왈의 오기.
91) 오전 5시 30분부터 6시 30분가량.
92) 박물(薄物): 변변치 못한 물건.
93) 손을 잡고 또 말하기를.

오셰로디 남녀간 무즈흐니 비록 부귀흐나 텬하 고혼을 엇디 면흐리
오. 이런 연고로 궁익흔 사롬을 보면 주비지심을 이긔디 못ᄒ노라 ᄒ
고 하문부의 간 후 너희 의복과 디졉 잘ᄒ여 주라 소공의게 부탁ᄒ
여시니 념녀말라 ᄒ더라.

이십일의 동남풍이 슌ᄒ거늘 행션ᄒ여 하문부의 갈시 쳔진을 디
나니 쳔진은 남방의 험혼 바다히라. 해적이 만흔 고로 외로온 션쳑
은 능히 건너디 못ᄒ고 여러 비로 눈화 건넌다 ᄒ니 듕국의 도젹환
잇눈 줄 가히 알니러라.

뎡ᄉ년 졍월 초 ᄉ일의 하문부의 니르니[94] 디산이 잇고 뫼 앏희 대
찰 이시니 일홈은 향불ᄉ라 ᄒ더라. 졀 앏희 반셕이 잇고 그 아리 돌
을 파 암즈을 짓고 돌 우희 큰다리 십쟝이나 남고 몸픠[95] 세 아롬이
나 혼 돌이 셧눈디 반셕 우희 큰 솔이 나시니 이눈 쥬즈셔원이니 화
샹을 뫼셧다 ᄒ거늘 텸비ᄒ믈 쳥ᄒ니 소쟤 듯고 변식 왈 네 만니 타국
사롬으로셔 엇디 쥬즈롤 아ᄂ다? 내 또혼 졍색 답왈 죠션은 본대 녜
의롤 슝샹ᄒ눈디라 삼쳑동즈라도 삼쳐롤 쳔하사롬이 셩인이신줄 모
로리오. 소재 듯고 추연이 다시 안즈며 왈 됴션이 녜의지국이라 ᄒ
던 말이 금일이야 쾌히 알괘라 ᄒ더라.

소재 인도ᄒ여 즈양셔원의 드러갈시 큰문 밧긔 좌우의 긔화녹초
을 난만이 심고 현관을 즈양셔원이라 네 즈을 금으로 메웟더라.
동편 져근 믄으로 드러가셔 보니 좌우익낭과 졍면이 아국 셩균관과
ᄀ툿나 광량쇄려ᄒ믄[96] 더 형용티 못ᄒ너라. 갑사비단쟝을 졍면 ᄉ

---

94) 정사년은 1797년이니 이방익 일행은 팽호도에 표착하여 대만을 거쳐 2개월
   만인 정월 초4일에 하문에 도착했음을 알 수 있다.
95) 몸 둘레.
96) 광량쇄려(廣量灑麗): 넓고 깨끗함.

면의 두루고 뎐 압히 사룸[97] 세 쌍을 믿드러 세우고 옷손 다 금슈로 ᄒᆞ여 입히고 향쵹과 셔칙을 밧드러 세웟더라. 텸배홀시 유시[98]드리 좌우로 눈화 뎐 밧긔 서셔 녜수[99]룰 니르고 인ᄒᆞ여 분향ᄒᆞ니 향긔 쵹비[100]ᄒᆞ더라. 비례 필의 군샹을 텸시[101]ᄒᆞ니 엄졍ᄒᆞᆫ 긔운이 사룸의게 쏘일 ᄲᅮᆫ 아녀 므슴 교화의 말ᄉᆞᆷ을 ᄒᆞ시ᄂᆞᆺ 미우[102]간에 거문 ᄉᆞ마귀 잇더라.

녜 필의 졍뎐 밧긔 나오니 수빅 유싱이 갈나셔셔 일시의 읍ᄒᆞ고 당의 몬져 오르라 ᄒᆞ거ᄂᆞᆯ 답녜 후 주긱지녜로 ᄉᆞ양ᄒᆞᆫ즉 유싱이 또 ᄉᆞ양ᄒᆞ다가, 오른 후 차를 가져 몬져 권ᄒᆞ고 즉시 쥬찬을 나오니 음식이 쇄락ᄒᆞ고 유싱의 녜뫼[103] 공슌ᄒᆞ더라. 하문부 관원 구공이 쥬찬을 가지고 와 담화ᄒᆞ니 이ᄂᆞᆫ 본 바 처음일너라. 또 본관이 쥬인된 녜롤 베풀더라.

졍월 십칠일의 하문부로부터 복건셩으로 힝ᄒᆞ여 갈시 대로 교ᄌᆞ롤 믿드러 팔일을 틔오고 가거ᄂᆞᆯ 무른즉 압길이 험ᄒᆞ여 거매 힝티 못ᄒᆞᄂᆞ니 보면 ᄌᆞ연 알니라 ᄒᆞ더니 십니ᄂᆞᆫ 가니 과연 셩곽이 첨암ᄒᆞ여 사룸이 계유 손을 붓치고 힝ᄒᆞ니 엇디 거마롤 의논ᄒᆞ리오. 층층셕벽을 간신이 올나 ᄉᆞ면으로 도라보니 눈앏히 뵈ᄂᆞ 거시 다만 망망ᄒᆞᆫ 산쳔 ᄲᅮᆫ이오 동셔남븍을 분변티 못ᄒᆞᆯ너라.

칠팔니롤 디나 동안현 쳔쥐부의 니르러 오던 길을 싱각ᄒᆞ니 쵹도[104]

---

97) 사람 인형.
98) 유사(有司): 관청이나 종교시설의 절차업무를 맡아보는 사람.
99) 예수(禮數): 주인과 객이 만나 서로 인사함.
100) 촉비(觸鼻): 냄새가 코를 찌름.
101) 첨시(瞻視): 이리저리 둘러봄.
102) 미우(眉宇): 이마와 눈썹 언저리.
103) 예모(禮貌).

라도 니의셔 더홀 줄 싱각디 못홀너라. 쳔쥬부의 드러가니 쏘호 녯국
도라 산쳔이 명낭ᄒ고 긔샹이 즐비ᄒ여 아로삭인 창호와 그림기동의
단쳥이 도요[105]ᄒ고 셩곽이 웅위ᄒᆫ대 셩문의 드러가니 동셔를 아디
못ᄒ고 다만 구경ᄒᄂᆫ 사름이 좌우의 ᄀ득ᄒ엿더라. 길히 너른 반셕
으로 ᄭ라시니 셩안히 드러 아모만 가ᄂᆫ 줄 아디 못ᄒ되 짐작건대 이
십니ᄂᆫ 너머 가ᄂᆫ 둣ᄒ더라.

혼 큰집의 햐쳐ᄒ고 각각 상을 ᄒ여 먹인 후 영거ᄒ여온 위관이
몬져 부듕의 드러가 영거ᄒ여온 길을 알외려 ᄒ고 가더니 잇튼날 시
벽의 와 니로디 금일 관부의셔 너희을 음식ᄒ여 먹이려 ᄒ니 가쟈 ᄒ
거놀 ᄯᅡ라가며 보니 좌우익낭과 너른 ᄯᅳᆯ이 광활ᄒ여 티만부로셔 더
ᄒ더라. 혼 큰집 대텽의 올니거놀 보니, 층층이 비단 자리를 펴고 그
우히 홍대단방셕[106]을 펴시니 보기 휘황ᄒ니 춤아 안디 못ᄒ여 방셕
을 거드라 ᄒ니 소재 왈 우리 대인이 니로되 됴션사름은 녜의를 슝샹
ᄒ다 ᄒ여 가히 극품으로 디졉ᄒ리라 ᄒ시니 안즈라 ᄒ거놀 답왈 대
인이 우리 디졉ᄒᄂᆫ 뜻이 감샤ᄒ나 우리 감히 안디 못ᄒ노라 ᄒ고 마
디 못ᄒ여 것거놀 그제야 샹을 바드니 식품의 샤려ᄒᆫ 니로도 말고
보디 못혼 것시 부지기쉬라. 샹을 물닌 후 대인이 소쟈을 보내여 은
ᄌ 혼 냥식 다 각각 주더라.

일야를 디낸 후 슈로 뉵쳔 니를 오니 엇디 피곤치 아니리오. 수일
을 쉬여가미 올타 ᄒ되 일시 머믈기 극난ᄒ여 가기를 쳥ᄒ디 마디 못
ᄒ여 가라 ᄒ거놀, 인ᄒ여 ᄯᅥ나 홍화부 븍셩의 현으로 향홀시 쳔쥬부

---

104) 촉도(蜀道): 삼국시대 유비의 촉한으로 가는 길목으로 험난한 길.
105) 조요(照耀): 밝게 빛남.
106) 홍대단방셕: 홍개단(紅大緞-중국산의 붉은 견직물)로 짠 방석.

북문 밧긔 나셔 힝ㅎ니 길ㄱ의 단청ㅎ 비각이 만히 잇거놀 무르니 한쇼렬[107]비각이라 ㅎ더라. 쏘 돌기동 우히 단청ㅎ 오색 기와집이 잇거놀 무른즉 이ᄂ 션비 진ᄉㅎ면 져러케 짓고 그 셩명을 비각의 삭여 그 일홈을 영현[108]케ㅎ니라 ㅎ더라. 쳔쥐부로셔 홍화부 븍셩현의 니ᄅ러 가니 봉영현[109]은 복건셩의 소쇽ㅎ 고을이라 ㅎ더라.

길ㄱ의 무덤이 잇스니 회로 ᄡㅏ 봉분 압히 슉셕[110]을 층층이 노코 양마셕과 혼유셕과 쟝군셕을 좌우의 ㅎ ᄡᅡㅇ식 셰윗고 신조비도 셰우고 묘각을 졍쇄이 지어시니 이ᄂ 벼솔ㅎᄂ 사름의 무덤이 아니라 빅셩이라도 지물이 풍죡ㅎ면 이리 ㅎ다 ㅎ더라.

가ᄂ길을 ᄇ라보니 돌다리가 오십ᄂᄂ 되ᄂᄃ 다리 우히 무지게 세 문식 몃친줄 모로ᄂᄃ 다리 가온ᄃ 무쇠은쟝을 박아시며 난간을 ㅎ여시니 텬하의 너른 셕교[111]러라. 좌우의 져지롤 버려시니 너르기 언만줄 모르고 샹고의 오ᄉ 쳔션을 다리 아래로 왕ᄂ연쇽ㅎ여 그 수롤 모롤너라. 쏘 문이 십니의 돌을 ᄭ라 큰 길을 무엇ᄂᄃ[112] 셩ᄂ의 관원ᄃ리 혹 몰도 타며 교ㅈ도 타며 날마다 ᄌᄉ문의 ᄉ관ㅎ려 왕ᄂㅎ며 부녀들은 웅장셩복[113]으로 화각 우히서 혹 좌 혹 닙ㅎ여 탄금도 ㅎ며 앵무도 희롱ㅎ니 긔이ㅎ 틱도 비길ᄃ 업고 곡식 시른 수레와 비단 시른 술위 너른길의 막아시니 지화ᄂ 풍죡ㅎ고 인믈도 번셩ㅎ다. 강남이 번화탄 말이 이롤 두고 니로미라.

---

107) 촉한의 소열황제 유비.
108) 영현(榮顯):이름을 떨치고 귀하게 됨.
109) 봉성현의 오기. 봉성현은 안계(安溪)를 가리킴.
110) 숙석(熟石): 인공으로 다듬은 돌.
111) 낙양교(또는 만안교)를 이름.
112) 메웠는데(?)
113) 웅장성복(凝裝盛服)의 오기.

십팔일 봉연현을 떠나 북건성[114]으로 갈시 디나는 길의 구경ᄒᆞᄂᆞᆫ 사ᄅᆞᆷ은 니ᄅᆞ도 말고 믈식이 찰난하니 히음업시 힝ᄒᆞᄂᆞᆫ 줄 모롤러라. 북건셩의 니ᄅᆞ니 법희ᄉᆞ라 ᄒᆞᄂᆞᆫ 뎔의 나산당이라 졔익[115]ᄒᆞ고 져근 집의 드리거놀, 보니 관왕화샹을 읏듬의 안치고 ᄎᆞ례로 금불을 안쳐 그 싸 관원이 삭망[116]으로 와 분향ᄒᆞ기롤 아국과 ᄀᆞ치 ᄒᆞ니 듕국사ᄅᆞᆷ의 블도 위ᄒᆞ미 극진ᄒᆞ여 골골마다 셩늬의 뎔을 지어 위ᄒᆞᄂᆞᆫ 도리가 너모 존경ᄒᆞ니 빅셩드리 혹 우환이 잇거나 ᄉᆡᆼ산을 못ᄒᆞ거나 ᄒᆞ면 필연 불젼의 귀도ᄒᆞ더라. 하곡영이란 사ᄅᆞᆷ으로 ᄒᆞ여곰 간검[117]ᄒᆞ여 공궤ᄒᆞ라 ᄒᆞ고 ᄆᆡ일 빅미 이 승[118] 젼문 두냥식 주더라.

고국의 도라오기 일시가 밧부니 아모리 번화한 싸힌들 어이 머믈 ᄠᅳ시 이시리오. 글노뻐 순무ᄉᆞ 손유보의게 쳥ᄒᆞ여 왈 됴션국 표류인 등은 민박[119]ᄒᆞᆫ 졍상을 인현[120] 대인긔 알외ᄂᆞ니 수익[121]이 긔궁ᄒᆞ와 풍낭의 십싱구ᄉᆞᄒᆞ와 다힝이 듕국의 다흔 후 인이ᄒᆞ시ᄂᆞᆫ 은퇴을 입ᄉᆞ와 일힝이 준명을 보존ᄒᆞ여 디금ᄀᆞ디 오오니 명감무지ᄒᆞ오나 어ᄂᆞ덧 히 밧긔와 윤졍월이 되어ᄉᆞ오니 고국을 ᄉᆡᆼ각ᄒᆞ오면 도라갈 긔약이 망망ᄒᆞᆫ디라 부모의 기ᄃᆞ리ᄂᆞᆫ ᄆᆞᄋᆞᆷ을 ᄉᆡᆼ각ᄒᆞ오면 눈물이 옷깃슬 젹시오니 일시 유련[122]이 ᄉᆞ졍의 민박ᄒᆞ온디라 ᄇᆞ라건디 대인은 우리롤

---

114) 복건성의 오기.
115) 제액(題額): 액자에 글씨를 쓰거나 그림을 그림.
116) 초하루와 보름.
117) 간검(看檢): 두루 살피다.
118) 승(升):곡식을 세는 단위로 한 말의 십분의 일(되).
119) 민박(憫迫)하다: 애가 타다.
120) 인하여.
121) 수액(水厄): 물로 인한 재액.
122) 유련(留連): 객지에 묵고 있음.

밧비 도라가게 ᄒ쇼셔. 답왈 발문을 표뎡ᄉ[123] 아문의 보내여시니 아
딕 기ᄃ리라 ᄒ거ᄂ 쏘 수 일 후 표졍ᄉ의 민박ᄒ 졍원을 고ᄒ니 답
왈 너희 안심ᄒ여 잇스라. 본현의 본부ᄒ여시니 죠곰도 관이티 말라
ᄒ더라. 이월초일의 본현의 다시 간쳥ᄒ니 답위왈 너모 번뇌티 말고
평안이 이시라 ᄒ더라. 초삼일의 신병이 텀극ᄒ여 의약홀 도리을 본
현의 쳥ᄒ니 ᄒ 의원을 보내엿거ᄂ 병말을 의논ᄒ즉 진맥ᄒ고 환약
을 가지고와 년ᄒ여 삼일을 먹이더니 병이 과연 나은디라 그 약이
무슴 약인고 무로대 니로디 아니터라.

잇ᄭᅵᄂ 이월 망간이라 월식이 명낭ᄒ고 경기 졀승ᄒ니 원객의 심
회 층츌[124]ᄒ여 줌을 이로디 못ᄒᄂ디라. 밧긔 나와 비회ᄒ매 만뇌뇨
젹ᄒ고[125] 계명이 악악ᄒ니[126] 심회 쳐량ᄒ여 것줍디 못홀너라. 날포
유련ᄒ며 풍믈을 구경ᄒ니 보리ᄂ 익어 누르고 빅초 무셩ᄒ여 아국
ᄉ오월 ᄀᆺ더라.

우리의 관을 보고 ᄉ모ᄒᄂ 긔식이 잇더니 ᄀ만이 와 가져가거ᄂ
그 연고을 무ᄅ니 답왈 너히 나라의 관이 긔이ᄒ매 가져가 구경코져
ᄒ노라 ᄒ니 이ᄂ 의심컨대 디명을 싱각ᄒ고 귀히 너겨 ᄃ토와 경모
ᄒᄂ 쏫질너라. 구경ᄒᄂ 사롬들이 사당[127] 민강을 가지고와 주며 희
롱ᄒ거ᄂ 웃고 바드니 됴화 ᄃ토와 주더라.

이십일의 도라갈 쯧을 표졍ᄉ 아문의 졍ᄒ니 답왈 황제 분부의 위
관을 졍ᄒ여 너희롤 호송ᄒ라 ᄒ시니 념녀 말나 ᄒ더니 ᄉ십일만의

---

123) 포정사(布政司): 중국에서 성(省)을 다스리는 관청.
124) 층출(層出): 어떤 일이 거듭해서 일어남.
125) 만뢰요적(萬籟寥寂)하다: 자연에서 나는 온갖 소리가 조용하고 적적하다.
126) 계명이 악악하다: 밤을 지새우다가 새벽 닭소리에 놀라다.
127) 사당: 사탕.

위관 슌무스 마송길이라 호는 사름을 뎡호여 북건성 셔문을 나셔 힝

홀 시 좌우를 도라보니 남초[128]는 임의 뜻어먹엇다 호고 조는 누루러

이삭이 드리워시니 어늬덧 구을이 된가 경심홈믈 뎡티 못호너라. 또

유즈가 여러 푸른 닙히 누루러시니 경기 졀승호더라. 뉵노로 스십이

일을 힝호여 황진교의 니르니 구경호는 사름이 노쇼 업시 쥬찬을 갓

초와 은근혼 뜻을 인위호니 그 슌후홈믈 가히 탄복홀너라.

　일야을 디낸 후 황진교의셔 승션호여 스십 니를 가 만청현의 니르

러 즉시 북청현으로 갈시 년호여 비를 타고 수구부구디 이르니 수로

로 일빅 니라 호더라. 만청현 북청현과 수구부는 북건성의 안속이라

이 세 고을의 싱강이 나는디 밧치 세사 싸히라 싱강이 육후호고 혼

쑤리가 혼 간 방셕구더라. 또 감졔라 호는 남기 아국 옥슈슈 갓호디

열미 업고 그 쑤리를 키여 싱강과 혼가지로 달혀내면 싱강졍과라 호

되 아국의 오는 민강이러라.

　십칠일 황권역의 니르러 원듕의 드러가니 포진이 졍졔호고 쥬찬

을 등디호여시니 이는 션문을 보고 거힝호미러라. 십팔일의 쳥듕관

의 니르니 관원은 다 관인이 디졉호는 곳이러라.

　쳥추[129]와 회화남기 셩님[130]호엿고 강남이 사름은 만코 젼답은 젹

으니 뫼 스면을 둘너 층층이 논을 민드러시니 고이호여 무른즉 답왈

아모리 놉하도 강이 머지 아니호면 슈긔[131]로 믈을 드히느니라 호거

놀 슈긔를 물른즉 믈 다히는 즈이라 호니 그 법을 알면 아국의 어이

믁은 싸히 이시리오. 실졍 비호고 시브디 홀 일 업더라.

---

128) 담배.
129) 쳥초(淸楚): 가시나무.
130) 셩림(成林): 나무가 자라 숲을 이룸.
131) 수긔(水機): 물을 푸는 기계.

십구일 금슈역의 니르러 압히 붉은 일산 아홉이 오고 뒤히 삼현을 치고 오는디 삼현 뒤히 명졍[132] 들어오니 명졍뒤가 돗디 갓고 디 우히 농두는 아국 명졍농두와 굿트되 오식실노 미즙을 어즈러이 ᄒᆞ여 드리오고 글ᄌᆞ는 금으로 ᄡᅥ시며 큰 틀을 ᄒᆞ여 가온디 셰우고 사롬 빅여 명이 메고 그 뒤히 틱산굿튼 거시 오거늘 보니 몃 빅 명이 메워는디라 좌우의 버릐줄을 ᄒᆞ여 오ᄂᆞ디라. 갓가이 오며 ᄌᆞ시 보니 우흔 아국 소방산[133]굿티 ᄭᅮ몃는디 ᄉᆞ면의 흰 댱 드리오고 댱 안의셔 우름소리 나거늘 무른즉 상인과 친척이 그속의셔 운다 ᄒᆞ고 상여 아릭 벌련 독교 무수ᄒᆞ거늘 무른즉 이는 상가죵이라 ᄒᆞ더라.

남졍현과 디왕관 틱쳥관을 디나 건영부의 니르니 산쳔이 수려ᄒᆞ여 그림속 굿거늘 무르니 무이산 구의봉이라 하는디 아홉 봉이 년ᄒᆞ여 젼후롤 분변치 못ᄒᆞᆯ너라. 엽방관과 건안현 영두분ᄉᆞ의 니르러 그 압히 긴 강이 잇는디 아홉 간 셕교 잇고 셕교아릭로 샹고션이 왕닉ᄒᆞᆫ다라. 믈가의 누디가 믈가마다 층층ᄒᆞ여 단쳥이 죠요ᄒᆞ고 인가 즐비홈과 산쳔의 슈려ᄒᆞᆷ믄 쳔하의 읏듬일너라.

강샹어부들은 일엽어졍을 타고 십이 ᄣᅡᆨ식 믈우히 노하 믈 가온디 츌믈ᄒᆞ다가 고기을 잡아지고 션창으로 ᄂᆞ라들기롤 산진미가 ᄭᅯᆼ 잡듯ᄒᆞ니 듕원사롬의 금슈깃ᄯᅳ리미 신통ᄒᆞ더라.[134]

이십뉵일의 인화관을 디나 셔양녕[135]의 니르니 녕이 하ᄂᆞᆯ의 다하시니 험악ᄒᆞ여 검각[136]과 다르디 아니터라. 노흐로 허리롤 매고 압흐

132) 명정(銘旌): 붉은 바탕에 죽은 사람의 관직과 성을 기록한 기.
133) 상여의 지붕.
134) 어부들이 가마우지를 이용해 고기 잡는 일을 형용하고 있음. 산진매는 산에서 자라는 매를 이름.
135) 선하령(仙霞嶺)의 오기로 보임.
136) 사천성에 있는 험하기로 유명한 산.

로 쓰을며 뒤흐로 미러 간신이 넝 우희 오르니 정신이 황홀ᄒ여 몸
이 우화[137]ᄒᆫ 듯 ᄒ더라. 넝 우희 뎐이 잇거ᄂᆞᆯ 뎐문의 가니 현판의 보
화ᄉ라 ᄒ엿고 ᄉ면의 푸른 대ᄂᆞᆫ 울ᄒᆫ 둣 ᄒᆞ디 긔이ᄒᆫ 새소리와 이샹
ᄒᆫ 즘ᄉᆞᆼ이 슈플 사이로 한가히 왕ᄂᆡᄒ고 인개절원ᄒ여 진이 밧긔 소
사시니[138] ᄆᆞ음이 쇄락ᄒ여 세샹욕심을 돈연이 니즐 둣ᄒ더라.

중의 복셕이 댱삼은 아니오 아국 도포요 곳갈은 유건[139] ᄀᆞ치 ᄒ여
ᄡ시되 가온대ᄂᆞᆫ 굽고 두가ᄂᆞᆫ 내밀게 ᄒ여 ᄡ시니 모양이 고이ᄒ더
라. 몬져 읍ᄒ고 나죵 절ᄒᆞᄂᆞᆫ디 극진이 공슌ᄒ고 숑경ᄒᆞᄂᆞᆫ 즁은 엄연
단좌ᄒ여 본 톄 아니ᄒ고 향벽 숑경ᄒ니 의연이 득도ᄒᆫ 듯 ᄒ더라.
녕의 ᄂᆞ려올ᄉᆡ 즁들이 뎔문 밧긔 나와 무ᄉᆞ히 가ᄅᆞᆯ 니른 후 술과 소
찬을 내여 젼송녜로 ᄒ더라.

녕이 간신이 ᄂᆞ려 이십 니ᄅᆞᆯ 행ᄒ여 만수교라 ᄒᆞᄂᆞᆫ 다리의 니ᄅᆞ니
교하의 강슈 도도ᄒ더라. 다리ᄅᆞᆯ 건너가니 셩쳡과 셩문이 잇ᄂᆞᆫ디 셩
밧긔 월도[140] 댱검을 무수이 셰웟거ᄂᆞᆯ 무른즉 강남 가는 뎨일 요로니
진쟝이 엇셔 직회ᄂᆞ니라 ᄒ더라. 이십팔일의 은셩현을 디나 오형졈
막의 드러 뉴슉홀ᄉᆡ 뉵엽과 다과ᄅᆞᆯ 내여 주ᄂᆞᆫ디 슈박ᄡᅵᄅᆞᆯ 화긔의 담
아 노와시나 샹빈으로 디졉ᄒ여야 니를 준다 ᄒ더라.

이십구일의 졀강셩의 니ᄅᆞ니 항쥬디경이라. 아국 졈막과 ᄀᆞ투되
힝인 영졉ᄒᆞᄂᆞᆫ 집은 방 가온디 평상을 노코 평상 우희 홍젼과 빅젼을

---

137) 우화(羽化): 우화등선(羽化登仙—몸에 날개가 돋아 하늘로 올라가 신선이
    됨)의 준말.
138) 인가절원하여 진애 밖에 솟았으니: 인가가 아주 멀리 떨어져 있어 속세 밖
    에 솟아있으니.
139) 유건(儒巾): 유생들이 예를 갖춰 쓰는, 검은 베로 만든 두건.
140) 월도(月刀): 언월도 또는 언월도를 사용하는 무술.

펴고 음식의 풍비호믄 관부나 다르미 업더라. 소십이 일의 현무령을 디나매 영 우히 져근 암즈의 관왕을 뫼셔시니 듕국사름의 경모호느 뜻이 고금의 다르미 업더라.

소월초 일일의 형쥬부[141] 강상현 제하관의 니르니 이곳즌 초나라 녯도읍터라 성곽이 웅장호고 인민의 번성호믄 즉금 국도나 다르디 아니터라. 아춤날 왕니호는디 구경호는 사름이 좌우의 ㄱ득호여 마락이[142]의 붉은실이 찰난호여 교즈 우히 황홀호더라. 초나라 국도는 남악산 아러니 산쳔은 형용티 못호나 명낭슈려호믄 무비호더라. 초의 조식후 이십 니는 가니 강믈이 잇는디 닷줄을 디롤 쏘귀여 팔소동다 회쳐로 호여 좌우의 쓰으러가니 이는 아국 수상의셔 비 쓰으는 듯하고 이날 비의셔 경슉홀시 비안의 방을 숨여시니 인가와 다르미 업더라. 초삼일후 유현을 디날시 좌우의 프른 모소로 가니 강슈는 도도호고 청산쳡쳡호여 이로 긔록디 못호러너라. 션상의셔 지공호는 거시 극진풍비호니 이는 관부로셔 츠하호미러라.

초오일의 엄쥬부 건덕현[143]의 니르니 이 싸흔 엄즈릉 잇던 배라. 남으로 칠니여흘이 잇고 여흘 우히 조더 잇는디 져근 비각이 표묘호고[144] 단청흔 졍즈 잇거놀 이는 엄즈릉이 조더 우히셔 낙시질호다가 명즈 우히셔 반환[145]호여 노든곳이라. 후인이 조히와 비각을 쳔고의 그 힁젹을 내무로 지금ㄱ디 유리호미러라. 초뉵일 즁노현을 디나 비 우히셔 경슉호고 초칠일 부양현을 디나매 산쳔이 슈려홈과 경기졀

---

141) 항주부의 오기.
142) 마락이 또는 마라기는 둥근 모자를 뜻함.
143) 진덕현의 오기.
144) 표묘(縹緲)하다: 있는지 없는지 어렴풋하다.
145) 반환(盤桓): 자리를 떠나지 않음.

승후믄 볼수록 긔이후더라.

초팔일 항쥐부의 니르니 이는 졀강슌무부라. 강 좌우의 화각이 영 농훈듸 녹의홍샹훈 계집들이 누샹의 올나 혹탄혹가후고 강을 인슈후 여 셩안의 드러 남븍셩문을 쌔여시니 셩녀 화각들이 더옥 긔이후고 비들이 강구의 미만후여 왕닉후니 서로 션유룰 다토와 날이 져무는 줄 아디 못후노라. 천극산[146]은 동편의 잇고 셔호강은 셔편의 잇고 션당은 남편의 잇시니 산천도 광활후고 믈식도 번화후다. 한업눈 경 긔룰 눈으로 보거니와 다 긔록기 어렵도다. 용금문 밧긔 나가니 강 구의 치션을 믹엿거놀 올나보니 비 안히 황칠후고 비 우히 이층각을 지엇는듸 좌우의 유창을 닉엿고 비 압히 긔치와 챵검이 졍졔후고 비 단긔룰 후여 크게 쎠시듸 됴션국번인호송션이라 후엿고 비 안히 창 기 소오인이 잇는듸 웅쟝셩식[147]과 호치단슌[148]으로 흔연이 영졉훈 후 차룰 몬져 권후고 큰상을 드려 셤셤옥슈로 권후논 거동이 피챳 초면 이라도 구면샹 친훈 사롬 굿더라. 아모리 철셕 간쟝이라도 아니 즐 기리 업슬너라.

초십일 황쥐 븍관듸션수의 니르니 뗄을 졍히 지어시니 층층셕계 로 오식기와로 법당을 이어시며 익낭 좌우의 화분을 노하시듸 긔화 이초와 앵봉호졉은 쌍쌍이 왕닉후고 쏘 흔 간의 금불이 언건[149]이 안 자눈대 문압히 셕탑이 하놀의 다흔 듯 황금으로 두에룰 덥허시니 셕 산의 지눈 히가 반공의 걸녓눈듯 좌우 신쟝들은 챵검을 들고 옷슨 다 금슈로 닙혀시니 위의 늠늠후더라.

---

146) 천주산의 오기.
147) 웅장성식의 오기.
148) 호치단순(皓齒丹脣): 흰 이와 붉은 입술. 여인의 아름다움을 이름.
149) 언건(偃蹇)히: 거드름을 피우며 거만하게.

일야를 디낸 후 위관이 쳥ᄒ거놀 가니 위관이 니로디 이곳즐 디나면 악양누를 보랴 ᄒ면 너히 길이 지쳬ᄒ고 나도 다시 못 보리라. 우리 답ᄒ되 우리 비록 만 니 밧 사람이나 악양누 됴ᄒᆫ 줄은 고셔의 보와시니 길이 비록 지쳬ᄒᆯ디라도 금번 구경ᄒᆷ믈 원ᄒ노라. 직뇌 몃 빅니니잇고? 위관이 답왈 바로가면 삼빅 니오 도라가면 구빅니라. 갈 길을 명ᄒᆫ 후의 이날 비의 올나 악쥐로 향ᄒᆯ시 초시ᄂᆞᆫ 수월 망간이라.

바룸은 화슌ᄒ고 믈결은 잔잔ᄒᆫ디 삼승돗즐 놉히 달고가ᄂᆞᆫ 압흘 보라보니 녹음방초의 연긔ᄂᆞᆫ ᄌᆞ옥ᄒᆫ디 쳔봉만학은 오ᄂᆞᆫ 듯 디나가며 믈ᄀᆞ의 치련ᄒᄂᆞᆫ 계집들과 명ᄌᆞ의 고기 낙ᄂᆞᆫ 어부들이 셋 식 다섯 식 ᄲᅡᆼ을 지어 곳곳이 왕ᄂᆡᄒ니 풍경 도흘시고 산쳡도 변화ᄒ다. 무변대하 듕의 파도의 츌믈타가 쳔우신조ᄒ여 다힝이 사라나고 텬하뎨일 강산을 눈압히 노코보니 쑴인듯 상신듯 신긔ᄒ다. 비 토지 오일만의 악쥐부 북문 밧긔 비룰 미니 이 싸흔 상군이라 셩쳡이 광활ᄒ고 관소 굉장ᄒᆫ디 인가조차 풍셩ᄒ다.

남문 밧 십니의 악양누 놉흔 집을 먼니셔 브라보니 오싟기와로 십ᄌᆞ각을 덥헛ᄂᆞᆫ디 붉은 기동과 유리챵은 동졍호에 빗쳣ᄂᆞᆫ디 갓가이 드러가니 셕등 큰 엿못시 오싟 부어[150] 길너시니 인교도 긔이ᄒ다. 동졍호 칠빅 니의 돗츨 달고 가ᄂᆞᆫ 비ᄂᆞᆫ 쇼샹강을 향ᄒᄂᆞᆫ 듯 무협십이봉이 구룸 밧긔 소사잇고 명사십니의 히당화 붉어ᄂᆞᆫ디 한가ᄒᆫ 빅구들은 조을면셔 유긱을 희롱ᄒ며 셕양의 어부들은 낙디을 두러메고 믈ᄀᆞ의 왕ᄂᆡᄒ니 풍경도 졀승ᄒ다. 막디룰 잇끄러 누샹의 올나가니 심신이 황홀ᄒ여 이 몸이 신션인가 텬하장관을 오날이야 다 알거다.

150) 부어(鮒魚): 붕어.

셔산의 히가 지고 동녕의 월츌ᄒ니 너르나 너른 믈이 텬지와 ᄒᆞᆫ 빗치라.

십구일의 구강의 니르니 이 ᄯᅡ흔 옛 초한젹 경포의 도읍ᄒᆞᆫ ᄯᅡ히라. 진나라히 초나라흘 멸ᄒᆞ고 구강 잇ᄂᆞᆫ 고로 구강이라 ᄒᆞ미러라. 쇠사슬노 강을 막고 비ᄅᆞᆯ 이어 쇠줄의 ᄆᆡ여 큰길의 통ᄒᆞ여시며 양뉴ᄂᆞᆫ 청청하여 츈쉭을 먹음어시니 외로온 사ᄅᆞᆷ의 고국 ᄉᆡᆼ각하ᄂᆞᆫ 심스ᄅᆞᆯ 돕ᄂᆞᆫ ᄃᆞᆺᄒᆞ더라.

호구와 시쥬[151]을 디나 쇼쥬부[152]셔 믄 밧긔 비ᄅᆞᆯ 미니 이 ᄯᅡ흔 손권[153]의 도읍터히라. 셩안의 드러가니 슈만 인가ᄂᆞᆫ 졉유연쟝ᄒᆞ여 잇고 길ᄀᆞ의 져지들은 치단 보화 버렷ᄂᆞᆫᄃᆡ 단쳥ᄒᆞᆫ 관ᄉᆞ들은 아츰날의 도요ᄒᆞ니 강남믈싁이 져러ᄐᆞ시 번화ᄒᆞ다. 동문 오리 밧긔 강믈이 이시니 이ᄂᆞᆫ 젹벽강이라. 강ᄀᆞ흐로 삼십 니ᄅᆞᆯ 가면 쇠샹니라 하ᄂᆞᆫ ᄯᅡ히 이시니 이ᄂᆞᆫ 쥬유 조조의 화젼ᄒᆞ든 ᄯᅡ히라 ᄒᆞ더라.

셩문 밧ᄀᆞ로 나가니 무지게가 공듕의 걸넛ᄂᆞᆫ ᄃᆞᆺ ᄒᆞ거ᄂᆞᆯ 나아가 보니 셕교러라. 셕교 우희 돌노 사지와 범의 형샹을 ᄆᆡᆫ드러 좌우의 안쳐 난간을 노하시니 인지도 긔이ᄒᆞ고 믈역도 쟝ᄒᆞ도다. 그 강 너비[154]가 아국 한강의셔 더ᄒᆞ더라. 다리ᄅᆞᆯ 돌노 무어[155]노하시ᄃᆡ 틈업시 ᄒᆞᆫ 돌노 ᄒᆞᆫ ᄃᆞᆺᄒᆞ더라. 인력인가 쳔신의 조화런가 이샹코 긔이ᄒᆞ다. 쇼쥬원 왕공이란 사ᄅᆞᆷ으로 다리 아ᄅᆡ로셔 비ᄅᆞᆯ 톨ᄉᆡ 챵녀 수십여 인을 웅쟝셩복으로 비의 올니고 또 삼현을 울니니 딕피리ᄂᆞᆫ

---

151) 지주(砥柱)의 오기.
152) 소주부(蘇州府).
153) 삼국시대 오나라 황제.
154) 너비.
155) 무으다: '쌓다'의 고어.

업고 나팔과 비파와 히금과 북과 흔가지로 불며 치디, 소리는 흔가지로 나니 듯기 쳥아흐더라. 큰 비와 쟈근 비의 이층각을 지엇는디 연연[156] 미식들이 뉴리챵과 쳥샤당을 반개흐고 디나는 비롤 여어보며[157] 샹유로 ᄂᆞ려오고 좌우 믈ㄱ의 층층흔 누각은 녹음속의 은영흐여[158] 구경흐는 남녀들이 강구의 미만흐니 쳥홍이 셧기여 보기의 찰난흐더라. 치션 삼십이 녹음 사이로 ᄢᅴ어 가니 풍경도 긔이흐다.

홀연 놉고 놉흔 칠층탑이 반공의 소사시니 황금으로 무엇는 돗 누른 빗치 긔이흐니 왕공과 흔가지로 비의 나려 졀문의 드러가니 수십여 명 즁들이 비단 신 신엇는디 아국 목휘[159] 모양이오 목에 이십팔 염쥬롤 걸고 곳갈을 뼛더라. 영졉흐여 드리거놀 ᄯᆞ라가며 보니 ᄉᆞ문이 웅쟝흔디 호구ᄉᆞ라 금ᄌᆞ로 현판의 세 ᄌᆞ롤 메웟고 문 밧긔 사롬이 무수흔디 음식과 실과 파는 소리가 즘셩의 소리 ᄀᆞᆺ더라. ᄉᆞ문과 법당과 익낭을 다 누른 기와로 니어시며 법당 ᄉᆞ면이 삼십여 간인디 법당의 금부쳐롤 탑 우해 안쳣고 탑을 ᄯᅩ 누루게 흐엿더라. 부쳐 안즌 킈가 두 길이나 흐고 몸픠는 열아문 아름이나 흐고 비단가ᄉᆞ롤 왼편 엇게에 메고 감듕년[160]흐여시니 보기의 웅위흐더라. 칠층탑 우히 올나셔셔 넷녁[161]흘 도라보니 텬지광활흐고 산쳔이 다 긔이흐더라. 젹벽강이 지쳑이오 남병산이 더긔로다. 졔갈량의 칠셩단을 안력이 궁진흐여 못보미 흠시로다.

---

156) 아름답고 사랑스러운 모습.
157) 엿보며.
158) 은영(隱映): 은은히 비치다.
159) 목휘: 면으로 짠 휘항.
160) 감중련(坎中連): 부처가 엄지와 장지를 서로 합하여 앉은 모습.
161) 사방(四方).

탑의 나려 왕공과 흔가지로 비 올나올시 왕공드려 니르디 우리 만리 밧 사롬으로 쳔우신조ᄒᆞ여 이 싸히 니르러 텬하승경을 다보고 가니 엇디 희힝[162]티 아니리오. 올 적 한산ᄉᆞ롤 디나 바로 호구사롤 보아시니 가는 길의 한산ᄉᆞ롤 보고 가미 엇더ᄒᆞ뇨? 왕공이 답왈 귀공의 니르를 기ᄃᆞ려 ᄒᆞ리오. 내 닛고 말을 못ᄒᆞ여시니 가는 길의 한산ᄉᆞ롤 보미 경편ᄒᆞ도다. 한산ᄉᆞ 압히 비롤 미고 뎔문의 드러가니 이 뎔은 평디의 지어시되 웅장ᄒᆞᆷ믄 호구ᄉᆞ와 흔가지오 누른 기와로 이어시며 단청흔 집이 찰난ᄒᆞ되 다만 금탑은 업더라.

이십오일의 양줘 강동현의 니르니 다ᄉᆞᆺ 호슈가 합슈흔 곳이라. 가온디 셕산이 잇ᄂᆞᆫ디 놉기 빅여 댱이오 쥬회[163] 삼스 나나 흔디 돌기동을 가로 ᄲᅢ여 셰우고 돌을 갈아 마루롤 노코 삼십여 간 집을 그 우히 지어시니 이ᄂᆞᆫ 또ᄒᆞᆫ 금산ᄉᆞ라 흔 뎔일너라. 풍경 열네흘 뎔 ᄉᆞ면의 달고 목인을 열네흘 민ᄃᆞ러 종경 겻히 셰워시니 법당 우히셔 목인이 ᄡᅵ롤 기ᄃᆞ려 머리로 풍경을 바다 소릭롤 닉며 그 남은 목인이 초례로 바다 소릭롤 닉니 쳥아ᄒᆞ여 막디로 티나 다르디 아니ᄒᆞ여 죡곰도 시긱을 일치 아니ᄒᆞ니 그 조화가 신긔묘묘ᄒᆞ더라.

승션ᄒᆞ연지 즉일의 슈로로 갈시 이십구 일의 왕가장이라 ᄒᆞᄂᆞᆫ 싸히 니르니 이ᄂᆞᆫ 녯 왕가라 ᄒᆞᄂᆞᆫ 사롬이 일촌견디와 긔틀을 다 삼은고로 왕가장이라 ᄒᆞ더라.

오월 초삼일의 강남셩을 디나 산동셩 지경의 니르니 양과 염쇼와 나귀롤 이삼십 식 무리 지어 임의로 ᄃᆞ니며 ᄯᅳ더먹더라.

연ᄒᆞ여 술위롤 타고 오더니 초칠 일 하간녁의 니르러 평원광야의

---

162) 희행(喜幸): 기쁘고 행복함.
163) 주회(周回): 둘레.

일망무쳐훈디 곡식은 다만 기쟝과 피와 두터와 조와 슈슈 뿐이오. 싀초가 극히 귀호여 무론 남녀노쇼 업시 슈슈 밧히 가 슈슈 쐐리롤 키고 쏘 집을 슈슈디로 묵거 셰우고 회아 흙으로 발나 기동을 삼아 집을 지어시며 남녀의복은 써러진 양피로 ᄒ여시니 보기의 귀신 ᄀᆺ 고 음식은 슈슈젼병을 뎨육기롬의 붓쳐 두부롤 소곰의 셧거 싸먹으 니 이ᄂᆞᆫ 춤아 먹기 어렵더라.

쏘 사롬 영쟝ᄒᆞᄂᆞᆫ 법이 비록 관은 ᄒᆞ여 신톄롤 그 속의 너흐나 뭇 지ᄂᆞᆫ 아니하고 길ᄀᆞ의 ᄇᆞ려두니 풍우의 썩어 관이 허여져 백골이 싸 히 구으되 거두어 뭇디 아니ᄒᆞ니 홀일 없ᄉᆞᆫ 이젹지풍[164]일너라.

오월 초구일의 년경을 니르니 이ᄂᆞᆫ 슌쳔부[165]라. 셩쳡이 웅쟝ᄒᆞ고 여염이 즐비훈디 셩문이 의의[166]ᄒᆞ거놀 드러가며 ᄌᆞ시 보니 뎨일은 관영문이라 ᄒᆞ엿더라. 졍양교라 ᄒᆞᄂᆞᆫ 다리롤 디나 쏘 졍양문이란 문 이 잇고 압히 틱쳥문이 이시니 틱쳥문 안히 황극뎐[167]이라. 먼리 ᄇᆞ라 보니 황극뎐 누른 집이 몃 층인지 모로되 공듕의 소사잇고 셩안의 강믈을 인슈ᄒᆞ여 대듕션이 셩안ᄀᆞ디 왕ᄂᆡᄒᆞ며 틱챵 압히 비롤 다히 고 곡식을 푸러드리고 그 믈이 강남ᄀᆞ디 통ᄒᆞ여 강남비가 만히 왕ᄂᆡ ᄒᆞ니 강남 보화가 만히 션포로 왕ᄂᆡᄒᆞ미러라.

연경 터히 평원광야로디 셩쳡과 인민이 번셩ᄒᆞ고 셩을 다 벽돌노 구어 회와 한가지로 싸하시니 나ᄂᆞᆫ 새라도 감히 졉죡디 못ᄒᆞ고 긔민 이 슈려ᄒᆞᆷ 강남만 못ᄒᆞ더라. 산동셩으로 브터 북경ᄀᆞ디 수쳔여 리 의 목양이 셩님ᄒᆞ여 일식을 ᄀᆞ리와시니 왕ᄂᆡᄒᆞᄂᆞᆫ 사롬이 오월 염쳔

164) 이적(夷狄) 즉 오랑캐의 풍속.
165) 순천부(順天府): 청나라 때 북경을 순천부라 부르고 황도로 정했다.
166) 의의(猗猗)하다: 아름답다는 감탄사.
167) 황극전(皇極殿): 중국 천자(황제)의 거처.

더위룰 모로더라. 뉵월 십일 일의 위관이니루디 너히 오날 녜부아문의 가셔 표류ᄒᆞ여 온 연유룰 알욀 후야 녜부의셔 황뎨긔 주달ᄒᆞᆯ 거시니 가쟈 ᄒᆞ거놀 ᄯ라 ᄒᆞᆫ가지로 드러가니 칠인은 오르란 말이 업고 니방익만 오르라 ᄒᆞ거놀 올나가니 너룬 대쳥의 포진이 휘황ᄒᆞᆫ디 안즐 방석을 주거놀 안즈니 시랑¹⁶⁸⁾이 몬져 므스이 득달ᄒᆞᆫ 인스룰 ᄒᆞᆫ 후 므르디 열노의 음식졉디는 엇더ᄒᆞ며 슈로로 만여 리룰 힝ᄒᆞ니 병이 나 나디 아니며 힝니의 서어¹⁶⁹⁾ᄒᆞᆫ 폐나 업ᄂᆞᆫ냐 ᄒᆞ거놀 뭇ᄂᆞᆫ 말이 아국이 셩이 만흐니 아국 사ᄅᆞᆷ을 디한 ᄃᆞᆺᄒᆞ여 흔연이 답왈 우리 운쉬 불힝ᄒᆞ여 풍낭의 죽을 거시 간신이 십성구사ᄒᆞ여 다힝이 황도ᄀᆞ디 무스이 오오니 대국 은혜여니와 수이 도라가게 ᄒᆞ여 주쇼셔.

시랑이 답왈 너희 임의 예ᄀᆞ디 와시니 예셔 ᄯ 네 나라히 머디 아니ᄒᆞ니 죠곰도 념녀티 말고 황샹긔 연품ᄒᆞᆫ 후 치송ᄒᆞᆯ 거시니 그 ᄉᆞ이 통관과 ᄒᆞᆫ가지로 구경이나 ᄒᆞ여 ᄆᆞ음을 관위ᄒᆞ라 ᄒᆞ고 됴션관¹⁷⁰⁾으로 가라 ᄒᆞ거놀 통관을 ᄯ라 됴션관의 니르니 큰집이 잇ᄂᆞᆫ디 됴션관 말을 드르니 깃브기 측냥 업더라.

이 날 밤의 팔인이 서로 위로ᄒᆞ며 일너 왈 아등이 사라 예ᄀᆞ디 와시니 이제ᄂᆞᆫ 고국에 도라가기 념녀 업ᄂᆞᆫ디라 엇디 하ᄂᆞᆯ 덕이 아니리오. 깃브믈 이긔디 못ᄒᆞ여 문밧긔 나와 비회ᄒᆞ다가 드러가 됴션 직노을 통관ᄃᆞ러 무른즉 삼쳔여리라 ᄒᆞ니 지쳑인ᄃᆞᆺ ᄒᆞ더라. 인ᄒᆞ여 됴션관의셔 머믈며 두로 ᄃᆞ니며 조소와 믈색을 구경ᄒᆞ니 번화홈과 ᄉᆞ려ᄒᆞ미 엇디 강남 ᄀᆞᆺ흐며 인후ᄒᆞ미 ᄯ 엇디 강남의 비기리오.

ᄯ ᄒᆞᆫ 큰 산덩이가 온다 ᄒᆞ거놀 나가보니 약디 등 우히 슷과 소곰을

---

168) 예부에 딸린 벼슬아치.
169) 서어하다: 사람이나 그 태도가 익숙하지 않아 조금 어색하다.
170) 조선의 사신이 묵던 곳.

시러 가는디 큰 뫼덩이만 ᄒᆞ니 그 시론 거시 몃 바린 줄 아디 못ᄒᆞ러라. 약디 모양은 몰 ᄀᆞ스흐되 등이 말 길마 ᄀᆞᆺ치 싱겨시며 발이 전혀 살 발이며 갈기와 목의 털은 자히 남더라.

ᄯᅩ 노새롤 둘 식 셋 식 ᄒᆞ여 저지 술위 우히 교ᄌᆞ롤 ᄭᅮ미고 쥬렴을 오색구슬노 얽어 ᄉᆞ면의 드리오고 쥬렴 밧긔 계집이 안ᄌᆞ시니 이ᄂᆞᆫ 죵일너라. 그 술위ᄂᆞᆫ 티평ᄎᆞ라 ᄒᆞ더라.

뉵월 초일 일의 됴션관 초기계독이 옥화관[171]의 와 니ᄅᆞ디 너히 팔인을 황샹 교지로 은ᄌᆞ 두 냥식 주고 명일 위관을 졍ᄒᆞ여 너히 본국으로 치송ᄒᆞ라시니 힝니롤 졍돈ᄒᆞ라 ᄒᆞ더니 그 잇튼날 됴션관으로셔 ᄶᅥ날시 팔인을 다 각각 티평ᄎᆞ롤 틔오고 슝문문을 디나 동졍문을 나며 통쥬 ᄉᆞ십 니롤 디날시 흰돌을 다ᄃᆞᆷ아 ᄉᆞ십 니롤 연ᄒᆞ여 길을 민드러시니 이ᄂᆞᆫ 졔국의 업ᄂᆞᆫ 비러라. 통쥬셔 일ᄇᆡᆨ 니롤 나와 산ᄒᆡ관의 이ᄅᆞ며 만리댱셩이라. 셩쳡이 완연ᄒᆞ고 견구ᄒᆞ여 죠곰도 샹ᄒᆞ미 업더라.

산ᄒᆡ관으로셔 오ᄇᆡᆨ오십 니롤 디나 심양의 니ᄅᆞ니 산쳔경믈과 의복음식이 긔록홀 거시 업고 심양으로브터 뉵ᄇᆡᆨ이나 와 봉황셩의 니ᄅᆞ니 봉황셩쟝이 ᄉᆞ쟈롤 보니여 져ᄅᆞ 중 니방익만 드러오라 ᄒᆞ고 남은 사롬은 다 관으로 들나ᄒᆞᆫ디 ᄉᆞ쟈와 ᄒᆞᆫ가지로 봉황셩쟝 잇ᄂᆞᆫ디 드러가니 봉황셩쟝이 공슌이 마ᄌᆞ 안치고 표류ᄒᆞ여 오던 말과 강남셩브터 모든 셩을 다 디나 연경ᄀᆞ디 와 예ᄀᆞ디 온 슈말을 다 니르라 ᄒᆞ거놀 팔인이 그 디나든 말을 ᄂᆞᆺᄂᆞᆺ 셰셰이 다ᄒᆞ니 답왈 그디 비록 여러 번 위틱ᄒᆞᆫ 지경을 디내여시나 엇디 남ᄌᆞ 아니리오. 듕원 사롬도 복건셩ᄀᆞ디ᄂᆞᆫ 본 남ᄌᆞ 업ᄂᆞ니 오ᄂᆞᆯ날 예ᄀᆞ디 무ᄉᆞ히 와시니 엇디 됴

171) 조선관의 다른 이름.

션 가기롤 근심호리오.

인호여 쥬찬을 내여 먹이고 닐오디 그디 신샹[172]을 보니 필연 경디
부[173] 될거시니 이 압 다시 보기롤 원호노라 호더라. 봉황성을 디나
무인디경의 이빅 니롤 와 압녹강의 니르러 아국 산쳔을 브라보니 깃
분 모음을 이긔디 못호여 팔인이 서로 치하호니 눈믈이 새로이 옷깃
슬 젹시더라.

위관이 보고 츄연호여[174] ㄱ르디 너희 예가디 무스히 와시니 엇디
비챵호여호ᄂᆞ뇨. 놈아의 ᄉᆞᆼ싱궁달[175]이 하늘긔 돌여ᄂᆞ니 이제 고국의
도라가 우흐로 튱효로 베플고 아리로 쳐ᄌᆞ롤 양휵호면 엇디 남아스
아니리오. 모음을 견고이 먹어 보듕호기롤 싱각호라 호더라.

윤뉵월 초ᄉᆞ일의 연긔롤 압녹강의 픠오니 비 건너오거놀 위관과
호가지로 건너가 의쥬경너의 드러가니 부윤 심공이 즉시 사롬 보내
여 위문호고 또 심약[176]을 보내여 병이 잇ᄂᆞ가 업ᄂᆞ가 보라 호고 의
복을 내여 닙으라 호니 감샤호더라. 삼 일을 묵은 후 심공이 말뉴[177]
왈 비록 무ᄉᆞ히 와시나 슈로로 누만 니 힝호여시니 엇디 병이 업ᄉᆞ
리오. 임의 아국의 온 후는 집의 가나 다르디 아니 호니 쾌히 쉬워가
미 올타 호디 도라 부모뵈올 모음이 간졀급급호디라 엇디 날포[178] 유
련홀 모음이 이시리오.

---

172) 관상.
173) 경대부(卿大夫)는 높은 벼슬아치를 이르는 말로 구체적인 품계나 관직은
     아님.
174) 추연(惆然)하다: 슬프고 처량하다.
175) 사생궁달(死生窮達): 죽거나 살거나, 잘 사나 못 사나 하는 것.
176) 심약(審藥): 조선시대 지방에서 채취하여 상납되는 약재를 심사하고 감독
     하기 위해 각 도의 감영과 절도사가 있는 주진에 배치한 정9품 관리.
177) 만류.

도라가믈 쳥ᄒ고 이날 의쥬셔 떠나 십팔 일 님진강의 니르니 가친의 셔찰이 마조왓ᄂᆞᆫ디라. 반갑고 신긔ᄒᆞ미 극ᄒᆞ매 비챵ᄒᆞ믈 이긔디 못ᄒ여 셔찰을 손에 쥐고 졍신이 황홀ᄒ여 엇디 즉시 보리오. 반향[179]이나 진졍ᄒ여 보니 셔듕의 ᄒ여시되 네 아ᄒᆡ 편지 납월의 보니 네가 구월 이십일 우도의 갓다가 풍낭을 만나 아모디로 간줄 모롤 ᄲᅮᆫ 아니라 두 돌이 디나되 쇼식을 모르니 그 ᄉᆞ이 ᄉᆞ싱존망을 엇디 알니오 ᄒ여시니 남이라도 드르면 놀나오려든 부ᄌᆞ지간의 그 ᄆᆞᄋᆞᆷ이 엇덜가 시브리오. 날마다 일월을 향ᄒ여 사라 도라와 서로 보믈 축슈ᄒᆞ더니 하ᄂᆞᆯ이 도으샤 네가 무ᄉᆞ히 도라오는 소문을 의쥬 발편의 드르니 깃브믈 엇디 측냥ᄒ리오. ᄯᅩ 칠인이 ᄒᆞᆫ가지로 온다 ᄒ니 깃븐 말을 다 각각 뎐ᄒ라 ᄒ여시니 이 편지는 가친이 셔울셔 ᄒᆞ신 배러라.

이날 셕양이로디 ᄆᆞᄋᆞᆷ이 망급ᄒ여 인ᄆᆞ롤 지촉ᄒ여 비도ᄒ여[180] 이십일 아츰의 경긔감영 압히 오니 슌상 니공이 드러오라 ᄒᆞ거ᄂᆞᆯ 즉시 드러가니 슌샹이 니르디 시방 나라히 장계ᄒᆞ랴 ᄒ니 표류ᄒᆞᆫ 말과 몃 날만의 강남의 다ᄒᆞ며 븍경셔 몃 날만의 의쥬 오며 의쥬셔 몃 날만의 셔울 득달ᄒ고 ᄌᆞ시 니르라 ᄒᆞ거ᄂᆞᆯ 자초로 지죵ᄀᆞ디 낫낫치 고달ᄒ니 셔리 겻해 셧다가 ᄡᅥ더라.

물너나 고마쳥[181]의 니르니 가친이 발셔 와 안자계시니 졀ᄒ여 뵈오니 눈믈이 흐르고 흉격이 막히니 말ᄉᆞᆷ을 엇디ᄒ리오. 다만 부지 서르 잡고 반향이나 우다가 계유 졍신을 진졍ᄒ여 도라온 슈말을 디

---

178) 하루를 넘는 동안.
179) 반나절.
180) 배도(倍道)하다: 갈 길을 배로 달리다.
181) 고마청: 공무로 출장가는 관원에게 국마를 빌려주거나 돌려받는 관청.

강뎌강 고ㅎ니 꿈인 둧 씬둧디 못ㅎ너라.

우ㅎ로셔 경긔감영 초긔 보시고 좌우 대신을 명ㅎ샤 졔쥬 표류인 니방익을 몬져 불너보라 ㅎ시니 하인이 와 부르거놀 즉시 가 두 대신긔 뵈온즉 쥬찬을 ㄴ여 먹이시고 표류 젼말을 무르시미 디강 엿줍더니 수말을 맛디 못ㅎ여셔 오위쟝 졔슈ㅎ시고 젼쥐 듕국¹⁸²⁾과 샹환¹⁸³⁾ㅎ라 ㅎ시니 명일 소은 후 인ㅎ여 희뎡당으로 입시ㅎ라 ㅎ시매 즉시 입시ㅎ즉 즉시 뎐교롤 ㄴ리오샤 표류ㅎ던 슈말과 듕국 풍속과 산쳔험디와 인심후박을 낫낫치 자셔히 알외라 ㅎ시고 또 셩교롤 ㄴ리오샤 네 아비롤 흔가지로 드리고 ㄴ려가 부임ㅎ라 ㅎ오시니 지미지쳔¹⁸⁴⁾흔 몸이 만소의 사라나셔 노부롤 다시 보고 또 텬은을 놈의업시 입소오니 망극ㅎ온 ᄆᆞ음과 감격흔 ᄯᅳᆺ이 일반 갑소올 길이 업더라.

이십이 일의 경모궁¹⁸⁵⁾ 거동을 ㅎ시매 남문 밧긔 머무더니 병판 니공¹⁸⁶⁾이 부르시거놀 즉시 가 뵈오니 무소히 가셔 장슈롤 잘 도으라 ㅎ시ᄂᆞᆫ 뎐교롤 니르시고 쥬찬을 내여 먹이시더라. 이십소 일의 ᄯᅥ나 칠월 초이 일의 젼쥐로 ㄴ려가 부임흔 후 명심찰직ㅎ여 명졍션치ㅎ고 쳬기¹⁸⁷⁾ 샹경ㅎ여 부귀로 디내다가 년만 션죵ㅎ니라.¹⁸⁸⁾

---

182) 중군(中軍)의 오기.

183) 상환(相換): 자리를 맞바꿈.

184) 지미지천(至微至賤): 자신을 낮춰 부르는 말로 보잘 것 없고 천하다는 뜻.

185) 경모궁(景慕宮): 정조의 부친 사도세자의 사당으로 창경궁 앞 함춘원에 있었다.

186) 병조판서 이조원(李祖源)을 이름.

187) 체개(遞改): 자리를 다른 사람으로 바꿈.

188) 이 문구로 볼 때 누군가 이방익의 작품을 개칠하고 부연한 것임이 드러난다.

「서이방익사書李邦翼事」 역주

「이방익의 일을 기록함」[1]

면천군수 신 박지원[2]은 삼가 칙명勅命을 받들어 지어 올립니다.

성상 20년 9월 21일, 제주 사람 전 충장장 이방익이 자신의 부친을 뵙고자 배를 타고 서울로 향하던 중 큰 바람을 만나 표류하다가 10월 초6일에 팽호도에 표착漂着하였습니다. 팽호부에서는 의복과 음식을 주며 10여 일 머물게 한 뒤 대만으로 호송하였습니다. 그는 대만을 떠나 하문을 거쳐 복건 · 절강 · 강남 · 산동 등 여러 성을 거쳐 북경에 이르고 요양遼陽을 지나 이듬해 정사丁巳 윤6월에 환국하

---

1) 이 글은 필자의 번역문으로 돌베개 刊 『연암집』에 수록된 번역문과 김익수 번역 「남유록」을 참조했고 오역 또한 바로잡았다. 또한 필자가 주석을 달았다.
2) 박지원(1737-1805)은 어려서부터 학문에 뜻을 두고 있으나 관직에 나갈 생각은 하지 않고 탐구에만 열중했다. 그러나니 입에 풀칠하기도 어렵게 되었다. 주위에서 간곡히 청하여 그는 1786년 50세의 나이에 음사(蔭仕)로 관직에 들어갔고 안의현감, 면천군수, 양양부사를 역임했다. 그는 실학자 홍대용, 이서구, 박제가, 유득공 등과 어울려 밤새는 줄 모르고 토론했고 청나라 문화를 받아들일 것과 이용후생을 주장하면서 국리민복을 역설했으며 토지개혁, 상업의 진흥, 그리고 화폐사용을 건의하기도 하였다. 그는 개혁을 시도하던 정조와 의기 상통하였으나 1800년 정조가 죽은 후 그는 붓을 꺾고 술만 퍼먹으며 세상 한탄만 하다가 69세에 죽었다.

니 무려 수륙 만여 리 길이었습니다.

성상께서 특별히 방익을 불러 보시고 지나온 곳의 산천과 풍속을 물으시면서 사관에게 명하여 이를 기록하게 하셨습니다. 배에 같이 탄 8명 가운데 유독 방익만이 문자를 알았지만 겨우 노정만을 기억했고 기억을 더듬어 아뢴 것도 왕왕 차서次序를 잃곤 했습니다.

신 지원이 면천군수로서 희정당熙政堂[3]에 나가 성상께 입시하니 성상께서 말씀하셨습니다.

"이방익의 일이 매우 기이하거늘 이렇다 할 기록이 없어 매우 애석하도다. 네가 한 편의 글을 지어 올리도록 하라."

신 지원이 송구하여 얼떨떨한 마음으로 물러나와 그 내용에 증거를 보태어 바로잡았습니다.

방익의 부친은 오위장을 역임한 광빈인데 일찍이 무과에 응시하려고 바다를 건너던 중 표류하여 일본의 장기도長碕島에 닿았습니다. 거기에는 외국 배들이 많이 모여 있고 시가지는 번화하였습니다. 그때 의사 한 사람이 광빈을 이끌어 자기 집으로 데리고 가서 대접하면서 머물러 있기를 권하였습니다. 광빈이 귀국시켜 달라고 조르니 그 의사는 내당으로 데리고 가서는 예쁘장한 어린 계집을 불러 절을 시키면서 말했습니다.

---

3) 창덕궁 내에 있는 건물로 창덕궁을 지을 때 같이 지어졌지만 임진왜란, 병자호란, 인조반정 때 소실되었지만 그때마다 재건을 거듭했다. 정조는 이곳을 편전으로 즐겨 사용하여 신하들과 국정을 논하기도 하고 학자들과 토론하기도 하였다.

"우리 집에는 누천 금이 있지만 사내자식은 없고 다만 이 딸애만이 있지요. 그래서 번거로운 부탁이니 선생은 내 사위가 되어 주십시오. 내가 늙어 죽게 되면 내 천금의 재산은 선생의 소유가 될 것 아니겠소?"

광빈이 그 계집을 슬쩍 보니 이빨은 서리같이 희고 철즙鐵汁[4]을 물들이지 않은 것으로 보아 과시 처녀가 분명했습니다. 그러나 광빈이 언성을 높이며 대답했습니다.

"내가 조국을 버리고 재물과 여색을 탐하여 다른 나라에 귀화한다면 개돼지만도 못한 자일 것이오. 더구나 나는 내 나라에 돌아가 과거에 급제하면 부귀를 얻을 수 있을 것인데 하필 그대의 재물과 딸을 넘보겠습니까?"

그 의사는 아무리 사정해도 막무가내인 줄을 알고 광빈을 보내주었다고 합니다.

광빈은 비록 섬에 사는 무인이지만 의연하여 열사의 기풍이 있었으며 그들 부자가 멀리 이국에서 노닐던 것 또한 기이한 일이라 하겠습니다.

제주는 옛날에 탐라耽羅라 불렀습니다. 『북사北史』[5]에 이르기를

---

4) 지난 날 일본에서는 결혼한 여인은 이빨을 새까만 철즙으로 물들이는 관습이 있었다.
5) 당나라 때 이연수(李延壽)가 지은 역사서적으로 중국 남북조시대(386-589)와 수나라(589-618)의 역사를 기록했다.

"백제에서 남해로 나가자면 탐모라국耽牟羅國이 있는데 그 땅에는 노루와 사슴이 많으며 백제의 부용국附庸國[6]이라고 했습니다." 또 이르기를 "고구려 사신 예실불芮悉弗이 위나라 선무제宣武帝[7]에게 말하기를 "황금은 부여에서 나고 가珂[8]는 섭라涉羅에서 나는데 지금 부여는 물길勿吉에게 쫓기고 있고 섭라는 백제에 병합[9]되어 이 두 가지 물품은 올리지 못했습니다."[10]라고 했습니다. 『당서唐書』[11]에 이르기를 "용삭龍朔 초에 담라澹羅가 있었는데 그 나라 왕 유리도라儒理都羅가 사신을 보내 입조하였다.[12] 그 나라는 신라 무주武州[13] 남쪽에 있는 섬나라이며 토속이 박루樸陋하여 개가죽으로 옷을 해 입고 여름에는 혁옥革屋[14]에서 살며 겨울에는 움집에서 산다. 처음에는 백제에 부용되었다가 뒤에 신라에 부용되었다."고 했습니다.

　살피건대 이는 다 탐라를 지칭합니다. 동국 방언에 도島를 섬剡이라 하고 국國을 라라羅羅라 했는데 탐耽, 섭涉, 담澹 세 음은 다 섬剡

---

6) 독립국이면서도 큰 나라의 간섭을 받는 나라.

7) 중국 남북조 시대 북위의 8대 황제(재위 499-515)

8) '珂'에 대하여는 옥 또는 진주라는 설도 있지만 소라나 전복의 껍질을 가공하여 만든 말 재갈이라 여겨지는데 당시(唐詩)에 많이 등장한다.

9) 탐라가 백제에 병합되었다(涉羅爲百濟所并)고 표기되었지만 당시 섭라(탐라)는 엄연한 왕국이었음을 감안해 볼 때 백제에의 조공국으로 이해하여야 할 것이다.

10) 『삼국사기』문자왕13년(504)조.

11) 송나라 때 왕부가 지은 당회요(唐會要) 권100 탐라국조

12) 용삭(龍朔)은 당나라 고종의 세 번째 연호(661-663)이다. 660년 백제가 당나라에 망하자, 백제는 물론이고 백제를 도와 참전했던 일본과 탐라국이 사신을 보내 사죄하는데 『당서』에서는 탐라국왕 유리도라가 중국 수도를 방문한 것으로 되어 있다.

13) 지금의 광주(光州).

14) 짐승의 가죽으로 엮은 집

과 비슷하여 섬나라라는 뜻입니다.[15] 옛 기록에 탐진耽津에 정박하여 신라에 조공했기 때문에 탐라라 한다는 말이 있는데 이는 견강부회牽强附會의 설입니다.

송나라 가우嘉祐 연간에 소주 곤산현 해상에 배 한 척이 돛대 꼭지가 부러진 채 폭풍에 밀려 해안에 닿았는데 배 안에는 30여 명이 타고 있었습니다. 의관衣冠은 당나라 사람 같고 홍정각대를 띠고 짧고 검은 베적삼을 입었는데 사람을 보자 모두 통곡을 하였습니다. 그들의 말을 알아들을 수가 없어 글자를 써보였으나 읽을 줄을 몰랐습니다. 그들이 걸어 다닐 적에는 기러기처럼 줄지어 다녔습니다. 한동안 있다가 문서 하나를 꺼내 보이는데 바로 한자로 쓴 것으로 당나라 천수天授 연간에 둔라도屯羅島 수령에게 배융부위陪戎副尉에 임명한다는 문서이고 또 하나의 문서가 있는데 바로 고려에 올리는 표문으로 둔라도라 칭했으며 그 역시 한자를 사용했습니다.[16] 곤산현 지사가 사람을 시켜 부러진 돛대를 수리해주었는데 그들의 돛대는 낡은 선목船木 위에 꽂혀 있어서 움직일 수가 없었습니다. 그래서 공인工人이 그 대신에 세우기도 하고 눕히기도 하는 돛대를 만들어 주고 그 사용법을 가르쳐 주었습니다.

살펴건대 제주는 옛날에 또한 탁라乇羅라고 불리었는데 한문공韓文公은 탐부라耽浮羅라 했습니다.[17] 소위 둔라屯羅라고 하는 것은 탁

---

15) 정조 때 실학자 한치윤의 『해동역사』에서 인용했음.

16) 가우는 송나라 인종(1023-1063)의 마지막 연호(1056-1063)로 이 사건은 송나라 때의 사건이며 동시에 고려 때의 일이다. 송의 인종이 재위할 때는 고려 11대 문종이 재위(1046-1083)하던 시기이며 배융부위는 고려의 무관직이다. 고려는 초기에 천수(天授)라는 연호를 썼는데 천수는 또한 당나라 측천무후의 연호이기도 하다. 연암이 지적했듯이 당나라 천수 연간은 잘못된 표현이다.

라毛羅의 와전입니다. 천수는 고려 태조의 연호이니 『고려사』에 천수 20년에 탁라 도주가 내조하여 왕이 작을 내렸다는 것이 바로 그 예입니다. 송나라 사람이 이를 측천무후[18]의 연호로 본 것은 더욱 틀린 것입니다. 제주 사람들이 표류되어 중국에 들어간 것은 예로부터 있어 왔던 일입니다.

방익은 다음과 같이 말했습니다.

"배가 바람에 밀려 혹은 동서로 혹은 남북으로 표류하기를 열엿새 동안이나 하였습니다. 일본에 가까워지는 듯하다가 갑자기 방향을 바꿔 중국으로 향하였습니다. 식량이 떨어져서 여러 날 먹지 못했는데, 어느 날 홀연히 큰 물고기가 배 안에 뛰어들어 여덟 사람이 함께 산 채로 씹어 먹었습니다. 먹을 물이 다 떨어졌는데 하늘이 또 큰 비를 내려주어 모두들 두 손으로 움켜서 받아 마셔 갈증을 풀었습니다. 배가 비로소 해안에 닿았을 때에는 정신이 어지러워 인사불성이 되었는데, 어떤 사람이 멀리 서서 우리를 엿보고 있더니 이윽고 무리를 지어 다가와 배 안에 있는 의복 따위를 모두 챙기고 우리를 각자 한 사람씩 업고 갔습니다. 30여 리를 가니 30여 호쯤 되는 촌락이 있고 중앙에는 공해公廨가 있었는데 〈곤덕배천당坤德配天堂〉이라는 편액이 걸려 있었습니다. 그들이 미음을 주어 마시게 하고 화로를 가져다 옷을 말려주니 겨우 정신이 들었습니다. 지필을

17) 한문공은 한유(韓愈, 762-824)를 이른다. 그의 글에 의하면 '탐부라 등의 족속들이 동남쪽 아득한 천지 가장자리에 있어 바람과 물때를 보아가며 적당한 때 조공을 하였고 해상에서 교역도 하였다.'고 썼다.
18) 중국 역사상 유일무이한 여자 황제(당나라)로 천수(天授)라는 연호를 썼다.

청하여 글자를 써서 묻고서야 비로소 그곳이 중국의 복건성 소속 팽호도 지방임을 알게 되었습니다."

살펴건대 팽호도는 서쪽으로 천주의 금문과 서로 마주보고 있습니다. 『도경圖經』에 의하면 팽호도는 동길서, 서길서 등 36개의 섬[19]으로 이루어지고 있어 바다를 건너는 자는 반드시 이 두 섬을 경유하여야 합니다.

예전에는 동안현同安縣에 속했는데 명나라 말기에 이르러서는 그 지역이 바다 가운데 위치하고 백성들이 여기저기 흩어져 있으므로 인해 최과소崔科所[20]가 세금을 거둘 수 없어 마침내 포기하기로 결정했습니다. 그 후 내지의 백성들이 부역에 시달리다 못해 가끔 그 섬으로 도망쳤는데 동안과 장주漳州의 백성이 제일 많았습니다.

홍모紅毛[21]가 대만을 점령하였을 때 이 지역도 아울러 차지했으며 정성공鄭成功[22] 부자가 다시 대를 이어 웅거할 때 이 지역의 이점을 살려 대만의 문호로 삼았습니다. 주위를 빙 둘러 36개의 섬이 있는데 그 중 제일 큰 섬은 마조서媽祖嶼 등지로 오문구澳門口에 두 포대가 있고 그 다음은 서서두西嶼頭 등지이며 각 섬들 가운데 서서만이 조금 높을 뿐 나머지는 다 평탄합니다.

하문으로부터 팽호에 이르기까지는 물빛이 검푸른 색이어서 그

---

19) 최근에는 66개의 섬으로 알려져 있다.
20) 세금을 징수하는 기관
21) 네덜란드인
22) 명나라가 청나라에 멸망하자 정성공은 중국 남부지방을 중심으로 일어나 본토회복을 위하여 싸웠지만 청나라의 세에 밀려 대만으로 물러가서 네덜란드인을 내쫓고 나라를 세웠는데 그의 손자 때 항복하였다.

깊이를 헤아릴 수 없으며 뱃길의 중도에 있어 순풍이면 겨우 7경[23] 반 만에 갈 수 있는 물길이지만 한번 태풍을 만나면 작게는 주위의 다른 섬에 표류되어 한 달 남짓 지체하게 되고 크게는 암초에 부딪혀 배가 전복되기도 합니다. 그러므로 뱃사람들은 바람을 보고 기후를 점치는 방법을 알고 있습니다. 나침반을 자오로 놓으면 바다에는 각각 방향이 있게 됩니다. 봄과 여름철 진해기鎭海圻[24] 쪽에서 불어오는 바람을 이용해 바다로 나가는데 정남풍이 불면 건해방에서 손사방을 향해 나아가며, 서남풍이 불면 건방에서 손방을 향해 나아갑니다. 겨울에는 요경蓼經[25] 쪽에서 불어오는 바람을 이용해 바다로 나가는데 정북풍이 불면 술방에서 진방을 향해 나아가고 한밤중에는 건술방에서 손진방을 향해 나아가고 동북풍이 불면 신술방에서 을진방을 향해 나아갑니다. 혹 위두圍頭[26] 쪽에서 불어오는 바람을 이용해 바다로 나가기도 하는데 정북풍이 불면 건방에서 손방을 향해 나아가고 한밤중에는 건해방에서 손사방을 향해 나아가고 동북풍이 불면 건술방에서 손진방을 향해 나아갑니다.[27] 어느 방

---

23) 1경은 2시간
24) 양자강 남쪽 해안지역
25) 대만의 서쪽 해안지역
26) 복건성 천주 진강 남쪽에 위치한 곳
27) 본문에 나온 방위를 종합하면 다음과 같다.
   건해방: 북북서, 서에서 북으로 45-60도 방향
   손사방: 동남남, 동에서 남으로 45-60도 방향
   건방: 북서
   손방: 남동
   술방: 북서서, 서에서 북으로 30도 방향
   진방: 동남, 동에서 남으로 30도 방향
   건술방: 북서, 서에서 북으로 30-45도 방향
   손진방: 동남, 동에서 남으로 30-45도 방향

향으로 나아가던 날이 밝아질 즈음이면 모두 팽호의 서서두를 볼
수 있습니다. 팽호를 거쳐 대만으로 갈 때에는 모두 손방을 향해 나
아가는데 저물녘이면 대만을 볼 수가 있습니다.

  팽호는 애초에 벼를 심을 만한 논이 없어 다만 고기 잡는 것으로
써 생계를 삼았으며 혹은 남새[28]를 가꾸어 자급하는 형편이었는데
지금은 무역선이 폭주하여 점차 살기 좋은 곳으로 변하고 있습니
다.

  방익은 다음과 같이 말했습니다.

  "여덟 사람이 채선彩船에 동승하여 5리쯤 가서 마궁馬宮의 아문으
로 나아가니 강 연변에 채선 수백 척이 널려 있고 강가에는 화각畫閣
이 있는데 바로 아문이었습니다. 문 안에서 소리를 높여 세 번 외치
고는 우리 여덟 사람을 인도하였습니다. 거기에는 마궁대인이 홍포
를 입고 의자에 앉아 있는데 나이는 예순 남짓하고 수염이 아름다
웠으며 계단 아래에는 붉은 일산을 세우고 섬돌 위에는 시립해 있
는 자들이 80명쯤 되었습니다. 모두 무늬 새긴 비단옷을 입었는데
혹은 남색 혹은 녹색이었으며 혹은 칼을 차고 혹은 화살을 짊어졌
습니다. 섬돌 아래에는 붉은 옷 입은 병졸이 30명쯤 되는데 모두 장
대나 죽곤竹棍을 쥐고 있었으며 황룡기 두 쌍을 들고 징 한 쌍을 울
리면서 우리 여덟 사람을 섬돌 위로 인도하였습니다. 마궁대인이

  신술방: 북서서, 서에서 북으로 15-30도
  을진방: 동동남, 동에서 남으로 15-30도
28) 채소

바다에 표류된 연유를 묻기에, 우리는 조선 전라도 전주부 사람으로 여차여차한 연유로 표류하게 되었다고 대답했습니다. 그리고는 물러나와 큰 행랑으로 들어가니 바닥에 주단이 깔려 있었습니다. 우리들 각자에게 대자리와 베개를 주고 날마다 미음 한 그릇과 닭고깃국 한 그릇을 주고 또 향사육군자탕香砂六君子湯[29]을 두 때씩 주었습니다."

살피건대 마궁대인의 그 '궁宮' 자는 아마도 '공公' 자인 것 같습니다. '공'과 '궁'이 중국 음으로는 서로 같으므로 이는 응당 마씨 성을 가진 통관通官일 것입니다.[30] 또 탐라 사람이 이국에 표류된 경우 본적을 속여 영광·강진·해남·전주 등의 지방으로 둘러대는 것은 속俗에서 전하기를 유구의 상선이 탐라 사람들에게 해를 입은 적이 있기 때문이라고 합니다. 혹은 유구가 아니고 안남이라고 하기도 합니다. 이중환의 『택리지』[31]에 그에 대한 시가 실려 있습니다. 그러나 고기古記를 증거할 길이 없고 다만 세속에 떠도는 이야기일 뿐이니 굳이 그 진위를 따질 필요는 없을 것입니다.

방익은 다음과 같이 말했습니다.

"두 척의 큰 배에 나누어 타고 서남[32]으로 향하여 이틀 만에 대만

---

29) 각종 약재를 넣어 끓인 한약탕으로 위허(胃虛), 구토 등의 처방에 사용한다.
30) 연암은 마궁대인을 공(公)씨 성을 가진 통판(판관)으로 보고 있으나 잘못 알고 있는 것 같다. 마궁은 마조신을 모시는 묘사이며 마궁대인은 마조교의 종교지도자임에 틀림이 없다.
31) 1751년(영조 27)에 이중환이 조선팔도를 망라하여 쓴 지리서
32) 남동의 오기, 당시 대만부는 대만의 남서쪽(대남)에 있었다.

부[33]의 북문 밖에 내렸는데 거리가 번화하고 장려하며 길 양옆에 누대가 들어서 있고 밤에는 유리등을 켜 대낮처럼 밝았습니다. 또 기이한 새들을 채롱에 길들여 기르고 있는데 그 새들은 시간을 알아서 울곤 하였습니다."

살피건대 대만은 『명사明史』[34]에 계롱산鷄籠山이라 부르기도 하고 또 동번東藩이라 부르기도 했습니다. 영락永樂[35] 연간에 정화鄭和[36]가 동서의 대양을 두루 원정하여 모든 나라가 조공을 바치지 않은 곳이 없었는데 유독 동번[37]만은 멀리 피해 버렸습니다. 정화가 이를 미워하여 집집마다 구리 방울을 주어 목에 걸게 하였는데 이는 대개 구국(狗國-개의 나라)에 비긴 것입니다. 그런데 그 후에 사람들은 도리어 그 방울을 보배로 여겨 부자는 여러 개를 걸고 다니며 '이는 조상이 물려준 풍속'이라고 자랑하고 다녔습니다. 꿩을 먹지 않고 다만 그 털만 취하여 장식으로 삼는다고 합니다.

건륭乾隆[38] 52년에 임상문林爽文의 난[39]을 토벌하자 임상문의 군

---

33) 대만부는 지금의 대남시로 네덜란드가 처음 여기에 항구를 건설하여 대원(大圓)이라 칭했는데 대만이라는 말은 대원에서 비롯되었다.
34) 명나라의 역사를 기록한 책으로 1645년에 시작하여 1739년에 편찬을 완료하고 1751년(건륭 40)에 대폭 수정한 방대한 역사서이다.(총 24권)
35) 명나라의 3대 황제로 1402-1424년간 재위에 있었다.
36) 정화는 중국 영락 연간에 대선단(대선 62척, 소선 200여 척, 승선인원 약3만 명)을 이끌고 남중국해와 인도양을 횡행하였는데 26년간 7차례를 항해하면서 인도, 스리랑카, 페르시아 등 30여 개국을 섭렵했다. 그러나 영락제가 죽자 명나라가 해금정책을 쓰면서 그간 항해하여 얻은 효과는 유야무야되었다.
37) 동번 또는 생번: 대만 본토인
38) 건륭은 청나라 6대 황제 고종의 연호. 건륭52년은 1787년(정조 11)

사가 패하여 내산으로 들어가니 생번生蕃[40]들이 포박하여 바쳤는데 열하熱河[41]의 문묘 대성전 오른편 벽의 비에 그 사실이 기록되어 있습니다. 생번들은 다 키가 왜소하며 단발한 머리카락이 이마를 덮고 머리는 칠흑색이며 양 미간이나 턱 위에 팔괘 무늬와도 같은 문신을 했으며, 귓바퀴를 뚫어 귀고리를 하고 주석통을 꽂았는데 그 통은 앞뒤로 뚫렸으며 또는 횡목을 꿰어 골패를 달고 다닌다고 합니다. 투왕, 균력력, 야황와단, 회목회라 불리는 자들은 일찍이 열하에 입조한 자들입니다.

대만부 주변의 해안에는 모두 뱃사람들이 살고 있는데 그들은 바다를 건너는 것을 거리로 구분하지 않고 하루를 10경更으로 나눈 시간을 기준으로 삼고 있습니다. 계롱과 담수淡水[42]에서 복주 항구까지는 5경, 대만항으로부터 팽호까지는 4경, 팽호로부터 천주 금문소까지는 7경이 걸립니다. 동북으로 향하여 일본국에 이르자면 72경이 걸리며, 남으로 여송국[43]까지는 60경, 동남으로 대항까지는 22경, 서남으로 남오[44]까지는 7경이 걸리는데, 다 순풍을 만났을 때를 기준으로 한 것입니다.

극동의 바다에 위치하여 달이 항상 일찍 뜨기 때문에 조수의 드

---

39) 임상문은 천지회의 일당으로 1786년 대만에서 부패한 관리들에 맞서 난을 일으켜 그 세가 날로 번창했으나 청군의 강공과 주민들의 비협조로 실패하고 마침내 체포되어 사형에 처해졌다.
40) 대만의 원주민으로 남방계 족속.
41) 열하는 청나라 때 황제의 피서별궁이 있던 곳으로 박지원은 그곳까지 다녀와 『열하일기』를 썼다.
42) 대만산맥에서 발원하여 서쪽으로 대만부(대남시)를 끼고 고웅시 동항으로 흐르는 강.
43) 여송국: 필리핀.
44) 남오: 광동성의 동부, 마카오.

나듦도 하문과 동안에 비하여 또한 이른 편입니다. 바다에 큰 바람이 많아서 매우 심하면 태풍이 됩니다. 토번에 태풍이 오는 것을 알려주는 풀이 있는데 이 풀에 마디가 없으면 일 년 내내 바람이 없고 마디가 하나면 태풍이 한번 불고, 마디가 많으면 태풍 또한 그 수만큼 부는데, 들어맞지 않는 적이 없습니다.

녹이문鹿耳門은 대만 서쪽 30리에 있는데 그 모양이 사슴의 귀처럼 생겼기 때문에 붙여진 이름입니다. 양쪽 언덕에 포대를 쌓아 놓았고 바닷물이 해협 사이로 흘러 휘돌아 들어옵니다. 그 가운데 해옹굴海翁崛이 있는데 뜬 모래가 많고 물이 얕으나 바람이 세게 불면 갑자기 깊어져 가장 험한 곳이 됩니다. 녹이문 안으로 들어가면 수세가 약해지고 넓은 곳이 나와 천 척의 배를 정박해 둘 만한 곳이 있으니 곧 대원항大圓港이라는 곳입니다.

가의현嘉義縣[45]은 정씨[46] 때에 천흥주에 속했다가 강희(康熙 23년)[47]에 분리되어 제라현諸羅縣이 되었습니다. 건륭 52년에 대만의 도적 임상문이 현성을 공격했을 때 성내의 거주민 4만 명이 제독을 도와 성을 지켰으므로 이로 인해 칙령을 내려 제라현을 가의현으로 고쳐 표창했습니다.

안평진성安平鎭城은 첫 번째 곤신 위에 있는데, 곤신崑身이란 번어蕃語[48]로 모래 제방이라는 뜻입니다. 동쪽으로는 대만 시가지 나

---

45) 가의현은 대만부 북쪽에 위치.
46) 정성공 일가(정성공, 정경 부자)를 이름.
47) 강희제(재위 1661-1722)는 청나라 4대 황제 애신각라이며 1683년(강희 23)
    은 정성공의 아들 정경이 청나라의 공격으로 대패했던 해이다.
48) 대만 원주민의 언어.

루에 닿고 서쪽의 모래언덕은 대해에 닿으며, 남쪽으로는 두 번째 곤신에 이릅니다. 북쪽에는 해문이 있는데 원래 홍모의 협판선夾板船이 드나들던 곳입니다. 첫 번째 곤신으로 말하자면 둘레가 5리쯤 되는데 홍모가 성을 쌓을 때 큰 벽돌을 이용하고 동실유49)와 석회를 섞어 함께 다져서 만든 것입니다. 성의 기초는 땅 밑으로 한 길 남짓 들어가고 깊이와 너비도 한두 길이나 됩니다. 성벽 위의 성가퀴는 모두 쇠못을 박았는데, 둘레가 1리이며 견고하여 무너질 염려가 없습니다. 동쪽 둔덕에는 백성들이 집을 짓고 시장을 열어 무역하는 것을 허락해 주었습니다. 성안은 굴곡이 심하여 누대를 오르내리는 것과 같고, 우물물은 싱겁고 짠맛이 일정하지 않아 별도로 우물을 파 놓았는데 구멍이 하도 작아서 두레박이 들어가지 못할 정도였고 물이 벽에서 흘러내립니다. 서쪽과 남쪽 일대는 본시 모래 둔덕이었는데 홍모들이 돌을 갖다가 견고하게 쌓아서 파도가 쳐도 무너지지 않습니다.

적감성赤嵌城50) 역시 홍모가 쌓은 것인데 대만의 해변에 있어 안평진과 서로 마주 보고 있습니다. 그 성의 둘레는 반 리에 지나지 않습니다. 계롱과 담수는 조그마한 성인데 홍모가 쌓아서 바닷바람을 막고 있습니다. 그러나 남풍만 막아 줄 뿐 북풍은 막아 주지 못합니다.

방익이 다음과 같이 말했습니다.

---

49) 오동나무 열매 기름.
50) 안평진성과 적감성은 네덜란드인(홍모)가 쌓은 유럽식 성으로 중국식 성과 달라 시가지와 저자는 성 밖에 있다.

"대만에 머문 지 7일째 되던 날 글을 올려 돌아갈 것을 청했더니 관에서 옷 한 벌을 내주고 전별연을 열어 송별해 주었는데 손을 꼭 잡고 아쉬워하였습니다. 배로 하문에 이르러 자양서원紫陽書院에 머물렀는데, 들어가서 주자朱子의 상에 절을 하니 유생 수백 명이 와서 보고 성의껏 대해 주었습니다. 험한 길에는 또 대나무로 만든 교자를 타고 갔으며 동안현의 상급관청 천주부泉州府를 지났는데 흥화부興化府에는 대홍교大虹橋가 있어 좌우로 용주龍舟 만여 척이 정박해 있고 노래와 풍악 소리로 시끌벅적하였습니다."

살피건대, 주자가 동안현同安縣의 주부主簿로 있을 때에 고사헌高士軒을 지어 여러 유생과 더불어 그곳에서 강습한 일이 있는데 지금의 서원이 서 있는 자리는 아마도 그 옛터인 듯합니다. 또 원나라 지정至正[51] 연간에 고을 수령 공공준孔公俊이 서원을 세우고 황제께 청하여 대동서원이란 액호額號를 하사 받았는데 바로 이 서원을 가리킵니다. 대홍교는 곧 낙양교洛陽橋로, 당나라 선종[52]이 미행을 나와 산천의 승경을 구경하다가 이곳에 이르러 경탄하여 하는 말이 "우리 낙양과 너무나 닮았구나" 했기 때문에 낙양교라 이름한 것이고, 일명 만안교萬安橋라고도 합니다.

또 강 어귀에 낭자교娘仔橋가 있는데 매우 긴 다리입니다. 예전에 바다를 건너다 해마다 빠져 죽는 자가 수없이 많았기에 군수 채양蔡襄이 돌을 쌓아 교량을 만들고자 했는데, 조수가 밀려들어 인력으로는 도저히 만들 수가 없었습니다. 이에 해신에게 보내는 격문을 지

---

51) 지정(至正): 원나라 순제의 연호(1341-1367).
52) 당나라 16대 황제(재위 847-859).

어 한 아전에게 주어 보냈는데 그 아전이 술을 실컷 마시고는 해안에서 잠을 자다가 반나절이나 지나 조수가 빠질 때쯤 깨어나 보니 문서는 이미 봉투가 바뀌어 있었습니다. 돌아와서 바치므로 채양이 열어 보았더니 다만 鵲[53](작) 자 한 자만이 적혀 있었습니다. 그것을 보고 채양이 그 뜻을 깨닫고서 "신이 나에게 스무하룻날 유시에 공사를 시작하라고 하는구나."라고 하였는데 그때에 이르자 조수가 과연 물러가기를 8일 밤낮이었습니다. 공사에 든 금전이 1400만이요, 길이가 360장이요, 너비는 1장 5척입니다.

예전에도 표류하다 돌아온 제주 사람 가운데 이 다리를 지나온 자가 있었는데, 어떤 이는 다리의 길이가 10리라 하고 어떤 이는 50리라 하는 등 안타깝게도 정확하게 본 사람이 아무도 없고 혹은 길이가 360장이고 홍공虹空이 47개라고도 합니다.

방익이 다음과 같이 말했습니다.

"정월 초5일 복건성에 들어서니 문안에 법해사法海寺라는 절이 있고, 보리는 이미 누런색을 띠었으며 굴과 유자는 열매가 드리웠고, 의복과 음식이 우리나라와 비슷하였습니다. 우리를 보러 온 사람들이 앞 다투어 사탕수수 더미를 던져주었으며, 어떤 이는 아쉬운 듯 자리를 떠나지 못하였고, 어떤 이는 우리의 의복을 입어보고 서로 바라보며 눈물을 흘리기도 했으며, 또 어떤 이는 옷을 안고 돌

---

53) 鵲을 해자(解字)하면 二十一 鳥(닭)가 되어 21일 유시(酉時-오후5시부터 7시 사이)로 풀이된다.

아가 가족들에게 보여 주고 돌아와서는 가족과 돌려보면서 소중하게 감상하였다고 말하였습니다.

살피건대, 장주에는 신라현이 있는데 당나라 시대에 신라가 조공하러 들어간 땅입니다. 또 신라가 오吳·월越을 침범하여 그 지역의 일부 즉 천주와 장주 사이에서 살았다고도 합니다. 그러니 그 지역의 유속遺俗이 우리와 유사하다는 것은 족히 괴이하게 여길 것이 없습니다. 우리나라 의복을 보고서 눈물을 흘렸다는 것은 아직도 고국을 그리는 마음이 있음을 볼 수 있는 것입니다.

방익은 다음과 같이 말했습니다.

"행리行李가 지체되어 또다시 글을 올려 순무부巡撫府에 또 글을 올려 청원했습니다. 관인 한 사람이 쌍가마를 타고 누런 일산을 받치고 지나가기에 길을 막고 진정하였더니, 그 관원이 한참 동안 생각하다가 말하기를 '며칠 후 35명의 관원이 일제히 모일 때 다시 오라고 하였습니다. 그가 말한 대로 가서 호소하였더니, 뭇 관원이 돌려가면서 보고나서 순무부에 고하여 순검 한 사람을 호송관으로 정해주었습니다. 성의 서문으로 나와 40리를 가서 황진교黃津橋에 당도하였고, 작은 배에 올라 이틀 만에 상륙하여 서양령西陽嶺 보화사寶華寺를 경유하여 절강성에 당도하여 선하령仙霞嶺을 넘었습니다."

살펴보건대, 선하령은 강산현江山縣에 있습니다. 송나라 사호史浩[54]가 군대를 거느리고 이곳을 지나면서 돌을 쌓아 길을 냈는데 모두 360개의 층계로 이루어져 있습니다.

방익은 다음과 같이 말했습니다.

"강남성[55] 강산현에 이르러 배를 재촉하여 떠났습니다. 강가에 작은 배가 있는데 고기 잡는 노인이 청둥오리 수십 마리를 싣고 가서 물 한가운데에다 풀어놓으니 그 오리가 고기를 물고 배 안으로 돌아왔습니다."

살펴보건대, 강산현은 강랑산江郎山 때문에 붙여진 이름입니다. 뱃사람이 곡식으로 돼지를 키워 돼지고기 맛이 보통과 다르며 희생으로 좋은 것은 대려[56]의 양과 강산의 돼지라고 하였습니다. 또 고기를 잡아 오는 청둥오리는 가마우지지 물오리가 아닙니다. 일명 오귀라고도 하는데 두보의 시에,

집집마다 오귀를 기르니　　　家家養烏鬼
끼니마다 황어를 먹게 된다　　頓頓食黃魚

라고 한 것이 이를 두고 한 말입니다. 강남 지방을 그린 그림 속에 왕왕 이러한 풍경이 있습니다.

---

54) 남송의 재상으로 송나라가 금나라의 침략으로 양자강 이남으로 밀릴 때 사호는 양자강을 사수하자고 강력히 주장하다가 탄핵을 받아 은퇴하였다.
55) 절강성의 오기.
56) 대려(大荔): 중국 섬서성의 현 이름.

방익은 다음과 같이 말했습니다.

"용유현龍游縣을 지나서 엄주嚴州에 이르러 자릉대子陵臺에 오르니 대 곁에 자릉사가 있었습니다. 항주부杭州府 북관의 대선사大善寺에 이르니 산천이 수려하고 인구가 번성하며 누대가 웅장하여 눈이 휘둥그레졌습니다. 큰 배가 출렁이는 물결 위에 떠 있어 여러 명의 기녀들이 뱃머리에서 유희를 하고 있었는데 차고 있는 패옥 소리가 낭랑하였습니다."

살펴보건대, 용구산龍邱山은 용유현에 있는데 아홉 개의 바윗돌이 수려하게 솟아서 형상이 연꽃과 흡사합니다. 한나라 용구장龍邱萇이 이곳에 은거하였는데 엄광嚴光과 더불어 사이좋게 지냈습니다. 조대釣臺는 바로 엄광이 은거한 곳으로서, 양쪽 언덕이 우뚝 솟아있고 그 사이에 흐르는 물은 검주와 무주에서 흘러와 동려현으로 내려가는데 꾸불꾸불 헤엄치는 용의 형세로 7리를 뻗어있으며 물이 불어나면 물살이 부딪치는 것이 화살과 같습니다.

산허리에 두 개의 큰 바위가 우뚝하니 마주 서서 기울어져 있는데 이곳이 조대로 천연적으로 그렇게 된 것입니다. 호사자好事者가 왼편 바위 위에 정자를 짓고 백 척의 낚싯줄을 드리웠고 오른편 바위에는 세 갈래로 줄을 만들어놓고 한 줄로 올라가도록 했는데 대에 올라가 굽어보면 깊은 연못에 쪽빛의 녹옥 같은 물이 고여 있고 산록에는 수많은 나무들이 빽빽하고 아래에는 십구천十九泉이 있는데 육우陸羽의 품평을 거친 셈입니다.

방익이 다음과 같이 말했습니다.

"항주로부터 엿새 만에 소주蘇州에 이르렀습니다. 서쪽에 한산사寒山寺가 있는데 누런 기와집 40칸이었습니다. 지현知縣인 왕공이 음식을 장만하여 후대하고 저희들에게 구경을 시켜 주었습니다. 배로 10리를 가니 고소대姑蘇臺에 이르렀고, 또 30리를 가니 악양루岳陽樓가 있는데, 구리로 기둥을 세웠고 창문과 대청마루는 다 유리를 써서 만들었으며, 대청 밑에다 못을 파고 오색 물고기를 길렀고, 앞으로는 동정호洞庭湖가 바라보였습니다. 거기서 돌아와서 또 호구사虎邱寺에 도착하니 천하에서 제일 큰 절이라고 하는데, 7층의 부도를 바라보니 끝이 안 보였습니다."

신 지원이 일찍이 듣건대, 중국 사람들이 말하기를 강산이 아름답기로는 항주가 제일이요, 번화하기로는 소주가 제일이라 하였고, 또 여자의 머리는 소주여인의 모양새를 제일 알아준다고 하였습니다. 무릇 소주는 한 주의 부세賦稅만 보더라도 다른 고을에 비하여 항상 10배가 더하니. 천하의 재물과 부세가 소주에서 나온다는 것을 알 수 있습니다. 한산사는 한산과 습득拾得이 일찍이 이곳에 머물렀기 때문에 붙여진 이름입니다. 우리나라 사람들이 장계張繼의 시 중에 "고소성 밖의 한산사"라는 시구를 익히 들어 왔기 때문에 도처에서 그 이름을 모방하는데 이는 모방이 잘못된 것으로, 진짜 한산사나 진짜 고소대를 몸소 갔다 온 사람은 없었습니다.

지금 방익이 창문閶門에서 옷을 털고 태호太湖에서 갓끈을 씻을 수는 있겠으나 그가 악양루를 말하는 것은 사뭇 꿈 이야기를 하는 것 같습니다. 태호는 동동정東洞庭이라고 부르기도 하는데 태호 가운데 포산包山이 있어 이를 또 동정산이라 부르기도 합니다. 이 동정이라는 이름 때문에 악주성岳州城 서문루西門樓를 함부로 들먹이며 태호는 곧 동정호라고 하고 있습니다. 이제 태호와 관련된 여러 기록들을 부기하여 남의 말을 듣고 그대로 믿어버린 이야기를 논파論破하고자 합니다.

태호는 오군吳郡의 서남쪽에 있는데 넓이가 3만 6000경이며 그 안에는 72개의 산이 있고 소주, 호주湖州, 상주常州 등 세 고을과 접하고 있으며 구구具區, 입택笠澤, 오호五湖라고도 부릅니다. 우중상虞仲翔[57]이 말하기를, "태호는 동으로 장주長州의 송강松江과 통하고, 남으로 오정烏程의 삽계霅溪와 통하고, 서로 의흥宜興의 형계荊溪와 통하고, 북으로 진릉晉陵의 격호滆湖와 통하고, 동으로 가흥嘉興의 구계韭溪와 이어집니다. 물이 무릇 다섯 갈래로 흐르기 때문에 오호五湖라 이릅니다. 이들 호수 가운데 또한 다섯 개의 호수가 있는데 즉 능호菱湖, 막호莫湖, 유호游湖, 공호貢湖, 서호胥湖입니다. 막리산莫釐山의 동쪽에 둘레 30여리는 능호요, 그 서북쪽의 둘레 50리는 막호요, 장산의 동쪽의 둘레 50리는 유호요, 무석無錫과 노안老岸에 접하여 둘레 190리는 공호요, 서산胥山의 서남쪽의 둘레 60리는 서호입니다. 오호 이외에 또 세 개의 작은 호수가 있는데 매량호梅梁湖, 금정호金鼎湖, 동고리호東皐里湖라 부르며 강남지방 사람들은 이들을 통틀어 오직 태호라고만 부릅니다.

태호에는 72봉이 있는데 천목산天目山에서 발원하여 의흥까지 이르고 태호에 들어오면서 우뚝 솟아 여러 산이 되었습니다. 태호의 서북쪽에 14개의 산이 있는데 그중에 마적산馬跡山이 가장 높으며,

---

57) 중상(仲翔) 우번(虞翻)은 중국 삼국시대 손권의 참모로 의술이 뛰어나고 점을 잘 보았는데 관우가 죽임을 당할 것을 3일 전에 예언했다.

또 서쪽에는 41개의 산이 있는데 서동정산이 가장 높고, 또 동쪽의 17개 산 중에는 동동정산이 가장 높습니다. 마적산과 동서 동정산에서 멀리 바라보면 아득하여 속세를 벗어난 듯하며 무성한 숲과 평야, 여항과 우물, 선궁仙宮과 사찰들이 별처럼, 바둑알처럼 널려 있습니다. 마적산의 북쪽에는 진리津里의 부초산夫椒山이 높게 솟았는데 부차夫差가 월나라를 무너뜨린 곳입니다.

서동정산의 동북쪽에는 도저산, 원산, 횡산, 음산, 봉여산, 장사산이 높고 장사산의 서쪽에는 충산, 만산이 높습니다. 동동정산의 동쪽에는 무산이 있고 북쪽에는 여산이 있으며 서남쪽에는 삼산, 궐산, 택산이 높습니다. 이들 산 위에도 수백 가호가 살고 있습니다. 마적산의 서북쪽에는 마치 돈을 쌓아 놓은 듯한 산이 있는데 이름은 전퇴산錢堆山이라 합니다. 조금 동으로 가면 대올산과 소올산이 있으며, 석산과 더불어 이어진 것 같으면서도 끊어져서 배가 그 사이로 다니는데 이를 독산이라 하며, 물오리 두 마리가 서로 마주 보고 있는 것 같은 산이 동압산과 서압산이며 그 가운데 삼봉산이 있습니다. 조금 남으로 나아가면 대타산과 소타산이 있어 부초산과 더불어 마주 대하고 있고 조금 낮은 두 개의 산은 소초산, 두기산으로 범려范蠡가 일찍이 머물렀던 곳입니다.

서동정산의 북쪽 공호 가운데 두 개의 산이 서로 가까이 붙어 있는데, 대공산, 소공산이라 이르며, 오성이 모인 것 같은 산은 오석부산이라 합니다. 또 묘부산과 사부산이 있으며, 마치 두 새가 날다가 서로 마주했으나 평소에는 서로 보이지 아니하나 보이면 폭풍이 일거나 번개가 치는 이변이 일어난다고 해서 대뢰산, 소뢰산이라 부릅니다. 횡산의 동쪽에는 천산과 소산이 있고 탕부산이 있으며 또 동옥산과 서옥산이 있는데, 세상에서 전하기를 오나라 왕이 이곳에다 남녀의 감옥을 각각 설치했다 합니다. 그 앞에 죽산이 있는데 이는 오나라 왕이 죄수를 먹이던 곳이라고 합니다. 거문고 같은 모양의 산이 있는데 이는 금산이요, 방앗공이 같은 모양의 산이 있는데 이는 저산이며, 대죽산과 소죽산은 충산에 가까이 있습니다. 마치 물건이 수면에 뜬 것 같아서 볼 만한 것이 있는데 이는 장부산, 나두부산, 전전부산이며, 원산과 더불어 마주 대하여 조금 작은 것은 구산이라 하며, 두 여자가 곱게 단장하고 마주보는 형상은 사고산입니다.

깎아지른 듯한 산머리에 기둥을 세운 것 같은 산은 옥주산이요, 조금 물러서서 금정산이 있으며 그 남쪽에는 해산이 있고 역이산이 있으며, 가운데는 높고 옆이 낮은 산은 필격산이요, 머리를 쳐들고 달리는 것 같은 산은 석사산이요, 노인이 서있는 것 같은 산은 석공산인데 석사산과 석공산이 가장 기이합니다. 원산·구산과 더불어 남북으로 대면한 산은 타산이며 그 산 옆에는 소타산이 있습니다. 소라 같은 모양의 산은 청부산이며, 타산과 소타산 사이에 보일락 말락 한 산이 있는데 이것은 경람산입니다.

동동정산의 남쪽으로 산머리가 뾰족하고 산자락이 갈라진 산은 전부산이며, 집이 마치 틀어진 것 같이 생긴 것은 황사부산, 저부산이요, 또 남으로 나가면 백부산이 되었으며, 태산과 궐산의 사이에 삿갓이 수면에 떠 있는 모습의 산이 있는데 이것은 약모산이요, 앞에서 도망하고 뒤에서 쫓아가서 잡는 모습의 산이 있는데 이는 묘서산이요, 마치 비석이 드러누워 있는 것 같은 산이 있는데 이는 석비산입니다. 이상은 태호 속에 있는 72봉을 열거한 것입니다. 그러나 가장 크고 이름난 것은 두 동정산입니다. 『한서漢書』[58]에 이르기를 지하에 동굴이 있어 물밑으로 잠행하면 통하지 않는 곳이 없으므로 지맥이라 부른다고 하였고 도가서道家書에는 이것을 아홉 번째 동천洞天이라고 하였습니다.

호구산은 일명 해용봉海湧峰으로 불리는데 크고 작은 계곡 사이로 물이 굽이쳐 흐르고 달을 품은 형상입니다. 그중 가장 깊고도 아름다운 곳으로는 화정사和靖寺 터가 제일인데, 푸른빛이 흰빛 너머로 비치어 하늘과 서로 닿아 있으며 그 위에는 부도浮圖가 있습니다. 그곳에서 고소대를 내려다보면 손바닥만 하게 보입니다. 부도를 돌아 남쪽으로 가면, 생공生公의 강당[59]과 오석헌悟石軒[60]이 그곳에 있다고 전해 내려오며, 오석헌 곁에는 검지劍池가 있는데 양쪽으로 깎아지른 수천 척 높이의 절벽이 마치 칼로 자른 듯하며, 거기에는 맑고 차가운 물이 콸콸 소리 내며 흐릅니다. 오석헌 아래에는 큰 바위가 있는데 사방이 트이고 둥글넓적하여 가히 천 명이 앉을 만합니다. 가운데에는 백련지가 있는데 백련이 돋아나 울긋불긋한 꽃들을 화려하게 피우고 있습니다. 또 조금 내려가면 조그마한 돌길이 구불구불 뻗어 있는데 샘과 돌이 매우 기이하며, 우뚝 자란 소나

---

58) 『한서』는 AD90년경 후한의 반고(班固)가 전한(前漢)의 역사를 기록한 역사서.

59) 생공은 남북조 때 승려로 그가 호구산에서 불경을 강했으나 믿는 사람이 없어서 돌을 모아 놓고 신도 삼아 지극한 이치를 이야기하니 돌들이 모두 머리를 끄덕였다 함.

60) 오석(悟石)은 깨달음의 돌이라는 뜻으로 생공이 강을 할 때 돌들이 끄덕였다고 하여 명나라 때 호찬종(胡鑽宗)이 정자를 짓고 주실창(朱實昌)이 글을 써서 편액했다고 전해짐.

무와 대나무가 넓게 자리하고 있는 이곳이 바로 화정[61]이 글 읽던 곳이었습니다. 호구산은 오나라 왕 합려闔閭의 장지여서 그 속에는 금부·오안·동타·수정·벽해단사 등 여러 물건이 많았으며, 일찍이 백호가 산마루에 웅크리고 있었기 때문에 그렇게 부른 것입니다. 진晉나라의 사도 왕순王珣[62]과 그 아우 민珉이 함께 여기서 살았습니다.

방익이 말했습니다.

"금산사金山寺는 오색의 채와彩瓦로 지붕을 덮었으며 절앞에는 석가산石假山이 있는데 높이가 백 길은 됨직하고 또 섬돌을 5리나 빙 둘렀으며, 이층 누각을 세웠는데 아래층은 유생 수천 명이 거주하면서 책을 파는 것으로 생업을 삼고 있고 위층에는 노랫소리 피리소리가 하늘을 뒤덮었으며, 낚시꾼들이 낚싯대를 잡고 열을 지어 앉아 있었습니다. 석가산 위에는 십자형의 구리기둥이 가로놓이고 석판으로 대청을 만들었으니 바로 법당이었으며, 또 종경鍾磬 14개가 있는데 목인木人이 때에 맞추어 저절로 치게 되어 있어 종 하나가 먼저 울면 뭇 종이 차례로 다 울었습니다."

살펴보건대, 금산은 양자강 한가운데에 있는데 그 빼어난 경치가 천하의 제일이라 합니다. 산 아래에는 두 개의 바위가 나란히 솟아

---

61) 화정(968-1028)은 본명이 임포(林逋)인데 여기 호구산에 은둔하여 살면서 매화와 학을 키웠다.
62) 왕순(王珣)은 동진(東晉)의 재상으로 자신이 살던 집을 내주어 금산사를 짓도록 했다.

한 쌍의 대궐과 같이 보이는데. 곽박郭璞[63]을 장사 지낸 곳이라 전해 집니다. 그곳에 있는 샘을 중냉천中冷泉이라 하는데 맛이 매우 달고 차서 육씨陸氏[64]의 수품水品에는 이 샘을 동남 지방의 제일로 삼았 습니다. 절로는 용유사가 있고 누각으로는 비라각毘羅閣이 있습니 다. 비라각의 남쪽은 묘고대妙高臺라 하는데 대상臺上에는 능가실楞 伽室이 있는데 송나라 미산眉山 소공蘇公[65]이 일찍이 여기서 불경을 썼다 합니다. 북쪽에는 선재루와 대비각이 있으며, 탄해정, 유운정 두 정자가 산마루를 끌어안고 있으며 그 두 정자를 올라 사방을 바 라보면 강의 물결이 아득히 보이고 누대와 전각이 내려다 보여 보 는 이로 하여금 날아갈 듯 정신이 상쾌해지게 만듭니다.

동파의 시에

금산의 누각은 어찌 그리 심원한가　　金山樓閣 何耽耽

종소리 북소리가 회남까지 들려오네　　撞鍾伐鼓 聞淮南

라고 한 것은 이를 묘사한 것입니다. 정자 남쪽의 돌에 〈묘고대妙高 臺〉와 〈옥감당玉鑑堂〉이라는 여섯 자의 큰 글씨가 새겨져 있으며, 조 금 내려가면 탑의 기단부 둘이 남북으로 서로 마주 보고 있는데 이 는 송나라 승상 증포曾布[66]가 건립한 것인데, 불에 타 버리고 말았습 니다.

---

63) 곽박(郭璞, 276-324)은 동진 때의 시인이며 대학자로 『산해경』, 『주역』 등 예언서를 주서했다.

64) 당나라 때의 다성(茶聖) 육우(陸羽)를 말함. 그의 다경(茶經)이 유명하다.

65) 동파(東坡) 소식(蘇軾, 1037-1101)을 이른다. 그의 시 「적벽부」가 유명하다.

66) 증포(1036-1107): 북송 때의 대신

관란정觀瀾亭을 지나 돌계단을 돌아 서쪽으로 내려가면, 세월이 오래되어 계단의 돌이 많이 끊어지고 부서져 강 물결을 굽어보면 하늘 위를 다니는 것 같아서 발이 몹시 부들부들 떨린다고 합니다. 이 바위를 조사암祖師巖이라고 하는데, 가운데 부분이 당나라 배두타裵頭陀[67]의 형상과 닮았다고 하는데, 배두타가 산을 개간하다가 금을 얻었으므로 이 산의 이름을 금산이라 부른 것입니다. 바위의 바른편에는 동굴이 있어 깊고 캄캄하여 들어갈 수가 없으며, 용지龍池가 있어 가문 해에 기도를 드리면 비구름을 불러온다고 합니다. 왼편에는 용왕사龍王祠가 있다고 기전祈典에 적혀있습니다. 또 거기에는 강산일람정과 연운기관정이라는 두 정자가 있는데 매우 기이하고 절경을 이룬다고 합니다. 방익이 이층누각이라고 한 것은 바로 강천각江天閣으로, 석혜개·풍몽정·오정간 등의 기록으로 증명할 수 있습니다.

방익이 말했습니다.

"산동성 이후로는 배에서 내려 수레를 탔는데 풍속이 비루하고 백성이 검소하고 인색하여 가시싸리문에다가 먹는 것이라고는 기장과 서숙뿐이라 기록하지 않았습니다."

방익은 나이가 41세로, 갑진년에 무과에 올라 수문장에 제수되

---

67) 배두타는 당나라 때 영의정 배휴(裵休, 791-864)의 아들로 총명한 아이였으나 부친의 후광과 영화를 외면하고 출가하여 평생을 탁발승으로 다니다가 금산에 이르렀다고 한다. 두타는 탁발승이라는 뜻이다.

고, 승진하여 무겸선전관이 되었는데, 활쏘기 시합에 으뜸을 차지하여 특별히 자급을 올려 받았습니다. 성상께서 방익을 불러 보시고는 장쾌한 유람으로 노고가 많았다고 하시며 특별히 전라도 중군을 제수하여 그의 귀환을 영광스럽게 하셨습니다.

일찍이 선조 때에 무인인 노인魯認[68]이라는 사람이 일본에 포로로 잡혀 갔다가 도망쳐서 무주婺州[69]에 이르러 고정서원考亭書院[70]에서 창고지기로 숙식을 하면서 지내다가 압록강을 통해 돌아왔는데, 민중(閩中-복건성) 지방의 여러 명사들로부터 받은 송별시[71]가 지금까지 그의 집에 소장되어 있습니다. 노인 이후로 국외에 멀리 나간 사람으로는 방익을 처음으로 꼽아야 할 것입니다. 이에 앞서 연경에 들어간 사람들이 들은 바로는 해적이 중국의 남해를 가로막고 있어 장사꾼과 여행자들이 다닐 수 없다고 하였는데, 지금 방익이 만리 길을 뚫고 지나왔으나 그런 일이 있었다는 것을 조금도 듣지 못했으니 온 누리가 태평한 것을 가히 알 수 있습니다. 방익이 기록한 도정은 『주행비람周行備覽』[72] 등의 책들과 꼭 들어맞아 어긋나지 않으므로 이에 부록하는 바입니다.

---

68) 노인(魯認, 1566-1622): 정유재란 때 남원 전투에서 왜군에게 포로가 되어 다른 3명과 함께 탈출한 후 중국 절강으로 탈출하여 무이산 고정서원(무이정사)에 머물다 3년 만(1599)에 귀국하였는데 일본에서 풍신수길이 죽고 덕천가강이 정권을 잡은 사실을 최초로 조정에 알렸다. 그가 일본의 산천과 풍속, 중국 견문을 기록한 「금계일기(錦溪日記)」가 전한다.

69) 절강성 금화현(金華縣)을 지칭한다.

70) 주자가 만년에 저술과 강학을 하던 서원으로 무이산에 있다.

71) 노인이 쓴 『금계집』에 수록되어 있다.

72) 박지원이 열거한 도정에는 이방익이 실제로 다녀왔다고 기록한 악양루, 동정호, 구강 등을 표기하지 않았다. 이는 박지원이 이 도정을 애써 인정하지 않기 때문이다.

팽호-대만부-하문-동안현-천주부-흥화부-복청-복녕-복건성성 법해사-황진교-민청현 황전역-청풍관-금사일-남평현 대왕관-태평일-건녕부 섭방관-건양현 인화관-서양령-만수고-보화사-포성현-절강성 선하령-협구참-절강서 구주부 강산현 제하관-서안현 부강산-용유현-엄주부 건덕현-자릉조대-동려현-부양현-항주부 북관 대선사-석문현-가흥부-소주부 한산사-고소대-호구사-동동정-상주부 무석현-장주-단양현-근강부-과주-양주부 강도현-금산사-하신현-고우현 고우사-회부 회현-청강부-왕가영-보응현-산양현-청호현-도원현 도원역-산동성 담성현-이가장-난산현 반성관-서공점-두장점-몽음현-신태현-양류점-태안부 장성관-제하현-우성현-덕주-경주-하간현-탁주-낭아현-북경.[73]

팽호에서 대만까지는 수로 2일이요, 대만에서 하문까지는 수로로 10일이며, 하문에서 복건성성까지는 1,600리요, 복주에서 연경까지는 6,800리이고, 연경에서 우리 국경 의주까지는 2,070리이며, 의주에서 서울까지는 1,030리이고, 서울에서 강진까지는 900리입니다. 탐라에서 북으로 강진까지와 남으로 대만까지의 수로는 계산에 넣지 않는다 하더라도 도합 1만 2,400리의 여정이 됩니다.

---

73) 청나라 1738년(건륭 3) 항주에서 발행한 지도책.

4.
「書李邦翼事」原文

沔川郡守朴趾源 奉教撰進

上之二十年 清嘉慶元年 九月二十一日，濟州人前
忠壯將李邦翼 將覲其父於京師舟遇大風 至十月初六
日．泊于澎湖．官給衣食．留十餘日 護送至臺灣 抵廈
門 歷福建浙江江南山東諸省 達于北京 由遼陽 明年
丁巳閏六月還國 水陸萬有餘里．上特召見邦翼 問以
所經山川風俗 命史官錄其事．同舟八人 惟邦翼曉文
字 然僅記程途 又追憶口奏 往往失次．
　臣趾源以沔川郡守 陛辭入侍于熙政堂 上曰，
　"李邦翼事甚奇 惜無好文字 爾宜撰進一編."
　臣趾源承命震越 退取其事 略加證正焉．
　邦翼父前五衛將光彬 會赴武擧 涉海 漂至日本之長
崎島 番舶湊集 市里繁華 有一醫士 延光彬 至其家
款待勸留 光彬堅請歸國 醫士引入內堂 出妖嬌少娥
使拜光彬曰，
　"吾家累千金 無一箇男 只有此女．煩君爲吾女婿．
吾老且死 千金之財 君所有也."

睍其女 齒白如霜 未染鐵汁 果是室女也. 光彬大言
曰,

"棄其父母之邦 耽慕財色 投屬異國 大虒之不若也.
且吾歸國登科 富貴可得 何必君之財 與君之女哉."

醫士知其無可奈何 而遣還云.

光彬雖是島中武弁 毅然有烈士之風 其父子遠遊異
國 亦可異也.

濟州 古耽羅也 『北史』云 百濟南海行 有耽牟羅國
土多獐鹿 附庸於百濟又云. 高句麗使芮悉弗言於魏宣
武曰 黃金出於夫餘 珂則涉羅所産 今夫餘爲勿吉所逐
涉羅爲百濟所幷 二品所以不登也. 『唐書』云 龍朔初
有澹羅者 其王儒理都羅 遣使入朝. 國在新羅武州南
島 土俗樸陋 衣犬皮 夏革屋 冬窟室 初附百濟 後附
新羅.

按此皆指耽羅也 東國方言 島謂之剡 而國謂之羅羅
耽涉澹三音 並與剡相類 皆云島國也. 古記所稱 初泊
耽津 朝新羅 故曰耽羅者 附會之說也.

宋嘉祐中 蘇州崑山縣海上 有一船 柁折風飄 抵岸
船中三十餘人. 衣冠如唐人 係紅鞓角帶 短皀布衫 見
人皆痛哭. 言語不可曉 試令書字 字亦示不可讀. 行
則相綴如雁行. 久之 出一書示人 乃漢字 唐天授中
告勑屯羅島首領陪戎副尉制 又有一書 乃是上高麗表
稱屯羅島 亦用漢字. 知崑山縣事 使人爲治其柁 柁舊

植船水上 不可動 工人爲之造轉軸 敎其起倒之法.

　按濟州古亦称乇羅 韓文公称耽浮羅. 所謂屯羅者 乇
羅之訛也. 天授者 高麗太祖年號也『高麗史』天授二
十年 乇羅島主來朝 王賜爵是也. 宋人以爲則天年號
則尤謬也. 濟州人之漂入中國 自古有之.

　邦翼奏曰,

"舟爲風所飄蕩 或東西 或南北 凡十有六日. 將近日
本　忽又轉向中國. 糧盡不食者累日, 忽有大魚躍入舟
中　八人共生啗之. 淡水旣盡 天又大雨 爭掬飮解渴.
船之始泊也 昏暈不省人事, 有人遠立覘望 小頃成群
而至 收拾船中 衣服等項 各負一人而去. 三十許里
有村落 可三十餘戶 中有公廨 扁曰〈坤德配天堂〉. 以
米飮飮之 取火燎衣 稍定精神 乃素紙硯 書問 始知爲
中國福建屬島澎湖地方."

　按澎湖島　西與泉州金門相望.『圖經』島有東吉西
吉等三十六嶼　渡海者　必由　二吉以入. 舊屬同安縣
明季　因地居海中　人民散處　催科所不能及　乃議棄之.
後內地苦徭役　往往逃于其中　而同安漳之民　爲最多.
　及紅毛人臺灣　並其地有之　而鄭成功父子　復相繼據
險　恃此爲臺灣門戶. 環繞有三十六嶼　大者曰媽祖嶼
等處　澳門口　有兩砲臺　次者曰西嶼頭等處　各嶼唯西

嶼稍高 餘皆平坦.

自廈門至澎湖 有水如黛色 深不可測 爲舟行之中道
順風僅七頃半水程 一遇颱颺 小則漂流別港 阻滯月餘
大則犯礁覆舟. 故舟者有望風占氣之法. 羅經針定于
午 放洋各有方向. 春夏 由鎮海圻放洋 正南風 坐乾
亥向巽巳 西南風 坐乾向巽. 冬由寮經放洋 正北風坐
戌向辰 至夜半 坐乾戌向巽辰 東北風 坐辛戌向乙辰
或由圍頭放洋 正北風 坐乾向巽 至夜半 坐乾亥向巽
巳 東北風 坐乾戌向巽辰. 至天明 俱可望見澎湖西嶼
頭. 由澎湖至臺灣 俱向巽而行 薄暮可望見. 澎湖初
無水田可種 但以採捕爲生 或治圃以自給 今貿易輻輳
漸成樂土.

邦翼奏曰,

八人同乘彩船 行五里許 詣馬宮衙門 沿江彩船數百
艘 江邊畫閣卽衙門也. 門內高唱三聲 導入八人. 馬宮
大人 紅袍椅坐 年可六十餘 美鬚髯階下建紅傘 臺上
侍立者 可八十人. 皆紋緞衣 或藍或綠 或佩劍 或負
羽. 臺下朱衣兵卒可三十人 皆持杖 或竹棍 黃龍旗二
雙 銅鉦一雙 引八人升臺上. 馬宮大人問漂海之由 答
以朝鮮全羅道全州府人云云. 退出有大廈鋪設 皆錦
緞. 各贈竹簟枕 每日給米飲一器 鷄膏一器 又給香砂
六君子湯兩時.

按馬宮大人之宮字 似是公字. 公宮華音相同 當是
馬姓人 作通判者耳. 又耽羅人之漂到異國者 諱稱本
籍 托以靈光康津南海全州等地方者 俗傳琉球商舶 被
耽羅所害故云耳. 或言非琉球 乃安南. 李重煥『擇里
志』俱載其詩. 然非有古記可證 只是世俗流傳 不必
多辯其眞僞.

邦翼奏曰,
以兩大船分載 西南向二日 到臺灣府北門外下陸 繁
華壯麗 樓臺夾路 夜張琉璃燈 通明如晝. 又有異鳥
馴之彩籠 知更而鳴.

按臺灣 明史稱鷄籠山 又稱東蕃. 永樂時 鄭和歷東
西大洋 靡不獻琛 獨東蕃遠避. 和惡之 家貽一銅鈴 俾
掛其項 蓋擬之狗國也. 其後人反寶之 富者至綴數枚
日. 此祖宗所遺. 俗不食雉鷄 但取其毛以爲飾.
乾隆五十二年 討林爽文之亂 爽文兵敗 入內山. 生
蕃等縛而獻之 熱河文廟大成門右壁碑 記其事. 生蕃
等 皆短小 剪髮覆額 髮色漆黑 眉間或頤上 印烙若卦
文 穿耳輪 揷錫筒 前後通明或貫橫木 懸骨牌. 其名
有曰投旺 曰勻力力 曰囉沙懷祝 曰也璜哇丹 曰懷目
懷 曾入朝熱河者也.
海環府境 皆是舟人 其渡洋 不辨里程 一日夜 以十
更爲率. 自鷄籠淡水舟行 至福州港口五更 自臺灣港

至澎湖四更 自澎湖 至泉州金門所七更. 東北至日本
國七十二更. 南至呂宋國六十更. 東南至大港二十二
更 西南至南澳七更 皆就順風而言.

海居極東 月常早上 故潮水長退 視廈門同安 亦較早
焉. 海多颶風 最甚爲颱. 土蕃有識颱草 草生無節 則
周歲無風 一節則颱一吹 多亦如之 無不驗.

鹿耳門在臺灣西三十里 形如鹿耳 故名. 兩岸皆築
砲臺 水流峽中 委曲回旋而入. 中有海翁崛 多浮沙 水
淺 豊急則深淺頓易 最爲險要. 門內水勢寬闊 可藏千
艘 卽大圓港也.

嘉義縣. 鄭氏屬天興州 康熙二十三年 分置諸羅. 乾
隆五十二年 臺灣賊林爽文攻縣城 城內居民四萬 助提
督城守 因勅改諸羅爲嘉義以旌之.

安平鎮城在一崑身之上 崑身者 蕃語沙堤也. 東抵
灣街渡頭 西畔沙坡抵大海 南至二崑身. 北有海門 原
紅毛夾版船出入之處. 按一崑身 周廻五里 紅毛築城
用大塼 桐油和石灰 共搗而成. 城基入地丈餘 深廣亦
一二丈. 城墻各垛 俱用鐵釘釘之 方圓一里 堅固不可
壞. 東畔設屋宇市肆 聽民貿易. 城內 屈曲如樓臺下
上 井泉 醎淡不一 另有一井 僅小孔 桶不能入 水從壁
上流下. 其西南畔一帶 原係沙墩 紅毛載石堅築 水衝
不崩.

赤嵌城亦係紅毛所築 在臺灣海邊 與安平鎮相向.
其城方圓不過半里. 鷄籠淡水小城也 紅毛築之以防海

飄. 然利于南風 不利于北風.

邦翼奏日,

留臺灣七日 呈書乞歸 官給衣一襲 設餞送別 握手
眷眷. 舟到廈門 止舍于紫陽書院 入拜朱子像 儒生數
百人來見款款. 途險 又以竹轎擔去 過同安縣治泉州
府興化府 有大虹橋 左右龍舟萬艘 歌吹喧轟.

按朱子主同安簿 造高士軒 與諸儒講習其中 今書院
或其遺址. 于元至正間 邑令孔公俊 建請賜額 大同書
院者卽此. 大虹橋卽洛陽橋 唐宣宗微行 覽山川之勝
至此歎日 大類吾家洛陽也 故名洛陽橋 一名萬安橋.
江口 又有娘子橋 甚長. 先是 海渡歲溺死者無數 郡
守蔡襄 欲壘石爲梁 慮潮侵 不可以人力勝. 乃遺海神
檄 遣一吏往 吏酣飲 睡於海厓半日 潮落而醒 則文書
已易封矣. 歸呈襄啓之 唯一醋字. 襄悟日 神其命我
以二十一日酉時興工乎 至期 潮果退舍. 凡八日夕而
工成 費金錢一千四百萬 長三百六十丈 廣丈有五尺.
先是, 漂還濟人 亦有歷此橋者 或稱橋長十里 或稱
五十里 苦無的見 或云 長三百六十丈 虹空四十七.

邦翼奏日,

正月初五日 入福建省 門內有法海寺 大麥已黃 橘柚
垂實 衣服飲食 與我國彷彿. 來見者競以蔗糖投之 或
留戀不能去 或著我人衣服 而相視流涕 或有抱衣歸
示其家人而還日 愛玩傳看云.

按漳州 有新羅縣 唐時新羅入貢之地. 又云 新羅侵
吳越 畫地而居之 則泉漳之間. 遺俗之略同於我人 無
足怪者 至見衣服而流涕者 可見猶有思漢之心也.

邦翼奏日,

以行李遲滯. 又呈書哀乞于巡撫府. 有官人某乘雙
轎 導黃傘過去 卽遮路陳情 某官思之良久日 數日後
三十五員官齊會時更來. 依其言往訴 則衆官輪回看畢
告于巡撫府 以巡檢某派定護送. 出城西門 行四十里
至黃津橋 登小船 兩日下陸 過西陽嶺寶華寺 至浙江
省 度仙霞嶺.

按仙霞嶺 在江山縣 宋史浩帥師過此 以石甃路 凡三
百六十級.

邦翼奏日,

到江南省江山縣 以舟催行. 江上有小船 漁翁載數
十青鳧 放之中流 鳧銜魚入舟中.

按江山縣 有江郎山 故名. 船人飼猪以穀 猪味異常
語云 牲之美者 大荔之羊 江山之豕. 又捉魚青鳧 乃鸕
鶿 非鳧也. 一名烏鬼 杜甫詩, 家家養烏鬼. 頓頓食黃
魚者是也. 江南畫幅 往往有此景.

邦翼奏曰,

過龍遊縣 倒嚴州 登子陵臺 臺傍有子陵祠. 至杭州
府北關大善寺 山川之秀麗 人物之繁庶 樓臺之侈壯
目不暇給. 大船縹緲 妓女數輩 遊戲船頭 環珮琅然

按龍邱山 在龍遊縣 九石秀立 狀似芙蓉. 漢龍邱萇
隱此 與嚴光善. 釣臺卽嚴光隱處也 兩崖峭立 夾黔婺
之水 而下桐廬 蜿曲如游龍者七里 水漲則磯激如箭.
山腰二巨石對峙突兀 欲傾墜 名以釣臺 天作之矣 好
事者亭其上 左垂綸百尺 右留鼎一絲 登臺而俯 深淵
水湛如綠玉 山麓萬木參天 下有十九泉 陸羽所品.

邦翼奏曰,

自杭州六日至蘇州. 西有寒山寺 黃瓦四十間也. 知

縣王公 設饌款待 使之遊賞. 舟行十里至姑蘇臺 又三
十里有岳陽樓 以銅爲柱 牕戶廳版 皆用琉璃 爲之鑿
池於廳底 養五色魚 前望洞庭. 還又至虎丘寺 天下第
一大寺云 七級浮圖 望見無際.

臣趾源嘗聞, 中國人稱江山杭州爲勝 繁華蘇州爲勝
又日 婦人首髻 當以蘇州樣爲善. 蓋以蘇州一州賦稅
觀之 比他郡常十倍 則蘇州爲天下財賦所出可知矣.
　寒山寺 以寒山拾得嘗止此 故名. 東人慣聽張繼詩
姑蘇城外 寒山寺一句 到處必以此題品 失之摸擬 而
至於眞寒山眞姑蘇 則從未有身到此地者.
　今邦翼乃能振衣閶門 濯纓太湖 而其日岳陽樓者 殆
如說夢. 蓋太湖有洞庭之名 中有包山 又名洞庭山.
以此洞庭之名 遂冒岳州城西門樓之稱 則太逕庭矣.
今附太湖諸記 以破耳食之論.

太湖在吳郡之西南 廣三萬六千頃 中有山七十二 襟
帶蘇湖常三州. 一名具區 一名笠澤 一名五湖. 虞仲
翔云 太湖東通長州松江 南通烏程雪溪 西通宜興荊溪
北通晉陵漏湖 東連嘉興韭溪. 水凡五道 故謂之五湖.
今湖中亦自有五湖 日菱湖莫湖游湖貢湖胥湖. 莫釐之
東周三十餘里 日菱湖 其西北周五十里 日莫湖 長山
之東周五十里 日游湖 沿無錫老岸周一百九十里 日貢
湖 胥山之西南周六十里. 日胥湖. 五湖之外 又有三

小湖 曰梅梁湖 曰金鼎湖 曰東皐里湖 而吳人稱謂 則
惟曰太湖云.

太湖有七十二峰 其發自天目 迤邐至宜興 入太湖 峙
爲諸山. 湖之西北爲山十有四 馬跡最大 又西爲山四
十有一 西洞庭最大又東爲山十有七 東洞庭最大. 馬
跡兩洞庭 望之渺然如世外 卽之 茂林平野閭巷 井舍
仙宮梵宇 星布碁列. 馬跡之北 津里夫椒爲大 夫差敗
越處也. 西洞庭之東北渡渚黿山橫山陰山奉餘長沙山
爲大 長沙之西 衝山漫山爲大. 東洞庭之東 武山北則
餘山 西南 三山厥山澤山爲大. 此其上亦有居人數百
家. 馬跡之西北 有若積錢者 曰錢堆. 稍東 曰大㠛小
㠛 如錫山若連而斷 舟行其中 曰獨山 有若二鳧相向
者 曰東鴨西鴨 中有三峰. 稍南 大墮小墮 與夫椒相
對而差小 爲小椒 爲杜圻 范蠡所嘗止也.

西洞庭之北貢湖 中有兩山相近 曰大貢小貢 有若五
星聚曰五石浮. 曰茆浮 曰思夫山 有若兩鳥飛且止者
曰南鳥北鳥 其西兩山 南北相對而不相見 見卽有風雷
之異 曰大雷小雷. 橫山之東 曰千山紹山 曰疃浮 曰東
獄西獄 世傳吳王於此 置男女二獄也. 其前爲粥山云
吳王飼囚者也. 有若琴者 曰琴山 若杵 曰杵山 曰大
竹小竹 與衝山近. 若物浮水面可見者 曰長浮癩頭浮
殿前浮 與黿山相對而差小者 爲龜山 有二女娟好相對
曰謝姑. 有若立柱巑岏 玉柱 稍郐 金庭 其南爲峧山

爲歷耳 中高而旁下者 筆格 驪首若逝者 石蛇 有若老
人立者 石公 石蛇石公最奇. 與黿山龜山南北對面 曰
鼉山 山旁 曰小鼉山. 若羸者 靑浮 二鼉之間 若隱若
見 曰驚藍.

東洞庭之南 首銳而末岐者 曰箭浮 若屋𣆶者 曰王舍
浮苧浮 又南爲白浮 澤厥之間. 有若笠浮水面者 曰𧕿
帽 有逸於前後追而及之者 曰猫鼠 有若碑碣橫者 曰
石碑. 是爲七十二. 然其最大而名者兩洞庭也. 『漢
書』云 下有洞穴 潛行水底 無所不通 號爲地脈 道書
以爲第九洞天.

虎丘山 一名海湧峯 中多小溪 曲磵夾其間 如抱月.
然其最幽麗者 莫善和靖祠墟 靑攢白外與天接 其上有
浮圖. 下瞰姑蘇. 可一掌. 轉浮圖而南 世傳生公講堂
悟石軒在焉 軒側有劍池 兩厓峭壁如剖 側立數千尺
水淸寒 瀫瀫鳴. 下有巨石 環敞磅礴 可坐千人. 中有
白蓮池 白蓮挺挺 華若丹碧. 又稍下 小石路迤邐其間
泉益奇 石益怪 俄斗絕突起 松篁豁然 卽和靖讀書處
也. 吳王闔閭葬所 中多金 鳧玉雁銅駝水精碧海丹砂
諸物 嘗有白虎盤踞其巓 故名. 晉司徒王珣及弟珉 俱
宅於此.

邦翼奏曰,

金山寺以五色彩瓦蓋覆 寺前石假山 高可白丈 又砌
石周五里環 建二層閣 下層則儒生數千居住 鬻書爲業
上層歌吹薰天 漁釣之人 携竿列坐. 石假山上 橫十字
銅柱 以石版造廳 卽法堂也 又有鍾磬十四 木人應時
自擊 一鍾先鳴 衆鍾次第皆鳴.

按金山 在揚子江心 其勝槩爲天下第一. 山下有石
竝峙其前 類雙闕然 傳爲郭璞葬處. 泉曰中冷 味極甘
冽 陸氏水品 以爲東南第一. 寺曰龍游 閣曰昆羅 昆
羅之南 爲妙高臺 上故有楞伽室 宋眉山蘇公嘗書經於
此. 北曰善財樓大悲閣 吞海留雲二亭 據山之巓 登而
四望 江波渺然 臺前皆在其下 令人神爽飛越.
東坡詩,
金山樓閣何耽耽
撞鍾伐鼓聞淮南
者是也. 亭南石刻妙高臺 又玉鑑堂六大字 稍下有
塔基二 南北相向 蓋宋會丞相布所建 燬於火.
經觀瀾亭 循石級西下 歲久石多斷裂 俯視江波 如
行天上 足甚危慄. 巖曰祖師 中肖唐裹頭陀像 卽開山
得金 山因以名者也. 巖之右有洞 深黑不可入 有龍池
旱歲禱之 可致雲雨. 左有龍王祠 著祀典. 又有江山
一覽烟雲奇觀二亭 尤危奇絕. 邦翼所云二層閣 卽江
天閣 釋惠凱馮夢楨吳廷簡諸記 可證.

邦翼奏曰,

山東省以後 下舟登車 土俗鄙野 人民儉嗇 蓬門蓽戶
食惟黍稷 槩所不錄.

邦翼年四十一 登甲辰武科 拜守門將 陞武兼宣傳官
以試射居首 特陞者. 邦翼之召見也 以壯遊勞苦 特除
全羅道中軍 以榮其歸.

在昔宣廟朝 有武人魯認者 被俘於倭 逃至婺州 廩食
于考亭書院 還自鴨綠 閩中諸名士別詩 至今藏于其
家. 魯認之後 遠遊者當以邦翼爲首. 先是 入燕京者
聞有水賊梗南海 商旅阻隔云 今邦翼貫穿萬里 未之或
聞 則宇內之昇平可見矣. 邦翼所記程途 與周行備覽
等書 沕合不差 故附錄焉.

澎湖 臺灣府 廈門 同安縣 泉州府 興化府 福淸 福
寧 福建省城法海寺 黃津橋 閩淸縣黃田驛 淸風館 金
沙馹 南平縣大王館 太平馹 建寧府葉坊館 建陽縣仁
化館 西陽嶺 萬壽橋 寶華寺 浦城縣 浙江省仙霞嶺
峽口站 浙江省衢州府江山縣齊河館 西安縣浮江山 龍
游縣 嚴州府建德縣 子陵釣臺 桐廬縣 富陽縣 杭州府
北關大善寺 石門縣 嘉興府 蘇州府寒山寺 姑蘇臺 虎
丘寺 東洞庭 常州府無錫縣長洲 丹陽縣 近江府 瓜洲
揚州府江都縣 金山寺 下信縣 高郵縣高郵寺 懷府懷

縣　清皁　王家營　寶應縣　山陽縣　淸湖縣　桃源縣桃源
驛　山東省郯城縣　李家庄　蘭山縣半城館　徐公店　杜庄
店　蒙陰縣　新泰縣楊柳店　太安府長城館　齊河縣　禹城
縣　德州　景州　河閒縣　涿州　娘琊縣　北京.

　澎湖至臺灣　水路二日　臺灣至廈門　水路十日　廈門
至福建省城　一千六百里　福州至燕京　六千八百里　燕
京至我境義州　二千七百里　義州至王京　一千三十里
王京至康津　九百里　耽羅　北抵康津　南距臺灣　水路不
論　合一萬二千四百里.

5.
「이방인 표해록 정축생인」 역주

역주譯註[1]

　전주부 사람 전 충장장 이방억[2]은 병진년[3] 9월 21일 바다에 표류하다가 중국으로 들어갔고 정사년[4] 윤6월 의주로 돌아왔다.

　의주부윤이 방인에게 묻기를,

　"공은 몇 살이며 몇 살에 등과했으며 몇 살에 품계가 올랐습니까? 공은 무슨 일로 배를 탔으며 표류하다 어느 지경에 이르게 되었는지 낱낱이 고하시오."

---

1) 이글은 아래 게재한 「李邦仁漂海錄 丁丑生人」을 필자가 한글로 번역한 것이다. 이 자료를 입수하여 세상에 알린 최강현은 이 한문본은 이방익이 의주부윤을 만나 문답한 한글 내용을 화잠 정상사가 한문으로 번역했고 사정동주라는 사람이 베낀 것을 외우(畏友) 최근영(崔根泳)이 소장하고 있는 자료이다. 최강현은 화잠 징싱사가 이방익과 상환했던 전 전주중군 성백주가 아닌가 하는 추정을 하고 있다.
2) 이방익의 오기. 이방익의 출생년도(정축생-1757, 영조 38년)라던가 부친이 광빈이라 했고 역임한 관직으로 볼 때 이방익의 표해록이라고 생각된다. 또한 문장 가운데 이방억이라 한 점과 관련하여 볼 때 애초에 이방익이 쓴 한글이 흘려 써졌기 때문에 한문으로 번역하면서 착오를 일으킨 것으로 보인다.
3) 병진년은 1796년(정조 20).
4) 정사년은 1797년(정조 21).

저는 금년 41세이며 갑진년[5]에 등과했고 병오년[6]에 수문장으로 발탁되었으며 정미년[7]에 무겸선전관으로 승진하였고, 신해년[8] 원자 첫돌에 궐내의 활쏘기 대회에서 네 화살 중 세 화살을 명중시켜 수석을 차지함으로써 특별히 품계를 올려 받아 충장장에 임명되었습니다.

제 부친은 오위장을 역임한 광빈인데 이때에 서울에 머물고 있었습니다. 그래서 저는 아버지를 뵈러 갔습니다. 지난 해 9월 쌀장사의 배를 빌려 타고 상경하는 중이었는데 21일 포시晡時[9]에 홀연히 서북쪽에서 큰 바람이 일어 배가 표류하게 되어 어디로 가는지 향방을 알 수 없었습니다. 4일이 지나 동남쪽을 바라보니 세 개의 큰 섬이 구름 가운데 나타난지라 일본국 경내라 여겼습니다. 해가 지기 전에 해안에 정박하려 했으나 돌연 동북풍이 크게 일어 배는 서남쪽 대양으로 밀려나가 허연 바다에 출몰하는 오리 같이 출렁거렸습니다.

배에 탄 여덟 사람들은 양식이 떨어져 오륙일을 굶었습니다. 어느 날 일진광풍이 일어 하늘이 큰 비를 내리시니 여덟 명이 빗물을 손바닥으로 받아먹고 겨우 갈증을 면했습니다. 10월 길일吉日[10]에는 큰 물고기가 홀연히 배 안으로 뛰어들어 우리 여덟 명이 각각 한 조각씩 잘라 먹으니 수일간 연명하여 죽음을 면할 수 있었습니다.

---

5) 갑진년은 1784년(정조 8).
6) 병오년은 1786년(정조 10).
7) 정미년은 1787년(정조 11).
8) 신해년은 1791년(정조 15).
9) 오후 3시 반부터 4시 반 사이의 시간.
10) 길일은 초하루.

5일이 지나 미시未時[11]에 배가 한 곳에 닿으니 여덟 명 모두 배에서 내려 해안에 올랐습니다. 바위에 의지하고 보니 정신이 혼미하여 죽기 직전이었습니다. 그때 멀리서 한 사람이 서서 우리를 엿보는가 싶더니 마침내 수백 인이 무리 지어 몰려왔습니다. 그들이 무언가 물어보았지만 저는 정신이 혼미하여 대답을 할 수가 없었습니다. 여러 사람들이 우리들의 약간의 옷가지와 물건을 수습하고 각자 한 사람씩 메고 3리가량을 갔는데 한 곳에 도달하니 3,000여 호[12]가 되는 촌락이 있고 그 가운데 관청이 있었습니다. 관청의 문 위에는 〈대덕천당〉[13]이라고 쓰여 있었습니다. 그들이 간간히 미음을 가져다가 조금씩 먹이니 요기가 되었습니다. 그들은 큰 화로에 옷을 말려 주기도 하였습니다. 정신이 조금 안정되자 글을 써서 이곳이 어디인가 물었더니 그 사람이 또한 글로써 답하기를 중국 복건성 팽호군부 지경이라 했습니다.

3일간 조섭한 후 한 사람이 와서 "마궁대인이 당신들을 불러 보고자 한다."고 말했습니다. 우리 여덟 명이 화려한 채선에 동승하여 5리가량을 가니 강변 좌우에 수백 척의 채선이 있고 배 위에는 채색된 누각이 세워져 있었습니다. 부중府中에 마궁 아문이 있는데 세 개의 문을 지나니 세 번의 큰 외침이 들렸습니다. 이윽고 한 관원이 우리 여덟 명을 이끌고 들어갔습니다.

홍포를 입은 마궁대인이 의자에 앉아 있었는데 나이가 60세를 넘

---

11) 오후 1시 반부터 2시 반 사이의 시간.
12) 30호의 오기. 「표해록」에서는 30호로 표기되어 있다.
13) 「표해가」에서는 배천당(配天堂), 「표해록」에서는 곤덕백천당, 「서이방익사」에서는 곤덕배천당(坤德配天堂)으로 표기되어 있는데 이는 도교의 사당이라는 뜻으로 보아 곤덕배천당이 사실에 가깝다고 생각된다.

은 듯하며 아름다운 수염에 신수가 좋아보였습니다. 단상 아래에는 붉은 일산 한 개가 세워져 있고 대 위에는 80명이 좌우에 시립하고 있는데 버드나무 무늬를 한 남색 또는 초록색 비단옷을 입었습니다. 또 패도와 긴 칼을 차고 혹은 허리띠에 전대를 메고 화살통을 지고 있었습니다. 황룡기 두 쌍이 세워져 있고 놋등 한 쌍이 걸려 있었습니다.

우리 여덟 사람을 대 위에 불러올리고 마궁대인이 물었습니다.

"너희들은 어느 나라 사람들이며 무슨 일로 배를 탔으며 어느 날 대풍을 만났으며 어느 날 이곳에 이르렀는가?

우리들이 대답하기를,

"우리는 조선국 전라도 전주부 사람이며 쌀장수를 하는 배를 빌려 탔으나 갑자기 대풍을 만나 풍랑 중에 수일간 출몰을 거듭했으며 향방을 모르고 16일간 떠다니다가 비로소 이곳에 이르렀습니다."

대인이 말하기를,

"정경이 딱하구나. 물러가서 안심하고 휴식을 취하도록 하라."

하였습니다.

우리는 한 곳으로 보내졌습니다. 거기에는 큰 집이 하나 있는데 방안에는 자리가 깔려있고 비단방석이 놓여있으며 각자에게 대나무 베개가 하나씩 주어졌습니다. 또 각자에게 매일 두 차례 미음 한 그릇, 닭기름탕 한 그릇, 향사군자탕이 내려졌습니다.

이렇게 열흘이 지나자 우리는 큰 배 두 척으로 대만부로 호송되었는데 배는 수일에 걸쳐 남쪽으로 나아갔습니다. 대만부에 이르러 북문을 통하여 육지에 오르니 부중에는 인물이 번화하고 누대가 장려하며 길 좌우에 유리등이 걸려있어 그 빛이 영롱하고 황홀하고 광채가 하늘을 비치고 있었습니다. 또한 채롱 속에 길들여진 기이한 새들이 시간을 알아 노래하여 아침을 알려주었습니다. 북문으로부터 15리를 가니 2층으로 지어진 관부 건물이 굉장했습니다. 글을 써서 물어보니 상산부[14]라 하며 누문 안에 그 관청이 있다고 합니다.

7일이 지나자 우리들은 글을 올려 고국에 보내줄 것을 간청했습니다. 이틀이 지나 우리를 수로를 통하여 보내면서 각인에게 의복 일습씩 주고 식량도 나누어주었습니다. 관원들이 문 밖에 장막을 치고는 거기에 성찬을 차려 전송하고 서로 악수를 나누며 이별을 서운해 했습니다.

하문 군부에 이르러 상륙하니 자양서원이 있고 서원 안에는 주자의 화상이 세워져 있었습니다. 주자상에 배알을 끝내니 수백 명의 유생들이 모여 있기에 나아가 어울리니 술과 음식을 푸짐하게 대접받았습니다. 하루 이틀 음식을 대접받은 후 우리는 딴 곳으로 보내졌습니다.

우리는 큰 교자를 타고 복건성으로 향했습니다. 이 길은 산을 뚫어 길을 냈기 때문에 수레나 말은 다닐 수 없었습니다. 중안현을 지나고 흥화부에 이르니 50리에 걸친 석교가 있는데 석교 문에는 아홉 개의 무지개다리가 있고 좌우에는 용의 깃발을 매단 수만 척의 배가 다니고 있었으며 다리 위에는 사람들이 많이 모여 있고 노래와 피리와 생황소리가 시끄럽게 들렸습니다. 복건성 문으로 들어가니 문안에는 법호사[15]가 있는데 매우 큰 절이었습니다.

---

14) 대만의 군사령부.
15) 법해사(法海寺)의 오기.

관부에서 우리 각자에게 매일 동전 두 꾸러미씩 내려주었습니다. 이때는 정사년 초5일이라 보리는 익어 누런 구름 같고 귤과 유자는 황금색으로 매달려 있었습니다. 이곳의 음식과 의복제도는 우리나라와 같았습니다. 성안에 우리를 보러오는 사람들이 있었는데 그들 각자가 사탕수수 더미를 다투어 던져주고 몇 시간 동안을 머물며 돌아갈 줄 몰랐습니다. 어떤 이는 우리들의 겨울옷을 움켜쥐고 눈물을 흘렸고 어떤 이는 그 옷을 가지고 돌아가더니 이내 돌아왔습니다. 곡절을 물으니 옷을 자기 집에 가져가 집사람들에게 보여 우리나라의 의복제도를 감상하게 하였다고 합니다.

글을 올려 고향에 돌아갈 것을 애원하니 한 관원이 말하기를 황제의 처분을 기다려 수륙간에 환송하겠다고 합니다. 우리 여덟 사람들은 조석으로 순무부에 애걸했습니다. 하루는 한 관원이 쌍가마를 타고 누런 황금색 일산을 받치고 지나가기에 우리 여덟 사람이 멀리 부모처자와 떨어져 있어 절박한 심정이라고 일일이 사정했습니다. 그 관원이 한참을 생각하더니 이윽고 말하기를 닷새만 기다리면 35명의 관원이 모두 모일 것이니 그때에 진정서를 올리라고 합니다. 제가 정단呈單[16]을 올려 말하니 여러 관원이 둘러보고 측은한 마음을 갖고 곧 순무부에 올리겠다고 합니다. 삼줄같이 복잡한 절차를 따라 5일을 기다리니 호송할 관리가 정해졌습니다. 그를 따라 서문을 통과하여 40리를 갔습니다.

때는 춘삼월 11일이었습니다. 난초가 번성하고 올벼가 싹을 틔우고 있었습니다. 우리는 황진교를 건너서 가다가 작은 배에 올랐습니다. 이틀이 지나니 수구군 군부에 이르렀습니다. 거기서부터는

16) 관아에 올리는 서류.

배에서 내려 육로로 갔습니다. 석양령[17]과 보화사를 지나고 있었는데 거기에는 대나무와 회나무가 축축 늘어지고 **빽빽이** 서 있었습니다. 드디어 강산현에 이르러 작은 배를 탔는데 강에는 작은 배를 탄 어부가 열 마리의 가마우지[18]를 싣고 가서 강에 놓아주고 있었습니다. 가마우지들은 곡선을 그리며 물속에 잠기더니 고기를 낚아서 나옵니다. 어옹은 그것을 받아 대바구니에 넣기를 하루 종일 하였습니다. (두보의 시에 집집마다 오귀를 키워 끼니마다 황어를 먹는다는 것이 이를 두고 한 말입니다.)

또 4일이 걸려 엄주에 이르렀고 엄자릉 칠리탄의 조대에 올라가서 부춘산의 풍경을 감상하였는데 조대 위에는 엄선생의 사당이 있었습니다. 또다시 5일을 지나 황주[19]에 이르니 산천이 수려하고 사람이 많았으며 누대가 장려했습니다. 북관에는 대선사가 있는데 이곳은 옛날 장풍운[20]이 노닐던 곳이라 합니다. 동문으로 나와 큰 배를 탔는데 배 가운데 채색을 입힌 누각이 설치되어 있고 거기에는 대여섯 명의 창녀들이 들락거리며 유희를 벌이고 있었습니다.

4일이 지나 소주에 닿으니 강의 서쪽에 한산사가 있는데 지붕은 온통 누런 기와를 올렸습니다. 그 절에서 하루를 유숙하였는데 주지인 왕공이 음식을 마련하여 극진하게 대접하고 주위의 풍광을 즐기게 해주었습니다. 또 배를 타고 10리를 가니 고소대가 있는데 3

---

17) 선하령(仙霞嶺)의 오기.
18) 본문에는 청압(靑鴨)이라고 표기했다. 두보의 시에서는 오귀(烏鬼)라 했는데 가마우지를 뜻한다고 보아야 할 것이다.
19) 항주의 오기.
20) 장풍운은 송나라 시대를 역사적 배경으로 쓴 작자 미상의 우리나라 고전소설 주인공이다. 장풍운은 갖은 시련을 극복하고 결국 대장군이 되어 외적을 물리치고 결국에는 부귀영화를 누린다.

층집이었습니다.

또 300리를 가니 악양루가 나타나는데 누대의 기둥은 구리로 되어 있고 창호와 벽체는 모두 유리이며 누대 밑에 연못을 팠는데 영롱한 물고기가 뛰놀고 있었지만 그 이름은 알 수가 없었습니다. 동정호 700리가 앞에 보이고 동정호 한 가운데 자리 잡은 군산 12봉은 그림같이 아름다웠습니다. 더 나아가니 호서사가 보이는데 이는 천하제일의 큰 절이라고 합니다. 위로 7층의 보탑이 있고 사방을 바라보니 넓은 호수가 펼쳐져 있어 눈으로는 그 끝이 어디까지인지 알 수가 없었습니다.

또 4일을 가니 양주 오호합수처[21]에 이르는데 거기에는 금산사가 있었습니다. 불사의 지붕이 오색 기와로 덮여있고 법당 앞에는 높이가 200길인 석가산이 솟아있고 법당 둘레로는 석축을 쌓은 것이 5리나 되었습니다. 2층에는 채색을 한 누각이 있고 아래층에는 수천 명의 중들이 모여 있고 위층에는 유리창을 두른 난간이 있는데 거기에서는 생황과 노래와 거문고와 피리소리가 요란했습니다. 고기 잡고 낚시하느라 줄줄이 앉아있는 사람들의 모습이 마치 신선들 같았습니다. 석가산 위에는 동십자형의 전각이 지어져 있는데 오색의 돌로 벽체를 둘렀고 30간의 법당이 지어져 있었습니다. 기화요초와 기이한 대나무가 줄줄이 심어져 무더기무더기 화려했습니다. 또 종경이 14개 있는데 목인이 스스로 종을 치며 하나의 종이 먼저 울리면 수많은 종이 차례로 울렸습니다.

여러 주현을 경유하여 마침내 우리는 산동성 경계에 이르렀습니

---

21) 연암 박지원에 의하면 소주를 끼고 있는 태호(太湖)는 송강, 삽계, 형계, 격호, 구계 등 다섯 개의 강줄기가 만난다 하여 일명 오호라 부른다.

다. 여기서부터는 배에서 내려 수레를 타고 갔습니다. 이곳은 풍속이 매우 누추하고 야박했고 사람들이 검박하면서도 성질이 거칠었습니다. 인가는 쑥대나 창포로 문을 해달고 버드나무로 얼기설기 엮어 집을 지었습니다. 먹는 것이라곤 조 또는 기장에 지나지 않았습니다.

정양문 안에 들어가니 대청문과 황극전이 바라다보였습니다. 북경의 풍속과 경치는 남쪽지방과 비교하면 10분의 1도 미치지 못했습니다. 비록 전례에 따라 객관[22]에 묵고 있었지만 통관[23]이 식량의 반을 도둑질하고 반만을 주거나 하루에 한 끼만 주었습니다.

6월 초5일 수레를 타고 북경을 출발했고 숭무문을 나와 윤6월4일에 용만[24]에 닿았습니다. 용만의 부윤이 남쪽에서 북경으로 오는 길이 얼마나 되느냐고 물었는데 방억이 말하기를[25] 팽호에서 대만까지 수로로 이틀 걸리고 대만에서 하문까지 수로로 열흘, 하문에서 복주성까지 육로로 1,000리, 복건에서 북경까지 6,800리, 북경에서 봉성까지 2,000리가 걸렸으며 봉성에서 의주까지는 135리쯤 된다고 합니다.

위 이방익 표해록은 당초에 언문(한글)으로 씌어져 세상에 전해진 것을 화잠花岑 정상사鄭上舍가 진서(한문)로 번역했는데 화잠의 의중

---

22) 여기서는 조선의 사신이 묵던 조선관이다.(또는 옥하관으로 부르기도 한다.)
23) 조선시대 중국과 관련해서 통역 또는 번역을 하던 관원인데 본문의 문맥으로 보아 식비를 떼어먹는 등 부패했던 것 같다.
24) 용만(龍彎) : 의주의 별호
25) 방익의 오기인데, 더욱이 느닷없이 일인칭 화자가 3인칭으로 바뀐 것으로 보아 이방익이 썼다고 추정되는 한글문장을 한문으로 번역할 때 실수한 것 같다.

을 모르겠다. 내가 이 기록을 보자니 안타까움을 이기지 못하여 눈물로 옷깃을 적셨다. 글을 읽어나가면서 박수를 치기도 했고 한숨을 쉬기도 했다. 내가 만나는 사람에게 이 글을 보여준다면 이마에 땀을 흘리지 않을 수 없을 것이다. 이것이 내가 표해록을 한문으로 번역한 의도이다. 사정동주沙汀洞主 씀.

6.

「李邦仁漂海錄　丁丑生人」原文

全州府人　前忠壯將　李邦億　丙辰九月二十有一日　漂入中國　丁巳閏六月　還到義州.

府尹問邦仁曰　汝年紀有幾　何歲登第　何歲加資　何事登舟　漂到何境　汝一一仰陳.

小人年今四十有一　甲辰登第　丙午擢守門將　丁未陞武兼　辛亥元子宮初度日　內侍射三中四分　居首特敎加資　拜忠壯將.

小人父卽前五衛將光彬　方留京　故小人覲親　去年九月　隨貿米船上京矣　二十一晡時　忽然大風　從西北起漂不知所向　越四日　望見東南　有三大島　出于雲中　意者日本國境也　日未入前　將泊岸尾矣　又忽遇東北風大起　船卽漂入西南大洋　白頭浪裏出沒如鳧鴨形.

舟中八人　糧絶不食爲五六日矣.　又一陣風起　天又大雨　八人掬飲雨水　稍解渴　十月初吉　忽有一大魚　躍入舟中　八人各截一片囓咽　數日續命不死　越五日未時船抵一處　八人卽下船登岸　倚石而望　奄奄如將死人須庾有一人　立稍遠地窺觀　已而有數百人　成羣來到.

而若有問焉　然精神昏昏不能答　衆人收小人等若干

衣服物件　各負一人　行三里餘　抵一處　村落可三千餘
戶　其中有公廨　門上有大書曰　大德天堂云　間間持米
飲少許　爲療饑　將爐大燎衣　小人等精神稍定　仍書問
地名　則其人書以答曰　此中國福建省澎湖軍府境云.

　三日調攝後　有一人來言　麻宮大人　欲召見汝等　八
人同乘彩船　行五里餘　則江畔左右　有數百彩船　船之
上　俱有彩樓閣　府中有麻宮衙門　三門內　有三聲大呼
又有一官員　引八人入去.

　麻宮大人　被紅袍坐椅上　年可六十餘　美鬚髯好身手
階下建一紅傘　臺上侍立者　左右八十人　着柳紋緞衣
或藍或草綠衣　或佩刀劍　或帶橐鞭　臺下有邏卒三十人
着紅衣　柱朱杖大棍杖　建黃龍旗二雙　鍮燈一雙　引八
人等到臺上　麻宮大人曰　汝等是何國人　以何事登舟
以何日遇風　幾日到此　小人等答曰　朝鮮國全羅道全州
府人　以貿米次登舟　忽遇大風　波浪中出沒數日　不知
所向　凡十六箇日　始到此地　大人曰　情景可矜　退去安
心休息　因送于一處.

　有一大舍　房中有錦席鋪陳　各賜竹簟一枕一　每日兩
時　各賜米飲一器　鷄膏一器　又各賜香砂六君子湯　如
是者十日　仍護送于大彎府　以二大船津送向南數日　底
大彎府　北門登陸　府中人物繁華　樓臺壯麗　夾路左右
懸琉璃燈玲瓏恍惚　光彩照天　又異鳥馴于彩籠中　知更
而鳴　若鶡朝鳥　自北門行十五里　有官府二層門宏壯
問之上書曰　常山府　留樓門內二府　越七日　小人等呈

書乞歸故國　越二日　水路津送　各賜衣服一襲　糧饌食
物　官員設帳幕門外　供盛饌餞送臨別幄手眷眷　有不忍
離別之意.

　抵廈門軍府　登陸有紫陽書院　院中有朱夫子畫像　遂
拜謁　有居接儒生數百人　俱出見　酒食飽供　一二日供
饋後　又津遣　向福建省　以大轎子擔送　盖此地鑿山通
道　車馬不得往來　歷曾安縣州府　至興化府　有五十里
石橋　石橋門有九虹霓　左右繫龍舟萬舟叟　人物繁盛
歌管笙吹　喧鬧橋畔　遂入福建省門　門內有法護寺　盖
大刹也

　官府每日　各賜銅錢二緡　是時丁巳正月初五日也　大
麥如黃雲　橘柚柑垂黃金子　飲食衣服制度　如我國　府
人之來見者　各持砂糖數塊爭投　多時留連　不卽歸去
或把小人等深冬衣服垂涕泣　或持之而歸去仍臨還　與
問其委折　則答曰　持以歸吾家　使家人翫貴國衣服制度
云.

　又上書乞歸　有官員曰　將待皇帝處分　水陸間還送云
八人等　朝夕哀乞于順武府　一日有官員　乘雙轎　垂黃
傘而過　小人等以遠離父母妻子　客中一時切迫之意　一
一仰陣　則官員良久思之　乃曰　將待五日　三十五官員
齊會　須趁此時呈單云　小人如其言呈單　諸官員環視
有惻隱之意　告順武府　越五日由順釦麻繩道　委官定出
護送　從西門出四十里　是時春三月十一日也

　蘭草繁盛　早稻發穗　從黃津橋　登小舟　越二日至水口

軍郡府　登陸由陸路　徑夕陽嶺普化寺　是處有竹樹檜衫
落落多布列　逐到江山縣　舟行江之上有小舟　漁父載十
靑鴨　放于水　鴨入于水曲裏　捕魚而出　漁翁受置于笭
箵　如是者終日　（卽杜詩所謂　家家養烏鬼頃頃食黃魚）
又越四日　到嚴州　登嚴子陵七里灘釣臺　玩富春山風景
臺之上有嚴先生祠堂.

　又越五日行到黃州　山川秀麗　人物繁盛　樓臺壯麗
有北關大禪寺　此地卽張風雲舊遊處地　逐出同門　登一
大舟　舟中設彩閣　有娼女五六人　往來遊戲　粵四日抵
蘇州　江之西有寒山寺　黃瓦所盖屋　盖四十間　一日留
宿　主守王公　供飮食款曲以待　使之遊翫　又乘舟行十
里　有姑蘇臺　高三層.

　又行三百里　有岳陽樓　樓之柱銅也　牕戶及軒板　皆琉
璃也　軒之底　又鑿蓮池　養出五色魚　其色玲瓏　不可名
狀　前臨洞庭湖七百里　又有君山十二峰　爲洞庭湖中之
島嶼　如畫如黑冥　又行到湖西寺　盖天下第一大刹云
上七層寶塔　望四方則淏瀁賮賞　眼力不能盡窮也.

　又行四日　到揚州五湖合水處　有金山寺　寺殿以五色
瓦覆之　法堂前　有石假山　其高二百丈　又聚石周廻五
里　建二層彩閣　下層有僧數千　上層披璚欄干　有笙歌
琴簫　而漁釣者列坐如仙人　石假山上　有銅柱十字形
作殿屋　以五色石爲板　而軒之建法堂三十間　奇花異竹
列植叢華　又有鐘磬十四板　木人自擊　有一鐘先鳴　衆
鐘次第鳴.

又行到于由縣州　盖山東省境也　由此下舟登車　此地
風俗惡陋野朴　人物儉樸麤率　人家皆以蓬蒼爲門　白楊
爲戶　所食只悉稷而已

入正陽門內　望大淸門皇極殿　風俗景致　比諸南京　而
不及十　留六七　至朝鮮館留宿二十日　雖以前例賜留連
糧食云　而統官窃食　或賜其半　或賜一時糧食.

六月初五日　乘車而發　出崇武門　閏六月初四日　到于
龍灣　灣尹又問曰　南北京路徑凡幾千里爲乎　邦億曰
自彭湖至于大蠻　水路二日程　大蠻至于廈門　水路十日
程　廈門至福州省　陸路千里　福建至于北京　凡六千八
百里　北京至于鳳城二千里　鳳城至于義州一百三十五
里云.

右李邦億漂海錄　而始以諺傳于世　花岑鄭上舍眞以
飜之　花岑之意　奚取焉　余觀是錄　至眷眷不忍別及持
衣澌泣處　未嘗不擊節而太息也　此使乎躬逢之人見是
卽能不泚其顙乎　余於是盖信飜錄之意也　沙汀洞主書.

역사의 형해에 옷을 입히고

— 평설 『이방익 표류기』에 부쳐

양영길 / 문학평론가

연전에 만난 권무일은 많이 들떠 있었다. 이방익의 「표해록」과 관련된 자료를 수집하고 있었는데, 연암 박지원의 「서이방익사書李邦翼事」를 읽고 『조선왕조실록』, 『승정원일기』, 『일성록』에서 이방익에 대한 기록들을 찾아냈다고 자랑했다. 또 1914년 『청춘』 창간호에 실린 이방익의 기행가사 「표해가」를 찾아냈다고 몹시 흥분되어 있었다.

『의녀 김만덕』, 『남이』, 『말, 헌마공신 김만일과 말 이야기』 등의 장편 역사소설을 쓴 그였기에 소설을 쓰는 걸로 알았다. 그러던 그가 갑자기 '평설'이라는 형식의 글로 200여 년 전 이방익의 「표해가」를 세상에 설명하겠다고 하니 놀라울 따름이다.

권무일은 제주의 숨어 있는 역사 발굴에 많은 노력을 기울여 왔다. 특히 몇몇 호사가들에 의해 완고하게 규정되어 버린 역사에 의문을 제기하고 인식의 지평을 넓혀 제주의 새로운 가치를 찾기 위해 동분서주하고 있었다. 그러던 그가 『이방익 표류기』 평설에 발문을 써 달라는 부탁이 왔다. 평설에 또 '평'을 곁들인다는 게 그닥 내키는 일은 아니었다. 역사 평론이라는 게 잘못하면 '맹인모상盲人摸象'의 오류에 빠질 수도 있기 때문이다.

'장님이 코끼리를 만진다'는 맹인모상. 이는 『열반경涅槃經』의 이야기로, 전체를 보지 못하고 자기가 알고 있는 부분만 가지고 고집한다는 말이다. 요즘이나 옛날이나 다른 세상, 다른 시대에 대한 인식은 '맹인모상' 차원에서 크게 벗어날 수 없다. 이런 문제는 세상이 복잡해지고 시대 변화가 빨라지면서 더욱 그런 것 같다.

'상상想像'이라는 말은 원래 '상상想象'이었다고 한다. 그 근원에 '코끼리'가 있었다. 『한비자韓非子』에 있는 이야기다. 옛날 중국 황하黃河 유역에 코끼리가 살았는데 날씨가 많이 추워지면서 코끼리가 사라져 버렸다. 황하 유역의 코끼리가 역사 속으로 사라져 버린 것이었다. 살아 있는 코끼리는 찾아볼 수 없고 죽은 코끼리의 뼈를 구해다가 살아 있는 코끼리의 형상을 그려보게 되었다는 것이 '상상'의 어원이다.

'코끼리의 뼈'로 이야기되는 '상상'은 '장님 코끼리 만지기'보다 훨씬 현실적이다. 이방익의 청나라 여러 지역 견문은 당시로서는 '코끼리 뼈'의 중요한 부분을 얻은 것과 비견될 만한 가치가 있다. 조선시대에 청에 대한 이야기는 때로는 '맹인모상' 차원이 이야기이거나 벌써 옛 이야기가 되어 버린 것을 모르고 고착화되어 으레 그러려니 추측하는 것들이 많았기 때문이다.

조선 22대 임금 정조는 명나라가 망하고 오랑캐라는 만주족이 청나라(1636)를 세운 지 140년 되는 해에 즉위(1776)했다. 북학운동의 현실론 속에서도 북벌운동의 명분론이 아직 살아 있던 시대였다. 정조는 17~18세기 청淸에서 일어난 실사구시實事求是에 대한 목마름이 심하기만 했다. 청의 국력이 신장되고 문물이 많이 발달했다는 말만 전해 듣던 개혁군주 정조는, 박제가의 『북학의』(1778), 박지원의 『열하일기』(1780) 등이 있어 그나마 갈증을 겨우 면하고 있었다.

그러나 정조는 박지원의 방언과 비속어를 채용한 문체에 대해서는 패관소품이라 규정하고 기존 고문을 모범으로 삼아야 한다고 문체반정(文體反正, 정조 18, 1794)을 실시하여 문풍 쇄신을 통한 세도의 광정을 추구하였다. 이러던 터에 이방익이 표해 중 구사일생하여 조선인으로서는 가보지 못한 대만을 비롯한 강남 일대를 체험하고 돌아왔다. 이에 대한 의주 부윤 심진현(沈晉賢)의 「표류인 제주사람 이방익 등이 대국을 거쳐 돌아온 내용을 보고합니다(濟州漂人李邦翼 等從大國出來馳啟)」라는 장계(1796)는, 정조로 하여금 '청'의 실상에 '상상'의 근거가 될 중요한 뼛조각을 얻은 것이나 다름없었다.

대만에 서양문물이 들어오고 서구와의 무역이 활발하다는 사실을 비롯하여, 청나라의 의식주, 각종 기간시설, 상업과 물류 무역, 화폐 사용, 풍속과 풍물, 신앙체계 등을 전해 들은 정조는 흥분을 가라앉힐 수가 없었다. 그가 엿본 풍물과 풍속은 청이 살아있는 모습이기 때문이다. 강남지역을 중심으로 한 당시의 국제적 상황, 사회 변화, 백성들의 생활상, 정치상황까지 폭넓은 것들이었다. 때문에 정조는 북학파들을 동원하여 세심하게 기록하도록 당부하여, 박지원의 「서이방익사」, 유득공의 「이방익표해일기」 등을 비롯하여 『조선왕조실록』, 『승정원 일기』, 『일성록』 등에 많은 기록들을 남겨 놓았다.

그러나 박지원, 박제가, 유득공 등은 무신 이방익의 구어를 문어로 옮기면서 배제, 축소, 때로는 무시해버린 경우가 많았던 것 같다. 박지원은 정조의 명을 받아 이방익의 일을 쓰면서 '이방익은 겨우 문자를 알기는 하였으나 겨우 노정만을 기록하였을 뿐이요, 또 기억을 더듬어 입으로 아뢴 것도 왕왕 차서次序를 잃었습니다' 라는 부분이 이를 확인해 주고 있다.

우리들의 언어생활 심층에는 구어체가 용암처럼 들끓고 있다. 문어체로는 다할 수 없는. 그래서 이방익은 가사형식의 「표해가」를 쓰지 않을 수 없었다. 문어로 옮긴 여러 글들에서 자신의 이야기가 제대로 환류되지 않음에 답답한 나머지 구술 형식의 「표해가」를 쓴 것이라 할 수 있다. 「표해가」의 말미에 "豪壯한 漂海光景 後進에게 이르과져"라는 구절이 이를 확인해 주고 있다. 문어에 대한 답답함이 국한문 혼용으로 「표해가」를 쓸 수밖에 없게 했다. 때문에 이방익의 「표해가」는 이본 형태로 여러 곳에 실려 전해지고 있다.

이방익(李邦翼, 1757~1801)은 제주 사람이다. 조천읍 북촌, 땅은 거칠고 척박하여 농사는 늘 흉작이었다. 가뭄과 바람으로 농작물은 자랄 수 없었다. 소위 '빌레왓'이어서 더욱 그랬다. 그래서 드센 바다 성질에 의존하여 바다와 함께 자랐던 기개로 16일 동안 바다를 표류하다가 대만해협의 팽호도에 표착하였고 대만으로 이송된 이후 청나라 남단 하문으로 건너가 복건, 절강, 항주 심지어 양자강 상류의 동정호까지 다녀왔다. 그리고 산동과 북경을 거쳐 요동벌을 달려 압록강을 건너 귀국했다.

정조 21년(1797) 윤6월의 일이었다. 정조가 문체반정을 실시하여 문풍쇄신을 추구할 무렵이었다. 박지원으로 하여금 「서이방익사」를 쓰게 한 것도 결코 우연이 아니었다. 박지원은 법고창신을 내세워 문체 혁신을 이룬 『열하일기』(1780, 정조 4)를 써서 북학운동을 확산시키고자 했다. 북학운동은 '기술문명은 청에서 받아들인다는 지식인의 전환기적 대응 운동'으로 '청을 배우자'는 운동이었다. 이러한 운동의 일환으로 이방익의 견문담은 또 다른 연구 대상이 되었다. 황하를 중심으로 발전해 온 사실에 천착하여 양자강을 중심으로 하는 강남의 문화는 관심 대상이 되지 않았던 때문이다.

박지원 등의 북학파는 상업 중시, 대외 무역 활성화, 새로운 기술 도입, 생활 개선 제창, 서양의 과학기술과 자연과학 도입 등을 주장하기도 하였다. 이러한 개혁 운동은 19세기 후반의 개화사상에도 많은 영향을 주었다. 100년 세월을 건너 1914년 창간된 『청춘』지에 「표해가」가 실린 이유가 여기에 있는 것이다. 또 다시 100년 세월을 건너 2017년의 망망대해에 『평설 이방익 표류기』라는 배를 출항시키고 있다.

권무일의 평설은 다소 설명적인 부분, 주관적 판단 개입, 추측적인 문체가 있다. 그러나 이 평설은 호사가들의 고립을 자초하고 편협되었던 고질적 병폐에서 벗어나는 출발점에 있다. 결 바른 주체의식이 없이는 지난한 작업이었다. 코끼리 뼈의 형해에 옷을 입히고 피를 돌게 하는 역사적 상상력이 풍부하게 반영되었기 때문이다.

사람은 누구나 자기가 알고 있는 만큼만 이해하고 고집하려 한다. 사람만이 아니고, 시대나 세상도 결코 경험의 성城을 뛰어넘을 수는 없다. 당시 갇혀 있는 궁전의 신하들이야말로 '맹인모상' 식으로 시대와 세상을 논쟁했을 것이다. 오늘날도 정도의 차이는 있지만, 이에서 온전히 자유로울 수는 없다. 이것이 이 발문의 한계이기도 하다.

이방익의 국한문 혼용 가사 「표해가」의 내용은 추상성이나 상상에 의해 창작된 것이 아닌 생생한 체험과 견문의 기록이다. 이는 당시 청나라에 대한 조선의 생동하는 문제(living problem)였다. 이것이 100년을 거슬러 근대적 잡지에 실리고 다시 100년 세월을 건너 디지털 시대의 세상에서도 이야기되어야 하는 이유이기도 하다.

참고문헌

1. 자료

1. 『조선왕조실록』
2. 『승정원일기』
3. 『일성록』
4. 이방익, 「표해가, 넷글 새 맛」, 『청춘』 창간호, 1914.
5. 이방익, 『표해록 단』, 정음문고, 서강대 소장.
6. 작자 미상, 정상사 역, 「이방인표해록 정축생인」, 개인 소장.
7. 박지원, 「서이방익사」, 『연암집』, 돌베개, 2007.
8. 박지원 저, 박희명 옮김, 『고추장 작은 단지를 보내니』, 돌베개, 2008.
9. 박지원 저, 정민·박철상 역, 『연암선생서간첩』, 대동한문학, 2005.
10. 박지원, 『남유록』, 제주도 북촌리 성주이씨 문중 소장.
11. 박지원, 김익수 역, 「남유록」, 『남유록, 달고사, 탐라별곡, 훈민 편』, 제주문화원, 1999.
12. 유득공, 「이방익표해일기」, 『고운당필기』 권5.
13. 정조, 「훈어」, 『홍재전서』 권178, 2007, 『한국문집총간』, 한국고 전번역원, 2001.
14. 김석익, 『탐라기년』, 1915, 역주 제주문화원, 2015.
15. 김찬흡, 『제주사인명사전』, 제주문화원, 2002.
16. 臧勵龢 등 편, 『중국고금지명대사전』, 상해상무인서관, 1931.
17. 潭其驤 편, 『중국역사지도집』 원·명 시기 및 청 시기, 중국지도 출판사, 1987.
18. 이병갑 엮음, 『중국역사사전』, 학민사, 2006.

2. 저서

1. 박지원 저, 고미숙 길진숙 김풍기 엮고 옮김, 『열하일기』상, 하, 북
   드라망, 2015.
2. 장한철 지음, 정병욱 옮김, 『표해록』, 범우사, 2015.
3. 장한철 지음, 김지홍 옮김, 『표해록』, 지만지클래식, 2009.
4. 최부 지음, 박원호 역, 『표해록』, 고려대학교 출판부, 2007.
5. 정진술 저, 『다시 보는 한국해양사』, 해군사관학교, 2007.
6. 홍순만, 「제주도와 신선사상」, 『영주서복』, 서귀포시서복문화국제
   교류협회, 2007.
7. 진영일, 『고대 중세 제주역사탐색』, 제주대학교 탐라문화연구소,
   2008.
8. 남도영, 『제주도목장사』, 한국마사회, 2003.
9. 주완요 지음, 손준식 · 신미정 옮김, 『대만, 아름다운 섬 슬픈 역사,
   신구문화사』, 2003.
10. 마르코 폴로 지음, 김호동 역주, 『동방견문록』, 2000.
11. 이영권, 『제주사』, 휴머니스트, 2005.
12. 박광용, 『영조와 정조의 나라』, 푸른역사, 1998.
13. 국립해양문화재연구소, 『홍어장수 문순득 아시아를 눈에 담다』,
    2012.

3. 연구논문

1. 최강현, 「표해가의 지은이를 살핌」, 『어문논집』제23집, 국어국문
   학연구회, 1982..
2. 최강현, 「한국해양문학연구-주로 표해가를 중심하여-」, 『성곡논
   총』12집.
3. 최강현, 『한국기행문학연구』, 일지사, 1982.

4. 전상욱, 「이방익 표류사실에 대한 새로운 기록」, 『국어국문학』 159
편, 국어국문학회, 2011.

5. 강전섭, 「이방익의 〈표해가〉에 대하여」, 『한국언어문학』 20집, 한
국언어문학회, 1981.

6. 정재호, 「이방익의 〈표해가〉」, 『한국가사문학의 이해』, 고려대학교
출판부, 1998.

7. 최두식, 「표해기록의 가사화과정」, 『동양예학』 7집, 동양예학회,
2002.

8. 성무경, 「탐라거인 이방익의 〈표해가〉에 대한 연구」, 『탐라문화』
12호, 제주대학교, 2003.

9. 김윤희, 「〈표해가〉의 형상화 양상과 문학사적 의의」, 〈디지탈 자
료〉, 한국고전문학회, 2008.

10. 백순철, 「이방익의 〈표해가〉에 나타난 표류체험의 양상과 바다의
표상적 의미」, 〈디지탈 자료〉.

11. 이복규, 「최부의 〈표해록〉에 대한 두 가지 의문」, 『고시가연구』
22집, 2008.

12. 진선희, 「장한철 〈표해록〉의 다성성 연구」, 제주대학교 석사학위
논문, 2011.

13. 송인주, 「육유 다시를 통한 송대 다문화 연구」, 제주대학교 박사
학위논문, 2016.

4. 이미지 출처

· 고정서원 : http://www.startour.pe.kr
· 한산사7층탑 : http://cafe.daum.net/CentralAsia21(한아세아문
화친선교류협회)
· 탐라순력도(우도절마) : http://blog.daum.net/gijuzzang
· 엄광 : 네이버백과사전

· 자릉조대도 : http://blog.daum.net/songchen
· 한산습득도 : http://blog.daum.net/green7491
· 무이산 : http://blog.naver.com/ttabang
· 소상강반죽 : http://naver.com/leejb4511
· 마조묘 : http://blog.daum.net/yoji88

평설
이방익 표류기

초판 1쇄 발행일   2017년 8월 15일
초판 2쇄 발행일   2018년 3월 30일

지 은 이   권무일
만 든 이   이정옥
만 든 곳   평민사
           서울시 은평구 수색로 340 [202호]
           전화: (02) 375-8571(代)
           팩스: (02) 375-8573
           http://blog.naver.com/pyung1976
           이메일 pyung1976@naver.com

등록번호   제251-2015-000102호

ISBN   978-89-7115-640-7   03800

정 가   20,000원

※이 책의 출판비 일부는 제주학연구센터의 지원을 받았습니다.